ハヤカワ・ミステリ

ROBERT VAN GULIK

南海の金鈴

MURDER IN CANTON

ロバート・ファン・ヒューリック

和爾桃子訳

TOKYO
HAYAKAWA
BOOKS

A HAYAKAWA
POCKET MYSTERY BOOK

MURDER IN CANTON
by
ROBERT VAN GULIK

Translated by
MOMOKO WANI
First published 2006 in Japan by
HAYAKAWA PUBLISHING, INC.
This book is published in Japan by
direct arrangement with
SETSUKO VAN GULIK.

図版目次

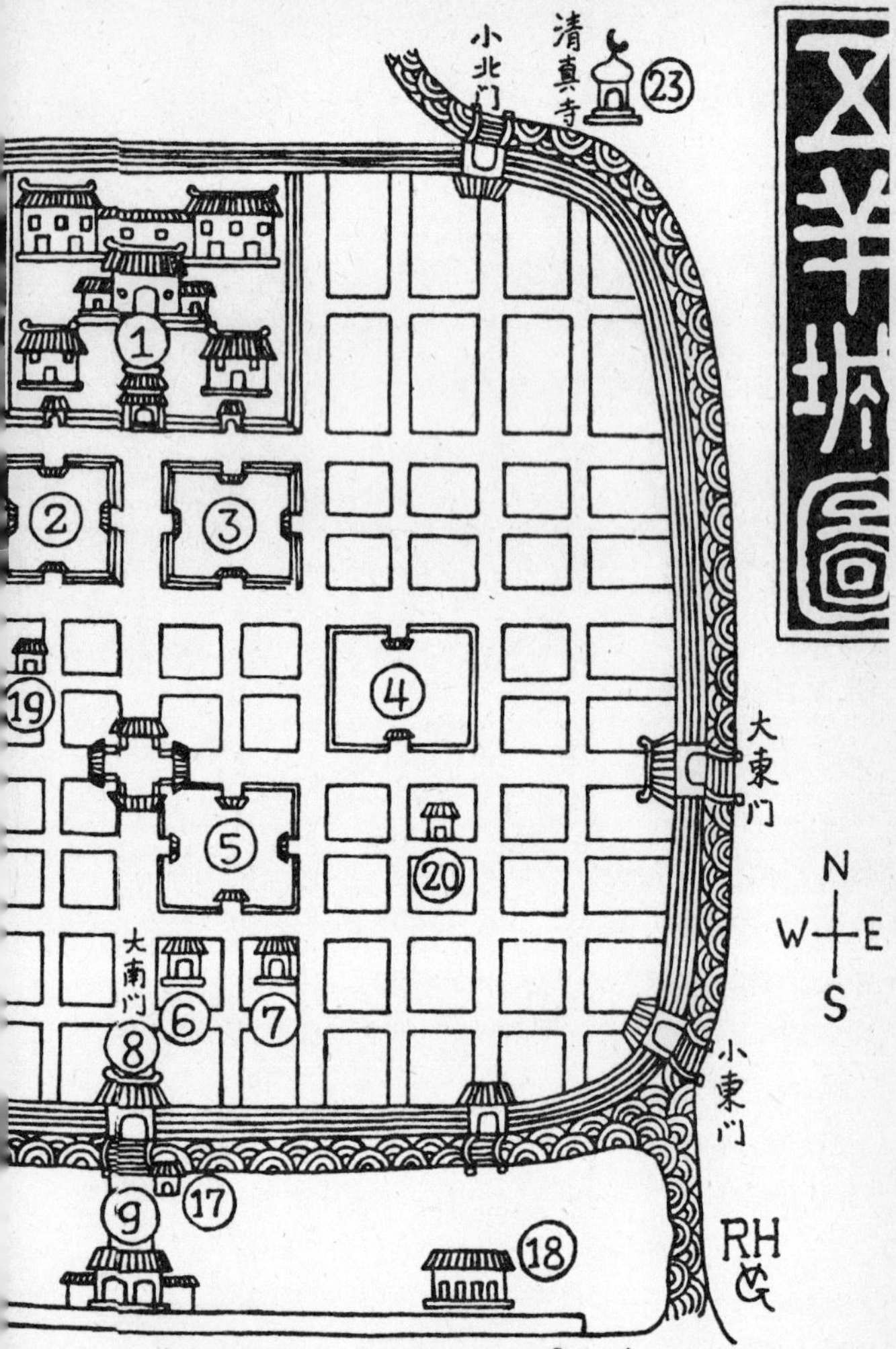

清真寺
小北门
23
1
2
3
4
5
19
20
大東门
N
W
E
S
大南门
6
7
8
小東门
9
17
18
RH
24
珠

五羊城（広州の別名）地図

一　都督府
二　広州政庁
三　守備軍の軍営
四　貢院《こういん》（科挙の郷試を行なう試験場）
五　市場
六　関帝廟
七　孔子廟
八　大南門
九　市舶司《しはくし》（交易船をとりしまる役所）
十　光孝禅寺
十一　華塔
十二　懐聖寺（モスク＝回教寺院）
十三　五仙観（道観）
十四　帰徳門
十五　埠頭の酒場
十六　五羊仙館（旅館）
十七　陶侃《タオガン》の宿
十八　大食《タージ》水夫宿
十九　梁福《リヤンフー》邸
二十　倪《ネイ》船長の住まい
二十一　姚泰開《ヤオタイカイ》邸
二十二　鮑《パオ》長官邸
二十三　回教聖者《ワリー》廟
二十四　珠江

著者注　シリーズ初のこころみとして、本篇の舞台は中国の実在都市に設定した。七世紀当時の広州について確たる詳細資料はいまのところないようだが、こんにちのいわゆる「旧城」のたたずまいから、大づかみな姿なりと察せられよう。漢字表記でこの地図上に配した城門や史跡のうち、一部はあくまで推測による。その後の数世紀でまちは拡大し、主として東および南西方面――いまでいう沙面《シャーミエン》（珠江北岸）――まで広がり、さらに珠江南堤に達した。

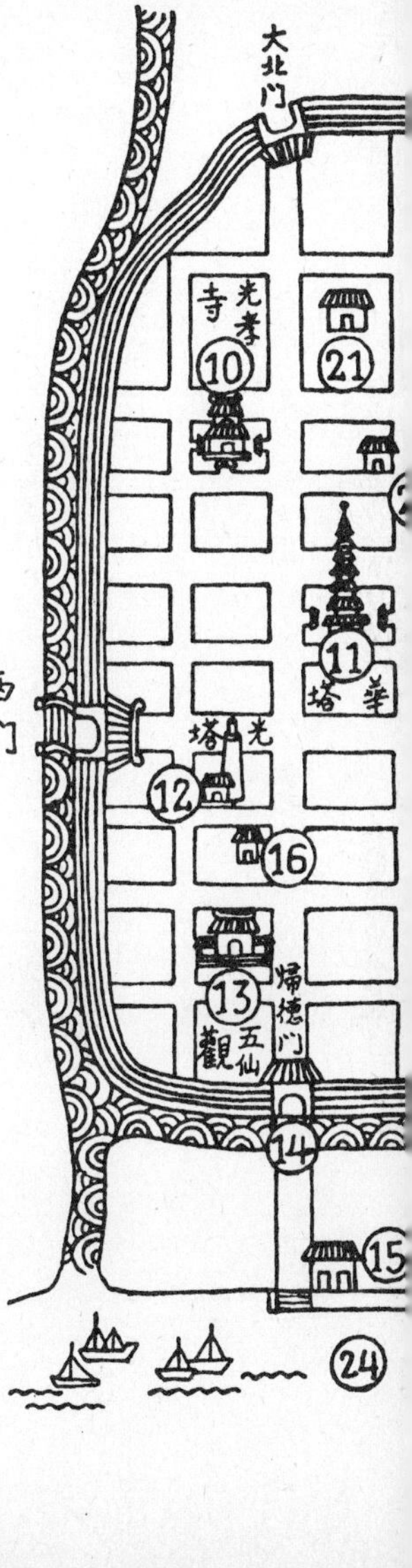

西暦七世紀も半ばをすぎ、日本では聖徳太子の没後四十一年。唐の天下統一から早くも半世紀、戦乱の記憶もうすれ民心ようやく定まり、白村江《はくすきのえ》では倭《やまと》・韓《から》の連合軍を打ち破って内外に大帝国の貫禄を見せつけ、ひとつの偉大な時代がいま、まさに花開こうとしていた。ちょうどそのころ、はじめての任地に赴く県知事がいた。名は狄仁傑《ディーレンチエ》。またの名を「狄《ディー》判事」と呼ばれる。

各地の県知事を経たのち、中枢の要職に抜擢された狄《ディー》判事は極秘調査のため広州に赴いた。

本篇はその事件である。

南海の金鈴

装幀　勝呂　忠

登場人物

狄仁傑《ディーレンチエ》……………………大理寺卿《だいりじけい》（検察と裁判をつかさどる中央官庁の最高責任者）
喬泰《チヤオタイ》……………………近衛大佐
陶侃《タオガン》……………………大理寺秘書官長
翁建《オンジアン》……………………嶺南《れいなん》地方を治める都督
鮑寛《パオクワン》……………………広州長官
劉陶民《リウタオミン》……………………御史大夫《ぎよしだいふ》（官吏の不法・不正をとりしまる要職）
蘇《スー》……………………劉《リウ》の補佐役
梁福《リヤンフー》……………………名だたる富家
姚泰開《ヤオタイカイ》……………………豪商
マンスール……………………広州の大食《タージ》人たちのかしら
ズームルッド……………………大食《タージ》の血をひく舞妓
鸞麗《ランリー》……………………盲目の娘
倪《ネイ》……………………交易船長
ドゥニャザッド、ダナニール……………………倪《ネイ》家の婢

1

南になじみの酒を酌み
知らぬ男と杯を重ねる

　税関の角に男がふたり立ち、長大な河おもてを無言で見ていた。年かさのほうは頭から足先まで古ぼけた山羊革の外套にくるまる。連れは四十路後半のきりりとしたいい男、人並みすぐれた体格をつぎのあたった茶の上下が包む。重く熱をはらんだ霧が雨粒となり、くたびれた黒の繻帽を生暖かく濡らす。もう夕方近いのに風も立たず、鉄桶さながらの蒸しようだ。

　もろ肌脱ぎの人夫が十人あまり、正門やや先の埠頭に横づけした異国の蕃船《ばんせん》で荷おろしにかかっていた。重い包みや梱に背をたわめ、哀調をおびた曳唄《ひきうた》につれて渡し板を踏みしめる。門には守衛が四名。めいめい剣尖飾りかぶとをずらして汗を逃がし、斧鉞の長柄にもたれてものうい目で作業を追う。

「そら、あれだ！　けさがた上流から乗ってきた船だよ！」年かさが声を上げ、蕃船の隣に立つ帆柱のかなたをゆびさす。霧を破って船影があらわれた、黒い戦船《いくさぶね》だ。銅鑼を叩いて物売りの小舟を払い、珠江口へ櫂《かい》の手を上げていく。

「順風なら、じき安南《アンナン》（ベトナム）だな」いい男が不機嫌に応じた。「あっちじゃいやでも戦だ、暴れる種にゃことかかん。なのにおれやあんたはこんな僻地《へきち》くんだりに置き去り、任務は状況査察だと！　ちくしょう、また首筋に雨だ。そうでなくともべとつきやがって、いいかげん汗みずくだってのによ！」

　上衣の襟で鍛えあげた首をかばうついでに、下の鎖かたびらと胸もとにつけた近衛大佐の金双龍章を念入りに隠した。それから中っ腹ぎみに「ぜんたい何がどうなってんだ、あんた知ってんのかよ、陶《タオ》の兄貴？」

やせた男はしょんぼりと白髪頭を振った。頰のほくろに生えた三本の毛をひっぱり、重い口ぶりで述べる。

「旦那は何もおっしゃらんのだよ、喬《チャオ》の兄貴。よっぽどのことに決まっとるが。さもなきゃあんなやぶからぼうに都をたつもんかい、わしらを供に昼夜ぶっとおしで馬を飛ばし、あの早船に乗り継いでまで。厄介の火種がこの広州にくすぶっとるんだな、きっと。けさ着いてからという……

……」

そこで派手な水音にさえぎられた。人夫ふたりが船と船着場のはざまに荷を取り落とし、泥水に浸《つ》けたのだ。白い頭布《ターバン》の人影が甲板から飛び降り、蕃語でどなりながらしくじった人夫どもを足蹴にしだす。だれきった守衛たちがとたんにしゃんとした。ひとりが出てすばやく斧鉞をふるい、口汚くののしる大食《タージ》の両肩に峰打ちを食らわす。

「うちの人夫に手出しするんじゃない、この犬畜生が！」とどなる。「ここは中国なんだぞ、忘れるな！」

大食《タージ》は赤い腰帯にさした短剣に手をかけた。白衣の手下がわらわらと十数名、船から飛び降りて偃月刀《えんげつとう》を抜き放つ。背の荷を放り出して人夫が逃げ散ると、声高にわめく大食《タージ》相手に四人の守衛が斧鉞をかまえた。と、軍靴が砂利道にひびく。兵二十が隊伍を組んで門から出てきた。手慣れた様子で怒る大食《タージ》の群れを包囲し、槍の穂先でじりじり水ぎわへと追いつめる。そこへ、やけに鼻の高い大食《タージ》がひょろ長い体を船べりに乗り出し、耳障りな声でがみがみと水夫どもに怒声を浴びせた。叱られたほうはてんでに偃月刀をさやにおさめ、船に戻る。すると、なにごともなかったように人夫たちが作業のつづきをはじめた。

「態度のでけえあの外道どもは、このまちにどれだけいる？」大佐がたずねる。

「さあてと、港で四隻見たろ？　それに、外海ぎわの浦にもう二隻いたな。岸辺に住み着いたのを入れれば、総勢しめて二千てとこか。おまえさんのぼろ宿なんざ、ところもあろうに清真坊《ムスリム》のどまんなかだからな！　夜ふけにあいくちで背中をひと突きしてほしけりゃ、まさしく願ったりかなったりの場所だよ！　そりゃあ、わしの宿だってそんなにいばれたもんじゃないが、それでも大南門から目と鼻のさきの城外だ。少なくとも、呼べばすぐ門衛が来る」

「部屋はどうだい？」

「二階の角部屋だよ、船着場も波止場も好きなだけ見渡せる。さてと、いいかげん切り上げようって気にならんかい？　本降りになりそうだ。どうだい、ものは試し、あすこの店の酒《やつ》をちょいと味ききしてみようや」

埠頭の端で、薄暗い軒先に赤ちょうちんをかかげたうちを指さした。

「そう来なくっちゃ！」喬泰《チャオタイ》がつぶやく。「こんな気のめいる場所ってねえぜ！　おまけに言葉もわかんねえしよ」

ともすれば足をとられる玉砂利道を急ぐふたりは気づきもしなかったが、みすぼらしいひげ男が埠頭の下手《しもて》からずっと尾《つ》けていた。

　埠頭のはずれまで来ると、人出でにぎわう帰徳門のお濠《ほり》橋《ばし》に喬泰《チャオタイ》は目をやった。だれもかれもが雨よけの蓑《みの》をつけ、用ありげにせわしなく行きかう。

「ここの連中にゃのんびり歩こうってゆとりはねえのかよ、ゆとりは」と不平を鳴らす。

「南方きっての港町は、おかげでもってんだよ」とは、陶《タオ》侃《ガン》の弁だ。「さ、ここだ！」

　つぎのあたった垂れ布をめくり、穴ぐらそっくりの暗い店内に入った。にんにくと鹹魚《ハムユイ》がむっと鼻をつく。低い梁の吊り灯が、四、五人ずつで小さな円卓を囲む数十人の客にぼんやり光をあてている。めいめい声を落としてまくしたて、いま入ってきたふたりなどこれっぽっちも眼中にないらしい。

　窓辺の空席をみつけて腰をおろしたころあいに、さっきのひげ男が入ってきた。そのまままっすぐ店の奥へ。奥の古びた売り台では、店のおやじがしろめの酒注ぎにお燗をつけている。

　陶侃《タオガン》が達者な広東語《カントン》で大きいのを二本注文した。手持ちぶさたの喬泰《チャオタイ》は脂じみた卓上に頬杖をつき、仏頂面で店内を見わたす。

「どいつもこいつも！」やがてぼそりと、「ほれ、あのちびなんざ虫酸が走るご面相だぜ？　われながらどんな風の吹き回しで、あの悪党面を拝みに来ようなんて気をおこしちまったんだか！」

入ってすぐの卓にひとりで陣取ったがっちりした小男を陶侃《タオガン》が見た。浅黒く扁平な面つき、しわだらけの低い額、べったりした鼻。毛虫眉が小さな奥目にかぶさっている。毛深い大きな両手で空っぽの杯を握りしめて放さない。

「ひとわたり見た感じじゃ、堅気の客はあいつだけだな！」陶侃《タオガン》がささやく。「拳法の本職だぜ、風采からすると」隣の卓をあごで示す、肩幅の広い男がひとりきり。こぎれいな藍長衣、きっちり黒帯を巻いた贅肉のない腰。まぶたが重いせいで、陽に焼けた彫りの深い顔が眠そうだ。周囲など忘れ果てたようにじっと宙をにらんでいる。

目の前に大きな酒注ぎをふたつ、がさつな物腰でさっきの給仕が置いていった。からの杯を振ってみせるさっきの小男をあからさまに無視して、そのまま売り台に戻る。

おそるおそる喬泰《チヤオタイ》が口をつけた。

「悪かねえぞ、おい！」かなりのびっくり声だ。ぐいと干し、「いけるぜ、まじで！」二杯めはひと息にあけた。にんまりした陶侃《タオガン》が相棒にならう。

そのさまをずっと、売り台からあのひげ男が眺めていた。何杯飲んだか数えている。おかわりを追加して六杯めにかかるふたりを見届け、売り台を離れかけた。入口席の小男にそこで気づき、立ちすくむ。隣の拳法使いが重いまぶたのすみにその一部始終をおさめ、やおら座り直した。思案にふける手つきで、こぎれいに刈り込んだ口まわりをなでる。

喬泰《チヤオタイ》がからの杯を置いた。がっしりした手で相棒の骨ばった肩をどやし、満面の笑みで、

「はっきりいって、まちは気にいらん。くそ暑い陽気も、このど臭え飲み屋もくそくらえ。だが実にどうも、この酒は気に入った。何しろ、息抜きがてらまた寄るにゃもってこいだ。あんたはどうだい、陶《タオ》の兄弟？」

「都にもいいかげんうんざりだよ」相棒が応じる。「気をつけな、胸のが見えるぞ」

喬泰《チヤオタイ》が襟もとを引く。だが、売り台のひげ男は金章をい

ちはやく認め、唇をゆがめた。ついで、店に入ってきて小男と同席する青頭布《ターバン》の大食《タージ》を左目でとらえ、はっと顔を伏せる。売り台に向き直り、おやじに合図して酒をつがせた。

「だからよう、おれの柄じゃねえんだよ。綺羅を飾って練り歩く大佐さまの役なんざ！」ふたつの杯を満たしながら喬泰《チャオタイ》が声をはりあげる。「かれこれもう四年だぜ、おい！　いっぺん拝んでみろってんだ、おれ用にあてがわれた寝台ってえしろもんをよ！　絹枕に絹ぶとん、あげく錦の帳《とばり》だぜ！　ったく、はやりっ妓《こ》のねえちゃんじゃあるめえし！　でだ、こんちくしょうめ、夜な夜なおれがどうすると思う？　寝台裏に隠しといた寝ござを床《ゆか》にのべ、それでようやく朝までぐっすりだ！　朝になったら寝台のほうを乱しとくのがちょいと手間っちゃ手間だがよ、当番兵にも仕事をやらんとな！」

高笑いし、陶侃《タオガン》も声を合わせて笑った。

話にうち興じるあまり、声が響いても気づかない。会話のとだえた客たちが口をつぐんで気まずい顔を戸口に向ける。腕組みして卓の向かいにつっ立った給仕を、さっきの小男がなにか怒っていた。そのやりとりを眺めたあと、拳法使いはまた売り台の男に目を転じた。

「わしはというと」陶侃《タオガン》がぬけめなくほくそえむ。「今夜は屋根裏べやで心置きなく眠れるぞ。うちの執事がこれ見よがしにうろちょろさせる若い女中どもを先に追っ払う気づかいもなし。あの悪党め、いつかどれかを押しつけて妾にし、銭をせしめようって魂胆をまだ捨てとらんのだ！」

「その悪党めに言ってやっちゃいかんのか、ばかはよせって？　ほれ、もう一杯いこう！」

「そりゃおまえさん、かねが助かるもん！　あの女どもはただ働きなんだ。独り身のこの老人をたらしこみ、たんまり貯めこんだお宝で左うちわって下心があるからな！」杯を干した陶侃《タオガン》が、「さいわい、おまえさんやおれは所帯臭《くさ》え風なのとはできが違うぜ、喬《チャオ》の兄貴！　われらがお仲間の馬栄《マーロン》たあ大違いだ！」

「あの下郎の話なんざ出すなよ！」喬泰《チャオタイ》がどなる。「思えば四年前、あのふたごを嫁にもらってからこっち、ぼんぼんぼんぼん産ませやがって（『柳園の壺』参照）。いまじゃせがれ六人に娘ふたり、押しも押されぬ親父面《おやじづら》だ。おかげでひとかどの好漢《おとこ》たるものが暮らしにあくせくしちまって、まったく風上にも置けん！　きょうびなんざ夕方ちょいとひっかけたぐれえで、帰りはてきめんにびくついてやがるし。あの……」

言いさして、戸口わきのひと悶着に毒気をぬかれる。醜怪なあの小男と大食《ター ジ》が立ち上がっていた。そろって満面に朱を注いで給仕をののしり、給仕の方も一歩もひかない剣幕だ。それ以外の客はどこ吹く風で知らん顔をしている。そやおら大食《ター ジ》があいくちをのんだ懐中に手をつっこんだ。その腕を小男がいちはやくとらえ、店外にひっぱりだす。さっきまで飲んでいた杯を給仕がつかんでその背に投げつけ、路上でこっぱみじんにする。客たちがつぶやき声で口ぐちに給仕の肩をもった。

「ここじゃ大食《ター ジ》はいい顔されんな」喬泰《チャオタイ》が評する。隣席の男が顔を向けた。

「いや、今のは大食《ター ジ》じゃないが」流れるような北のことばだ。「だが、仰せの通り。ここじゃ大食《ター ジ》もいい顔されんよ。

来たってどうする、どうせ酒を飲まんのに。宗旨でご法度なんだから」

「浮世の極楽をみすみす逃してやがんな、あの崑崙奴《くろいやっ》ども！」喬泰《チャオタイ》がにやりとする。「一緒に飲《や》ろうや！」にっこりして椅子をよせた初対面の男にたずねた。「あんた、北かい？」

「いや、生まれも育ちも広州だ、だが、ずいぶんほうぼう旅で回った。旅すりゃいやおうなくことばを覚えるんでね。なりわいは船長さ。ときに、おれは倪《ネイ》という。あんたらふたりはどんな用向きで当地へ？」

「通りすがりさ」陶侃《タオガン》が説明する。「この州を巡行中のさるお偉いさんの一行でな。おれたちゃ下役人をつとめてんだ」

船長が喬泰《チャオタイ》に半信半疑の目を向けた。「あんたのほうは軍人さんかと思った」

「体術やら剣やら、かじっちゃいるがお遊びだ」喬泰《チャオタイ》がいなす。「あんたもやるのか？」

「おもに剣、特に大食《ター ジ》剣の刀法を。知らんじゃすまんのさ、波斯湾《ペルシア》に定期便を出してた関係で。あのへんの海には海賊がうようよいるんだ」

「あんなに反ってちゃ、どう扱うんだとは思ってたが」喬《チヤオ》泰《タイ》が評する。

「驚くぜ」倪《ネイ》船長が言う。じきに喬泰《チヤオタイ》とふたりして、多種多様な剣の刀法で話がはずんだ。陶侃《タオガン》は聞き役に徹し、話はそっちのけでもっぱら酌に回った。だが、船長が大食語《タージ》でいくつか専門用語を引き合いに出すのを聞き、目を上げてたずねた。

「あいつらのことばがわかるのか？」

「つきあい程度には。聞き覚えで波斯《ペルシア》語の心得も。それもこれも仕事のうちでね！」それから喬泰《チヤオタイ》に「異国の剣をいろいろ収集してるんだが、そいつをいっぺん見せたいね。どうだい、うちに飲みに来ちゃ？　前々からの住まいがまちの東にあるんだ」

「ふたりとも、今晩はちとぐあいが悪い」喬泰《チヤオタイ》が答える、「あすの朝じゃだめか？」

相手は売り台の男にすばやい視線を投げた。

「いいとも」と言う。「宿は？」

「五羊仙館だ、懐聖寺わきの」

船長が何か言いかけて思い直した。酒をひと口すすり、それからさりげなくたずねる。「お連れさんもあそこかい？」喬泰《チヤオタイ》がかぶりを振ると、船長は肩をすくめてこう続けた。「ま、あんたなら自分ひとりの身を守るぐらい朝飯前だろ。迎えの轎《かご》をさしむけるよ。そうだな、朝飯から一時間ほどたったころあいに」

陶侃《タオガン》が勘定をもち、なりたての知り合いにそろって別れを告げた。空はきれいに晴れ、ほてった顔に河風が心地よい。埠頭はうってかわって大にぎわいだった。物売りが岸辺にずらりと夜店を出し、思い思いに派手なちょうちんをかかげる。水上には点々とたいまつをともした小舟が、じゅずつなぎにへさきとともを舫《もや》ってつらなる。河風とともに、薪をくべるにおいがひとしお強くなった。舟で暮らす蛋家《タンカ》の民が夕餉のしたくにかかっているのだ。

「轎《かご》を拾おうや」と陶侃《タオガン》。「都督府までだいぶあるぜ」

喬泰《チヤオタイ》は答えず、うわの空でじっと人ごみを眺めていた。

ふいにたずねる。

「誰かにずっと張られてる気がしねえか？」

陶侃《タオガン》がすばやく肩越しに振り向く。

「いや、わからん」と言う。「だが、あんたの勘はよくあたるしな、それは認める。さて、判事どのの仰せじゃ報告は六時だったな、なら、まだ一時間やそこらある。ちょいと歩こうや、めいめい別の道をとって。うまくすりゃもっとはっきりするだろ、張られてるかどうか。わしの方はついでに土地勘を取り戻せて一石二鳥だし」

「わかった。おれは宿に寄って着替えをすませ、清真坊《ムスリム》を突っ切って近道する。ずっと東北さして歩いてきゃ、遅かれ早かれ北へ向かう大通りにぶつかるはずだ、違うか？」

「もめごとに巻き込まれんよう、行儀よくしとればの話さね！　目抜き通りの水時計塔はぜったい見ときなよ、名物なんだから。真鍮の水盤が階段よろしくずらりと積み重なってな、水盤に仕込んだ浮子《うき》で正しい時間がわかる。てっぺんの水が一滴ずつ、順ぐりに上から下へと落ちるしかけさ。まったくうまく考えたもんだよ！」

「そんな小細工せにゃ、日のあるうちに時間がわからんとでも？」喬泰《チャオタイ》が鼻であしらう。「おてんとさまと喉の渇き具合でことたりるぜ。夜やら雨曇りだと、喉だけが頼りだが。じゃ、また都督府でな！」

2

謎の相手に行き当たり
袋小路に糸もつれゆく

喬泰《チャオタイ》は角を折れ、濠を渡って帰徳門をくぐり、城内に入った。

夕方でいっそう混みあう人波をかきわけながら、ときおりちらと肩越しに目をやるが、あとをついてくる者はないようだ。五仙観の朱楼門をやりすごし、最初の通りを左へ折れて宿に出た。ご近所の五仙観にあやかったはいいが、名前倒れのぼろい二階建てだ。宿の屋根越しに懐聖寺の光《ミナ》塔《レット》がいただきを見せ、頭上ゆうに十五尋《ひろ》（十八・三メートル）はそそり立つ。

鬼瓦ばりの不景気面をさげたあるじは狭い帳場の竹椅子から腰を上げもせず、ごゆっくりお休みなさいましと声ばかり景気がいい。喬泰《チャオタイ》はさっさと二階裏にあがった。ひとつしかない窓のよろい戸を昼間ずっと閉めていたせいで、室内の空気はこもっていた。宿をとったその午前中、粗末な板寝台に手荷物を置く間もそこそこに飛び出したとあって、部屋に戻るのはこれがはじめて。悪態をついてよろい戸をいせいよく開ける。そこから、あの光塔《ミナレット》が今度はすっかり見えた。

「塔さえまともに建てられんのかい、あの夷狄どもは」笑ってつぶやく。「階の区切りはなし、反り屋根もなし、何もかんもなし！　あれじゃ棒あめと変わらんぞ！」

鼻歌まじりにきれいな肌着に替え、鎖かたびらをまた着て、かぶとや籠手や軍長靴はまとめて青布にくるんだ。それから階下《した》に降りる。

出てみると、通りはまだまだ蒸していた。まちのこの辺までは河風が届かない。鎖かたびらのせいで、上衣が脱げなくてあいにくだと喬泰《チャオタイ》は思った。通行人にざっと目を走らせ、宿屋のさきで巷《こうじ》に折れる。細い路上を夜店の灯が照らしだしていたが、人通りはまばらだ。大食《タージ》の通行人は白い頭布《ターバン》とせかせかした大またですぐ見分けがつく。懐聖寺をやりすごしたあたりから、路上の眺めがぐっと異国風になった。白しっくいの家並みは一階に窓がない。趣向を凝らした格子窓からこぼれる灯は二階ばかりだ。そちこちで、道をへだてて向かい合う二階から二階へとたがいに行き来できるように通路を渡し、馬蹄形の屋根をかぶせている。

喬泰《チャオタイ》はまだほろ酔いきげんが残っていたので、尾行への気づかいをころっと忘れていた。とあるさびれた巷《こうじ》に入ってふと気づくと、横にあのひげ男が並び、ぶっきらぼうにこうたずねた。

「近衛の兵だな、高《カオ》だか蕭《シャオ》だか、なにかそんなような名の？」

喬泰《チャオタイ》は足を止めた。薄明かりで初対面のそいつの冷たい顔つきを仔細に眺める。長いほおひげにごましおのあごひげ、それに裂けた茶の長衣や古びた帽子、いちめん泥だらけの長靴も念入りに見た。みすぼらしいなんてものではないが、どこか人品卑しからぬ雰囲気が身についており、都ことばの話しぶりは聞き違えようがない。それで、慎重に口にした。

「おれか、喬《チャオ》だ」

「はっ、言うにゃ及ぶ！　喬泰《チャオタイ》大佐だな。おい、上役の狄《ディー》閣下もこの広州か？」

「だったらどうなんだ？」喬泰《チャオタイ》がくってかかる。

「きいたふうな口をきくな！」見知らぬ男が叱りつける。「会わねばならん、一刻を争う。案内しろ」

喬泰《チャオタイ》が難しい顔をした。こいつは悪党には見えない。かりに悪人なら目にもの見せてやるまでだ、こっちは痛くもかゆくもない。

「旦那のとこへはたまたま行く途中だ。そんなら、今すぐ一緒に来いよ」

見知らぬ男は振り返り、肩越しにうしろの闇をすばやく探った。

「先へ行け」ぼそりと言う。「あとをついていく。ふたりいっしょに見られてはまずい」

「好きにしろ」喬泰《チャオタイ》は言い捨てて歩きだした。まばらな窓からこぼれる灯だけを頼りに、敷石のいたるところ深い穴だらけとあっては、こんどこそ用心しなくては。あたりに人影はない。物音といえば、あとをついてくる未知の男のにぶい靴音だけだ。

またもや曲がり角、その先の路上はまっくらだった。あの光塔《ミナレット》のいただきを確認して現在位置をつかもうと上を向いた。だが、道の両側から背の高い家がのしかかって視界をさえぎり、細長くあいた星空しか見えない。それで相手が追いつくのを待ち、肩越しに言ってやった。

「ここじゃ何もわからん。引き返して轎《かご》を拾ったほうがよさそうだ。目抜き通りに出たってまだまだ歩くからな」

「そこの角を曲がって、民家でたずねてみろ」見知らぬ男がしわがれ声を出す。

喬泰《チャオタイ》が行く手をうかがい、こんどは闇にともる灯を見つけた。「こいつめ、喉はちょいといかれてるが、目は達者なもんだ！」つぶやくと、かすかな灯をめざした。角を曲がってみると、向かって左のなまこ壁に高くうがった壁龕《へきがん》があり、安物の灯がともっていた。壁龕《へきがん》のすぐ先に銅飾りをはめこんだ扉がある。頭上は渡り廊下が向かい合う二階同士をつないでいる。喬泰《チャオタイ》が扉に近づいた。よろい戸をおろしたのぞき口をがんがん叩きながらも、連れが立ち止まる音を背中で聞き、声をかけた。

「まだ返事がないぞ、ろくでもねえ連中だな。たたき起こしてやる！」

気合を入れてしばらく叩き、ついで扉板に耳を押し当てた。何も聞こえない。二、三度ばかり蹴とばしてから、のぞき口を両のこぶしが痛くなるまで叩いた。

「やるぞ！」頭にきて、連れにどなった。「ふたりがかりで、このいまいましい扉を蹴り開けるんだ！　誰かいるに決まってるぜ、さもなきゃ灯がついてるもんか」

返事はなかった。

喬泰《チャオタイ》が振り向く。路上には自分ひとりだけだ。

「ろくでもねえあの野郎め、いったいどこへ……」狐につままれて言いかけ、ついで絶句する。渡り廊下の真下に、連れの帽子が落ちていた。悪態まじりに地面に手荷物を置き、壁龕《へきがん》に手をのばして灯を取った。帽子へと踏み出した拍子に、肩にそっと触れるものがあった。すごい剣幕で振り向く。誰もいないと思ったのもつかの間、泥だらけの長靴一対が頭のすぐわきにぶらぶら垂れていた。また悪態混じりに目を上げ、高々と灯をかざす。連れは渡り廊下の向こう側で、吊られた首を不自然な角度に曲げ、体の両脇に腕をこわばらせている。吹きさらしの渡り廊下の窓をくぐって細紐が渡してあった。

喬泰《チャオタイ》は廊下の下にある扉に向き、荒っぽく蹴とばした。内側に開いたはずみに扉が壁にぶちあたる。狭い急な石段を駆け上がり、通りにさしわたした暗くて天井の低い廊下に出た。灯を掲げてみると、大食《ターージ》のなりをした男がひとり、窓の手前で大の字に寝そべっていた。錐のようにするどい短槍の穂先を右手でつかみ、横たわったまま身動きひとつしない。ふくれた顔、突き出した舌を見れば死んでいるとひと目でわかる——絞殺だ。出っぱった眼の片方がやぶにらみになっていた。

喬泰《チャオタイ》は額の汗をぬぐった。

「さっきまできげんよく飲んでた人間に、この眺めはねえだろう!」とつぶやく。「これが最低最悪の酔いざましでなくて一体なんだってんだ! さっき酒場で見た外道じゃねえか。だが、連れの不細工なちびはどこ行きやがった?」

渡り廊下の反対端にさっと灯を投げかける。暗い通路がそこから下へ向かって続いていたが、しんと静まり返って墓場のようだ。灯を床に置き、大食《ターージ》の死体をまたいで、窓枠の下の鉄鉤に固定された細縄をたぐりにかかった。ひげ男がゆっくりとあがってくる。むざんにゆがんだ顔が窓からのぞき、にたりと左右に引いた口もとから血が垂れた。

まだぬくみのある死体を喬泰《チャオタイ》は中に引きずりこみ、大食《ターージ》と並べて床に寝かせた。首に絡まった縄はやせた喉に深く食い込み、首骨が折れているようだ。渡り廊下の反対端に出て向かいの階段を駆けおりる。五、六段さきに低い戸口があり、その扉に雷のような乱打をみまった。返事がなかったので体当たりする。虫喰いだらけの古い厚板が破れた拍子に、勢いあまって薄暗い室内の割れた皿や壺が散乱するただなかにつんのめり、裂けた木ぎれに足をとられた。

連れとはぐれる

またすぐ立ち上がった。小さな部屋の中央で大食《タージ》の老婆がすくんでこちらを見上げ、恐怖で口もきけずに歯なしの口をあんぐり開けている。歳月を経て黒ずんだ梁に真鍮の灯火がさがり、片隅にしゃがんで赤ん坊に乳をやる若い大食《タージ》女を照らした。その女がぼろ外套のすそで裸の乳房をかばい、つんざくような悲鳴を上げる。喬泰《チャオタイ》が声をかけようとしたちょうどそのとき、向かいの扉がばたんと開き、やせこけた大食《タージ》ふたりがてんでに三日月形のあいくちをひらめかせて駆け込んできた。喬泰《チャオタイ》が襟もとをはだけて金双龍章を見せるや、ふたりともその場に凍りついた。

そこで迷っている二人を押しのけ、ずっと若い三人めの男が喬泰《チャオタイ》に近寄った。ぶつ切りの中国語でつかえつかえたずねる。

「うちの女棟にむりやり入る、どういうつもりね、士官の旦那?」

「おもての渡り廊下で男がふたり殺されてるぞ」喬泰《チャオタイ》がどなる。「吐け、下手人はだれだ?」

若い男は壊れた扉をちらと見た。そしてむっつりと答える。「あの廊下のできごと、おれたち関係ないね」

「おまえんちの続きだろうが、この犬畜生め!」喬泰《チャオタイ》がいきまく。「いま言ったろう、あっちで男がふたり死んでる。吐け、さもなきゃてめえらひとり残らずしょっぴいて、責め問いにかけてやるぞ!」

「も少しよく見りゃ、旦那」若い大食《タージ》が小ばかにしたように、「あんたが破ったその扉、何年も開けてない、それわかるでしょ」

喬泰《チャオタイ》が振り向く。さっき足をとられた木ぎれは、背の高い戸棚の残骸だった。戸口手前のほこりの積もりぐあいと、いましがた破った錠の錆びぐあいで、若者の言い分が正しいとすぐわかる。本当に、渡り廊下への戸口は長年使われた形跡がない。

「誰か、通りの上、渡り廊下で殺されたなら」また若者が言う、「通りすがりのやつ、誰でもありね。通りから登れる、両側に階段あるし、おれ知る限り下の戸、鍵いちどもかけてない」

「じゃ、あの渡り廊下は何のためだ?」

「六年前まで、向かいの家もおれの父親《てて》、商人アブダッラーの持ち家。あっち売った、それでこっちの扉ふさいだ」

「何か物音を聞いたか？」喬泰《チャオタイ》が若い女に尋ねる。女のほうは答えず、理解できないので恐怖をこめて見上げた。若者がすかさず通訳すると、女はかぶりを強く振った。喬泰《チャオタイ》に伝える。

「壁は厚い、あの古い扉、手前は戸棚ね……」両手をかかげ、仕方ないと身ぶりで伝えた。他の大食男《タージ》たちが帯に短剣を戻してぼそぼそ話していると、あの老婆が勢いづき、床に散らばったかけらを指さしてかんだかい大食語《タージ》でえんえんとまくしたてた。

「弁償はすると言ってやれ！」と喬泰《チャオタイ》。「おまえはいっしょに来い！」

若者を連れて戸口をくぐり、渡り廊下に出ると大食《タージ》の死体を指さしてただした。

「こいつは何者だ？」

若者が死体脇にしゃがみこむ。ゆがんだ顔に一瞥をくれ、喉にかたく結んであった絹布をゆるめた。それから頭布《ターバン》の中を器用な指で探った。身を起こしてゆっくり言う。

「金も書類も、ない。見たことない顔、でもまちがいない、南大食《タージ》の人。あっちじゃ短い投槍の技がじょうずね」先ほどの絹布を喬泰《チャオタイ》に渡しながら、続けて、「でも下手人、大食《タージ》じゃない。その布、四隅に銀貨結わえてる、見えますか？　錘《おもり》がわり、うしろから首にひゅんって巻きつく。腰抜けの武器ね。おれたち大食《タージ》の武器、槍や刀やあいくち——アッラーと預言者ムハンマドのさらなる誉れのために戦うね」

「おありがたいこって」喬泰《チャオタイ》が皮肉った。思案の目で死体ふたつを眺める。何が起きたか、今はわかっていた。その大食《タージ》は見知らぬひげ男だけでなく喬泰《チャオタイ》も殺すつもりで、窓の下に伏せて二人を待ち構えていた。下を通った喬泰《チャオタイ》をやりすごし、続いて連れがやってきて、扉を叩く間、その場で待っているすきに細縄を投げて首にかけ、恐ろしい力でぐいと引きあげた。そののち細縄の端を結んで鉤にかけ、投槍を手にした。だが、向かいの窓から第二の獲物の背に槍を投げようとした時を見すまして第三の人物が絹布で背後から絞めあげ、そのまま逃げたのだ。

喬泰《チャオタイ》は窓を開け、路上を見おろした。

「あっちであのくそ扉を叩いてたおれは、さぞかしおあつらえ向きの的《まと》だったろうよ！」とつぶやく。「あれだけ細い槍なら、鎖かたびらなんざ突き通したはずだ！　誰だか知らんが、助けてくれたやつぁ命の恩人だぜ」若い大食《タージ》のほうに向くと、ぶっきらぼうに言った。「誰かに言って目抜き通りにひとを走らせ、大轎《かご》を呼んで来い！」

破れた扉ごしに若者が大声で何か言うひまに、喬泰《チャオタイ》は中国人のひげ男の死体を調べた。だが、身もとの手がかりは何もない。憂鬱にかぶりをふる。

気まずい沈黙の中、下の通りからそうぞうしい声が響くまで二人で待っていた。窓から身を乗り出した喬泰《チャオタイ》が、くすぶるたいまつをかかげてくる轎夫《かごかき》四人を認める。中国人の死体を肩にかつぎあげ、若者に命じた。「巡査が来るまでここに立って、おまえの国の死人《ほとけ》を張り番しとけ、何かあったら一家全員ただじゃすまんぞ！」

重荷を背負い、狭い階段をくだりはじめた。そろそろと、ひと足ずつ踏みしめて。

3

踏み荒される花を助け
金《きん》を転《まろ》ばす音《ね》をめでる

陶侃《タオガン》は税関に引き返した。弧をえがく高い門を通りがけに、まだせわしなく荷の山を選り分ける下役人たちをしばし眺めた。異国わたりの強烈な香料がぴりぴりと大気を刺す。裏口から出ぎわにうらぶれた自分の宿を一瞥し、大南門から城内に入った。

悠揚迫らぬ足どりで雑踏を抜けながら、道すがらのめぼしい建物はあらかた覚えていてわれながら満更でもない。二十年の歳月を経ても、広州はさして変わらないとみえる。

右手に大伽藍が立ちふさがった。いくさの神を祀る関帝廟だ。人ごみを抜け、大理石の大階段のはてにそびえ立つ楼門にたどりつく。両開きの門扉を守る大きな石獅子の一対が八角の台座につくねんと控えていた。お約束どおり、向かって左の雄獅子は歯を食いしばって下に目を怒らせ、対する右の雌獅子は天をにらんで口をかっと開けている。

「あのうるさい口を閉じとけんのだからな、雌獅子ってやつは！」小声で陶侃《タオガン》がこきおろす。「性根の腐った元女房そっくりだわい！」

ざんばらの口ひげをゆっくりとしごき、久しぶりにふしだらな元妻を思い出して胆汁を飲んだような顔をする。この二十年というもの思い出すことさえまれだったのに、若き日の数年を過ごしたこの地をこうしてまた踏んだ拍子に、何もかもまざまざと蘇った。かつての恋女房は下劣にも裏切りをはたらき、亭主を破滅させようとした。それで、やむなく身ひとつで命からがら逃げ出した。以後はきっぱり女っけを絶ち、煮え湯を飲ませてくれた世間にしっぺがえししてやろうと決意、渡り者のいかさま師になった。だが、のちに狄《ディー》判事に会ったおかげで足を洗って副官になり、心機一転、新たに生まれ変わったのだ。以来、県知事を歴任する判事につきしたがい、都に抜擢されていまの要職にのぼってからはその秘書長になった。陰気なうらなり顔にひとロでは言い表わせない笑みを浮かべ、小気味よげに雌獅子に話しかける。

「広州はちっとも変わらんな。だがまあ、わしを見てみなよ！　ただお役人ってだけじゃない、いまじゃ金持ちだ。それもかなりの、と言わにゃなるまいて！」帽子をぐいと直し、たけり狂う雌獅子にさも偉そうにうなずくと、廟内に足を踏み入れた。

通りすがりに外から主堂をのぞく。高壇ではまたたく赤い長ろうそくを頼りに、小ぢんまりした一団が青煙もうもうたる大きな青銅香炉にさらに線香を供えていた。煙にさえぎられておぼろだが、ひげを生やした金ぴかの関帝像が大仰に青竜刀を振りかざす。陶侃《タオガン》がふふんと鼻であしらった。軍人の勇壮なさまにあこがれたためしは皆無と言っていいくらいだ。同じ副官の喬泰《チャオタイ》のような体格に恵まれているわけでなし、腕っぷしもない。それに、武器を帯びたりはしない。だがもともと胆っ玉が座っているし、手ごわい敵を向こうに回してもとっさの機転で急場をしのげる。そのまま足を止めず、主堂ぞいに迂回して裏門に出た。記憶では、たしか関帝廟の真北に広州一の大市場がある。目抜き通りに出てまちの北を占める都督府に向かう前に、見物がてらちょっと回るのも乙だろう。

関帝廟の裏坊は貧しげな木造家屋が建ち並ぶ一角、人声かまびすしく、安い揚げ物の古い油が臭う。だが、先へ行くとはたと物音がとだえた。無人の家ばかりのこの界隈は廃屋も多い。そこかしこに新品のれんがの山や、しっくいのたっぷり入った大壺が間隔を置いて整然と並ぶさまをみれば、現在ただいま何か建造中だと察しがつく。何度か振り返ってみたが、付近に人影は見当たらない。暑さをものともせず、骨ばった身体に長外套をしっかり巻きつけ、あせらず悠然と歩いて行った。

また巷《こうじ》の角を折れると、ゆくてに市場のにぎわいが聞こえた。と同時に、はるか先の袋小路の異変が目に飛びこんできた。崩れかけた門のちょうちんが照らすなか、ごろつき二人組が女を襲っている。そちらに馳せよって見れば、ひとりが背後から女の口もとに片腕を回し、残る片手で女の両腕を後ろ手に抑えている。もうひとりが女の前に立って衣を裂き、むっちりした乳房をまさぐっていた。腰帯に手をかけられ、両足をばたつかせて女は必死に抵抗したが、背後のやつがその頭をぐいと引いてのけぞらせ、無防備になった胴にしたたかな拳をみまった。

時を移さず陶侃《タオガン》が行動にかかる。右手で手近なれんがを拾い、横手にあった砕石の山を左手ですくいとった。そうっと忍び寄り、重いれんがの角で、女の動きを封じているやつの肩に痛烈な一撃。女から手を放し、ごろつきは悲鳴とともに砕けた肩を押さえた。その相棒が陶侃《タオガン》に向き、帯のあいくちを手探りした。ところが、目に砕石をぶつけられ、両手で顔をおおうと痛みに耐えかねて吠え声を上げた。

「それっ、その曲者どもをからめとれ!」陶侃《タオガン》がどなる。肩を砕かれたごろつきは吠え声をあげる相棒の腕をつかんで引きずり、いちもくさんに巷《こうじ》へと逃げ込んだ。

衣の前をぎゅっと合わせた娘が、あえいで息をつく。なにぶん薄暗いが、夜目にもじつに整った目鼻立ちだった。髪は未婚の娘らしく、うなじで分けてふたつにまとめている。歳格好は二十五くらい。

「市場だ、急げ!」ぶっきらぼうに声をかける。広東語《カントン》だ。

「今のがはったりだと、あいつらにばれんうちに」

ためらうそぶりの娘の袖をとらえ、にぎわう市場へとひっぱって行った。

「あんなひとけのない道をひとりで歩くなんて、われわれから災いを招き寄せるようなもんだぞ、娘さん」と、とがめる。「それとも、あのごろつきふたりは知り合いか?」

「いいえ、きっとやくざです」品のいい小声で答えた。「市場からこちらへ近道して関帝廟に出るんですけど、そこであのふたりに。なに食わぬふうでいったんすれ違うと見せかけ、うしろから不意打ちされてしまって。おりよくお助けくださって、本当にありがとうございました!」

「礼なら自分の守り星に言いな!」陶侃《タオガン》が憤懣をぶつける。こうこうと灯をともした市場の南に接する人通りの多い路上に出たところでさらに、「お参りは日の高いうちにするんだな、そのほうが身のためだよ! それじゃここで」

そのまま屋台のすきまを抜けようとしたが、娘がその片腕を押さえ、遠慮がちに頼んだ。

「お願いですから、目の前にあるお店の名を教えてくださいな。きっと果物屋ですね、みかんの香りがしますもの。いまの居どころをのみこめば、帰り道は自分でわかりますから」

言いながら袖から竹の細筒を出し、入れ子になった先を振り出した。組み立て式の杖だ。

陶侃《タオガン》があわててその目を見る。白く濁り、全く見えていない。

「むろん、家まで送ってあげるさ」気がさしてそう言った。

「いえ、そこまでしていただかなくても。ここは勝手知ったる坊ですので。はじめがどこだかわかりさえすれば」

「ぶっ殺してやりゃよかった、あの卑怯者の人でなしめ」陶侃《タオガン》がぶつくさ怒る。それから娘に、「そら、わしの袖口はここだよ。案内すりゃ、それだけ早く帰れるだろ。住まいはどこだね？」

「お気遣いいただいて、本当に恐れ入ります。市場の北東角近くです」

連れだって歩き、陶侃《タオガン》が骨ばった両肘で人ごみをかきわけた。しばらくして娘がたずねた。

「臨時配属で政庁にいらしたお役人ですね？」

「違う違う、ただの商人だよ、まちの西のもんだ」陶侃《タオガン》があわてて答えた。

「そうに決まってますよね、ごめんなさい！」消え入りそうに答える。

「どういうわけで、お役人だと思ったのかね？」好奇心にかられて陶侃《タオガン》がたずねる。

しばし迷った末に、やがて娘がこう答えた。

「そうですね、広東《カントン》語が本当にお上手ですけれど、私は耳がごく鋭いので都なまりが聞きとれます。次に、あの二人組をはったりで脅かしたお声、お役人のふりにしては真に迫っていました。最後に、このまちではみんな人のことなんか気にしません。女を襲うごろつきふたりにたったひとりでかかっていくなんて、庶民には思いもよりません。それに蛇足ながら、あなたさまは思いやりのあるご親切な方だと痛感いたしました」

「うがってるな」陶侃《タオガン》が受け流す。「最後のひとつ以外は。そっちはまったくの的外れだ！」

横目で娘の方をうかがう。こわばっていた顔がゆるやかに笑みほぐれ、離れぎみの両目と厚めの唇がいささか風変わりとはいえ、めったにないほどきれいな娘だ。ふたりとも黙って歩いた。市場の北東角に来たところで娘が言う。

「うちは右手四番目の巷《こうじ》です。ここからの道案内は私がしたほうが」

歩くにつれて狭い路上は暗く、娘は敷石をかるく杖で叩いては足もとを確かめた。古びてがたのきた二階建ての木造が道の両側に並ぶ。四つめの巷《こうじ》に入ったところで、どこもかしこも墨を流したようになった。滑りやすいでこぼこ道に足をとられないよう、おのずと陶侃《タオガン》は慎重な足どりになった。

「このへんの貸部屋に住んでいるのは、市場に屋台を出してる家族もちの小商人《こあきんど》なんです」と娘。「みんな夜ふけまで戻りません。だから、ほんとに静かなんですよ。では、こちらへ。急ですので、階段にお気をつけて」

このへんが引き上げどきだった。が、せっかくここまで来たんだ、ことによるとこの風変わりな娘の身の上がもっとわかるかもしれんと自分に言い聞かせた。それで、娘のあとから暗い階段をきしませてのぼった。踊り場に出ると戸口のひとつに連れていかれ、娘が戸を開けて言った。

「ろうそくは、すぐ右の卓上にあります」

陶侃《タオガン》が懐中の火口箱《ほくちばこ》でろうそくをつけ、調度もまばらな狭い部屋をつぶさに眺めた。床は板張り、壁は三方がひび割れたしっくい塗りで正面だけが大きな窓になっていた。竹の手すりがこの部屋と、隣家から延びた平屋根をかろうじて隔てている。かなたの夕空にもっと高い建物の屋根が反りかえる。室内はこまめに掃除がゆきとどき、そよ風が入って路上ではしつこく残る蒸し暑さを払っていた。ろうそくの横に安物の茶籠、それにせとものの茶碗がひとつ、胡瓜《きゅうり》の薄切りが何枚かのった大皿と細身の長包丁があった。卓の手前に白木の低いこしかけが一脚、脇壁のそばに細長い台がひとつ、奥に背の高い竹屏風。

「ごらんのとおり、差し上げるといっても大したものはなくて」悲しそうに娘が言う。「こちらにお連れしたのは、人さまに借りを作るのが何よりいやだからです。私は若いし、そう不細工でもありません。一緒に寝たいとおっしゃるのでしたら、そうなさってかまいません。寝台は屏風の裏です」どぎもを抜かれて無言でまじまじ見ていると、娘が静かに言い足した。「お気がね無用です、生娘ではありませんから。去年、酔っぱらった兵士四人に力ずくで犯されましたので」

静かな青ざめた顔に、陶侃《タオガン》は鋭い目をあてた。ゆっくりと、

「おまえさんはすっかり身を持ち崩したか、さもなきゃ、まじめの上にばかがつくというやつだな。何にせよ、その申し出には気をひかれんね。だが、人間の型というものには大いに気をひかれるくちでな。わしの知っとる型に、おまえさんはどれもあてはまらん。だから、お茶を一杯もらってちょいとおしゃべりさせてもらえば、わしへの借りとやらは十二分に返せるだろうさ」

娘の顔がかすかにゆるむ。

「おかけになって！　この破れた衣を着替えてきます」屏風の陰に姿を消した。陶侃《タオガン》は茶籠の茶びんから勝手に一杯注いだ。茶をすすりながら、軒下の竹ざおに竹鉤でずらりとさげた小さな箱をものめずらしげに眺める。十いくつはあり、大きさや形はどれもまちまち。目を転じると、台の上に吊り棚があって緑の大きな陶壺が四つ並び、竹編みのふたがきっちりかぶせてある。じっと耳を澄まし、けげんな顔で眉を寄せた。まちのざわめきとは別に、虫がすだくような音がずっと聞こえるが、いったいどこからなのか。あの竹ざおに吊った小箱からのようだ。

腰を上げ、手すりぎわに出て箱をつぶさに見る。どの箱も小さな穴が開き、そこからあの音が出ている。はたと合点した。箱の中はこおろぎだ。自分としてはその虫にことさら興味はないが、多くの人が飽かずその音色に聞きほれ、しばしば象牙細工や銀線細工などの高価な虫籠をあつらえて家に何匹も飼っている。飲み屋や市場でこおろぎ同士を戦わせる「こおろぎ合わせ」に興じる人もいる。彫刻した

竹筒にこのけんかっ早い虫を二匹入れ、細い麦わらでつついてけしかけるのだ。こういった勝負にはかなりの賭け金が動く。ここでふと気づいた。ごくわずかながらこおろぎの音色に差がある。だが、さおの端にさがった小さなひょうたんから聞こえる音がなんといっても抜群だった。抑えぎみにはじまり、驚くほど澄んだ高音までいっきに上がる。そのひょうたんをおろして耳にかざした。鈴をまろばすようなその音色が、いきなり低いうなりにかわる。

屏風の裏から娘が出てきた。こんどは黒で縁どりした渋いうぐいす色の衣に、黒の細帯。あわてて陶侃《タオガン》に近寄り、その小さな虫籠をさがして必死で宙を手探りする。

「うちの金鈴《きんれい》を手荒にしないで！」と、声をはりあげる。

陶侃《タオガン》がその手にひょうたんを置いた。

「ただ聞いてただけだ、いい声なんでな」と言う。「ここにある虫はどれも売り物かね？」

「はい」答えながら、ひょうたんをさおに戻した。「市場か、お得意さまにじか売りで。この子は一番上等な珍種なんです。とくにこんな南方ではまず見かけません。その道の通《つう》は『金鈴《きんれい》』と呼びます」台に腰かけ、すんなりした両手を膝に乗せて続ける。「こちらの後ろにある棚の壺は、こおろぎ合わせ用のこおろぎです。本当にかわいそう。あの子たちのがっちりした足や、きれいな触角が勝負でむしられるかと思うとたまりません。でも、そちらも在庫には欠かせないんです。確実に売れますから」

「どうやって捕まえるね？」

「庭塀ぞいか、古家の外を適当に歩くだけです。いいこおろぎは声でわかりますから、果物の薄切りでおびきよせます。かわいい虫たち、ほんとに賢いんですよ。私がわかるんじゃないかしらと思うくらい。部屋の中に放してやっても、呼べばかならずすぐに自分の箱に戻ってくるんです」

「だれも面倒を見てくれる人はいないのか？」

「そんな人はいりません。自分の面倒ですもの、ちゃんと自分で見られます」

陶侃《タオガン》がうなずく。ついで、おもての階段がきしむ音を聞いたような気がして、はっと目を上げた。

「隣近所は夜更けまで戻れんとかいう話じゃなかったか

金鈴《きんれい》をめでる

？」

「ええ、そうですとも」と答える。

一心不乱に耳を澄ます。だが、もうこおろぎの声しかしない。空耳だったのだ、きっと。半信半疑でたずねる。

「このうちでたいていひとりきりなんて、大丈夫なのかね？」

「大丈夫ですとも！　ところで、お国ことばで結構ですよ。そちらもよくわかりますので」

「いや、広東語《カントン》を稽古させてもらったほうがずっといい。このまちに身寄りはないのかね？」

「身寄りはいます。でも、あることがあって生まれもつかない眼になり、家を出ました。ときに、私は鸞麗《ランリー》と申します。それに、あなたさまはお役人だとまだ思ってますけど」

「そう、あんたの言う通り。まあ下役人みたいなものでね、さる都のお偉方のお供なんだ。わしは陶《タオ》という。このこおろぎで日々の暮らしはじゅうぶんまかなえるのかね？」

「じゅうぶんすぎておつりが来るぐらいですわ！　朝晩の焼餅《シャオピン》と、昼は麵一杯で足ります。使い道なんてそんなものです。こおろぎには費用がぜんぜんかかりませんし、いい値で売れます。例えばあの金鈴《きんれい》、あの子の値うちは銀ひと粒なんですよ！　でも、売ろうなんて思いもよりませんけど！　けさ目が覚めたとき、あの子の歌が聞こえてすっかりうれしくなりました」にっこり笑って続ける。「捕まえたのはほんのゆうべです。本当についてました。たまたま歩いていて、華塔の西塀ぞいに……あの、華塔のお寺をご存じですか？」

「むろん。西坊の華塔だな」

「そうです。そしたら、いきなりあそこで鳴き声がして。おびえてるみたいでした。それで、塀の足もとに胡瓜の薄切りを置いて呼んでみたんです、こんなふうに」唇をかたく結び、妙にこおろぎそっくりの音をたてた。「それからしゃがんで待ちました。やっと来てくれて、胡瓜をむしゃむしゃやる音が聞こえたんです。おなかいっぱい食べて上機嫌になったところで、いつも袖に入れているひょうたんに入らせました」顔を上げて言った。「ほら、またあんなにきれいに鳴いて。いい声でしょ？」

「本当だなあ！」

「やっぱり、そのうちお気に召すと思ってました。お優しそうなお声ですもの、悪い方のはずがありません。そういえば、私を襲ったあのふたりをどうなさったんですか？　どちらもすごく痛そうにしてましたけど？」

「さてねえ、わしは腕っぷしがない。もう歳だしね、おまえさんの倍くらいだ。だが場数は踏んでるから、自分の身ぐらいは守れるのさ。あんたもこれからはそうなったがいいよ、鸞麗《ランリー》さん。世間には、あんたみたいな若い娘を食いものにする悪いやつらがごまんといるからね」

「ほんとにそう思います？　いえ、おおかたの人はとっても親切だと思いますけど。かりに悪い人がいても、たいていは不幸せだったり寂しかったりするせい、さもなければ思うように物事が運ばないか、逆に思いのままになりすぎるせいじゃないでしょうか。なんにせよ、あのふたりはまともな食事をするお金もないに決まってます、まして女を買うなんて！　怖かったのは、あらかじめ殴って気絶させる気かと思って。でも、そんな気はなかったって今ではわかります。目が見えないのは承知してたんですから。お上に訴え出ようにも、顔がわかりっこないじゃありませんか」

「こんどあのふたりに会ったら」陶侃《タオガン》がぷんぷんする。「めいめいに銀ひと粒ずつくれてやる、おやさしい魂胆へのほうびにな！」茶を飲み干し、ほくそえんでさらに、「銀と言や、あいつらすぐにも必要になるこったろうて！　先立つものがないことにゃ、片割れは右腕が二度と使えず、もうひとりは目に入った石のかけらを洗い落とさにゃ、残る一生なんにも見えずじまいだぞ！」

娘がはじかれたように立った。

「なんてひどい！」声を上げて怒る。「それも楽しそうに！　あんまりだわ、むごい人ね！」

「なら、おまえさんは大ばかの小娘だ！」陶侃《タオガン》が言い返す。立ち上がって戸口に向かい、捨てぜりふで「お茶には礼をいっとくよ！」

手探りでろうそくをとった娘が、あとについて踊り場に出て、灯をかざした。

「階段のお足もとに気をつけて」おちついて言う。「滑りますので」

口の中で何ごとかつぶやくと、陶侃《タオガン》は降りていった。巷《こうじ》に出ると、目をこらして出てきたばかりの建物をよくよく見直した。ただの習い性だよと自分に言い聞かせる。また来るつもりなんて、むろんこれっぽっちもないさ。女なんぞしょうがない、あんなおばかちゃんとこおろぎなんざ知ったことか、好きにしやがれ。

とにもかくにも歩きつづけた、さざなみだつ内心を抱えて。

4

高官堂上に威儀を正し
心ひそかに使命を奉ず

店や料亭や酒場のちょうちんが、南北にまちを走る目抜き通りをとりどりに照らす。人波に押され、ひどい喧嘩や猛烈な口論を耳に入れながら進むうちに陶侃《タオガン》の機嫌はしだいに直り、都督府の高い外塀が見えるころにはいつもの皮肉笑いが戻りかけていた。

ここまで来ると店もまばら、人通りもぐっと少ない。高殿楼閣がもっぱら軒をつらね、門を衛兵が固める。左手は政庁の各役所、右手はまちを守る軍の屯所。朱塗りあざやかな都督府正門に通じる大理石の大階段をやりすごし、矢狭間をうがった外壁をたどっていく。敷地の東角に設けたひとまわり小さな門ののぞき窓をたたき、守衛に身分姓名を名乗った。扉がさっと開き、こだまがひびく大理石の長廊をたどって東棟の離れに出る。そこが狄《ディー》判事の宿所だった。

控えの間で、しゃれたお仕着せの家令がみすぼらしい客をじろじろ見て両眉をつりあげた。陶侃《タオガン》のほうはどこ吹く風で山羊革外套を脱ぐ。下はこげ茶の長衣、秘書長の身分を示す金刺繡の襟と袖口つきだ。家令はあわてて最敬礼し、着古しの外套をうやうやしく預かったのち、両開きの大扉を開けた。

広く、がらんとした大広間だ。太い朱柱が二列に分かれて左右の壁の手前に整然と並ぶ。そのところどころに立てた銀燭台十数本では、あかりがとうてい間に合わない。向かって左は、白檀彫りのゆったりした長椅子と大きな青銅花瓶を飾った脇卓、中央は紺青の絨毯がひろびろと敷き延べてあるだけ。はるか奥に目をやると、金屏風を背にした巨大な机があった。その机に狄《ディー》判事がつき、向かいの低い椅子に喬泰《チャオタイ》がかけている。ひんやりして音ひとつない室内を歩くさなか、しおれた茉莉花《ジャスミン》と白檀があるかなきかに匂った。

狄《ディー》判事は金刺繡でふちどった紫袍をまとい、国政の枢要にあずかる卿《けい》の金飾りをつけた高い官帽をいただく。大きなひじかけ椅子にもたれ、ゆったりした袖の中で腕組みしていた。喬泰《チャオタイ》も思案顔で、古色がついた青銅の机上調度一式を見つめて広い肩を丸めている。判事どのはこの四年でだいぶお年を召されたと、あらためて陶侃《タオガン》は思った。顔の肉が削げ、目もと口もとに深いしわが何本も走る。ゆたかな眉はいまだに黒いが、長いひげには白いものがちらほら目だつ。

陶侃《タオガン》が机に近づき、一礼すると狄《ディー》判事が目を上げた。しゃんと座りなおし、長袖をはらって朗々たる深い声で言った。

「席はそこだ、喬泰《チャオタイ》の隣。悪い知らせがある、陶侃《タオガン》。おまえたちに身をやつして船着場に行ってもらって正解だった。事態に動きが出たのだ、それも急転直下だよ」そこにまだ控えていたさきほどの家令に、「茶をいれなおして来るように！」

家令が行ってしまうと判事は机に両ひじをつき、しばし副官ふたりを見守った。それから、かろうじて笑みを浮かべて続けた。

「よかった、また気のおけない者だけになれて！　都にのぼってからはそれぞれの職務に忙殺され、仲間うちで忌憚なく意見交換するおりなどまれになってしまった。知事をしていた時分にはほとんど毎日のようにやっていたのにな。いい時代だった。老洪《ホン》警部がまだ一緒だったころだ……」

疲れたように片手で顔をなでた。それから気を取り直し、背筋を正して扇を広げ、てきぱきと陶侃《タオガン》に言う。「いましがた、喬泰《チャオタイ》が邪悪きわまる殺人を目撃した。だが、その話をさせる前に、まずはこのまちの印象を聞かせてくれ」

骨ばった副官にうなずきかけ、椅子に背をあずけて扇を使いはじめた。陶侃《タオガン》が椅子で身じろぎし、冷静に述べはじめる。

「この都督府まで閣下のお供をいたしましたあと、喬泰《チャオタイ》と私で轎《かご》に乗ってまちの南に参り、ご命令どおり清真坊《ムスリム》近辺で宿を探しました。喬《チャオ》の兄貴は懐聖寺近くを選び、私は大南門外の埠頭に宿をとりました。とある小さな飯屋で落ち合って昼飯《ひる》をすませ、それから徒歩で河岸をずっと見て回って午後をつぶしました。大食《タージ》はおおぜい見かけました。かねて聞くところによると、まちに定住した大食《タージ》はざっと千人をくだらないそうですし、入港した船の乗組員はあわせてもう千はおります。しかしながら同じ大食《タージ》だけで固まり、中国人とのつきあいはあまりないようです。仲間の一人が税関の守衛に殴られたというので、一触即発になりかけた大食《タージ》水夫も中にはおりましたが、税関が手兵を繰り出したあたりでおもだった大食《タージ》のひとりが叱りつけ、あとはおとなしくなりました」もの思いにふける手つきで口ひげをしごいて、さらに、「広州は南方きっての富を誇るまちでございます。不夜城としても天下に名高く、ことに珠江の画舫《がぼう》（水上娼家）はあまねく知られております。生き馬の目を抜くお土地柄ですな。今日の豪商が明日は乞食かもしれませんし、賭博台では夜な夜な巨万の富が生まれては消えます。やくざや騙《かた》りにとりましてはまさに地上の楽園、いま、ここにこうしている間にも莫大な金がだましとられ、巻き上げられていくのです。ですが広州人は骨のずいまで商人気質《あきんどかたぎ》、お上のまつりごとにさして頓着しません。たまさか都のなさりように不平をこぼしたとしても、ひとえに商人《あきんど》が大勢を占めるまちとして、商売上の取引にお上の口出しをよしとしないからに過ぎません。ですが、本格的な不平分子のきざしは何ひとつ見当たりませんでしたし、そもそもわずかひとにぎりほどの大食《タージ》が、当地ではたして正真正銘の乱を起こせますかどうか」

狄《ディー》判事が何も言わないので、陶侃《タオガン》はさらに続けた。

「埠頭を離れる前に、ふたりで倪《ネイ》という船長と知り合いました。わりにいいやつでして、大食《タージ》語と波斯《ペルシア》語が話せ、前は波斯《ペルシア》湾まで交易船を出していたそうです。ことによると役立つ人脈を握っているかもわかりません。喬泰《チャオタイ》が招きを受け、あした訪ねていく段取りになっております」判事におずおずと視線を投げ、ついでたずねた。「あの崑崙奴どものどこがそんなにお気にかかるのですか？」

「それはな、陶侃《タオガン》。さる要人が当地で失踪したからだ。居どころの手がかりをつかむ望みの綱は、あの大食《タージ》どもだけなのだ」家令の指図で、召使ふたりが高価な時代ものの茶器を載せた盆を机上に置いた。それがすみ、家令がお茶を出し終えるまで待って狄《ディー》判事が命じる。「もう退がって扉の外に控えておれ」そこで副官両名をまともに見すえ、また話しだした。

「聖下《へいか》のご不例このかた、朝廷は派閥争いで揺れている。正統なお世継ぎの太子をお助けする者、太子の首をすげかえて実家の手駒を皇位にともくろむ后を推す者。さらに、崩御後は摂政制のごとき形にもっていきたい権臣どもと結ぶ者もいる。派閥同士の均衡を保っているのは劉《リウ》御史大夫だ。じかに会ったことはないと思うが、むろん話には聞いているだろう。若いが有能無比、わが大唐の国益に身命を捧げている。御史大夫とはこれまで水ももらさぬ連絡を取り合ってきた。清廉な人柄と、偉才の名に恥じぬ力量には一目も二目も置いている。いざ一朝事のさいは彼にくみし、尽力を惜しまぬつもりだ」

狄《ディー》判事は茶をすすった。しばし考え、また続ける。

「およそ六週間前、劉《リウ》御史大夫はおおぜいの軍の護衛に守られ、信任あつい相談役の蘇《スー》進士を供にこの広州に出かけた。国の重要事をはかる政事堂《せいじどう》（宰相を含む主要省庁の長による閣議）が海路による安南《アンナン》遠征にそなえて予備視察を命じたのでな。都に戻ると好意的な報告を出し、嶺南《れいなん》都督翁建《オンジアン》の仕事ぶりを褒めたたえた。その邸に、いまこうして泊まっているわけだ。

先週、御史大夫は唐突に広州にまいもどった。このたびは蘇《スー》進士だけが供だ。特に命じられたというわけでなく、こんなふうに再訪した目的は誰も知らない。到着を伏せ、この都督府にも顔を出さなかった。どうやら隠密裡に動きたかったらしい。だが、都督配下の特務をつとめる密偵が、たまたま清真坊《ムスリム》近くで、御史大夫と蘇《スー》進士を見かけた。みすぼらしいなりに身をやつし、徒歩だったという。こう報告され、政事堂《せいじどう》は御史大夫の居所をつきとめ、すみやかに都への帰還命令を伝えよと折り返し都督に命じた。御史大夫という重しがなくては、朝廷の均衡が累卵の危きにさらされる。都督は特務その他の配下を総動員し、探索にかかった。しらみつぶしに城内をあたったが、なんの甲斐もなかった。御史大夫も、蘇《スー》進士も、足どりは杳《よう》としてつかめなかったのだ」

判事はため息をついた。かぶりをふりふり続ける。

「公の機密として、その件は断じて外部に漏れてはならん。御史大夫の不在が長びけば、まつりごとに取り返しのつかん結果を招きかねんとあってはな。政事堂《せいじどう》では何ごとかゆゆしい不法がここで起きているのではと疑いを抱き、都督への捜索命令もいったんは取り消した。だが、それと同時に私に命じたのだ。広州に出向き、財政をつかさどる戸部《こぶ》の照会がらみという名目で、異国交易の情報収集にかこつけて極秘調査を行なえと。しかしながら御史大夫と連絡をとり、再訪理由と当地を離れられない事情をじかに聞き出すのが本当の任務なのだ。蘇《スー》進士はもはや探すまでもない。その死体はいまのいま、となりの脇広間に横たわっている。何が起きたか話してやってくれ、喬泰《チャオタイ》！」

驚く同僚に、喬泰《チャオタイ》は清真坊《ムスリム》での二人殺しを手短に説明した。話し終えると、狄《ディー》判事が言った。

「喬泰《チャオタイ》が背負ってきた死体をみて、すぐ蘇《スー》進士だと見分けがついた。ふたりで船着場付近にいたときに喬泰《チヤオタイ》の顔を見分けたに違いない。だが、陶侃《タオガン》、おまえの顔に見覚えがなかったので、一緒にいるうちは声をかけたくなかったのだ。それであとをつけて酒場に行き、ばらばらになったところで喬泰《チヤオタイ》に話しかけた。しかしながら当の蘇《スー》進士自身が大食《タージ》の刺客とあの謎の小男にあとをつけられていた。そのふたりが喬泰《チヤオタイ》に話しかける蘇《スー》進士を見たに違いない。それですかさず行動に出たのだ。清真《ムスリム》坊はうさぎ穴のように、そこかしこに思いもかけぬ横道を縦横にはりめぐらしている。だから共犯の一味ともども先回りし、二手か三手にわかれて喬泰《チヤオタイ》と蘇《スー》進士が通りそうな巷《こうじ》にはりつく。大食《タージ》の刺客は目的の一部は果たし、蘇《スー》進士のほうは首尾よくしとめた。喬泰《チヤオタイ》も殺すはずが、そこで未知なる第三の一派が割りこみ、刺客の首を絞めた。だから、冷酷さでも組織の統制ぶりでも甲乙つけがたいが、目的となると相容れない集団がふたつと見なくてはならん。つまり、御史大夫はまことに容易ならぬ問題にどっぷりと深入りしているのだ」

「その問題の性質については、何の手がかりもないのですか、閣下？」陶侃《タオガン》がたずねた。

「当地の大食《タージ》への明らかな興味、そのほかは皆無だ。午前中、おまえたちが宿探しに出かけたあとで、都督からこの東棟のはずれを宿舎にとあてがわれた。そのさい、広範囲にわたる情報を収集するために州と政庁の機密文書の昨年度ぶんをよこしてくれと伝えた。午前中いっぱいあててこの文書をなめるように読んだが、見つかったのはよくある問題ばかりだった。当地の大食《タージ》とつながりのあるものや、ことさら御史大夫の注意をひきそうな騒乱の種は何もなかった。とはいえ、御史大夫と蘇《スー》進士をちらと見かけたという、さっき述べた特務密偵の報告は見つけた。その報告書にはこうある。二人とも貧しげに身なりをやつし、やつれて心痛のいろがあった。御史大夫は通りすがりのある大食《タージ》を呼び止めようとしていた。ちょうどそのとき、身もとを確かめようと密偵が近づいたので三人とも人ごみに消えてしまった。その後、密偵は都督府へ駆けつけ、目撃した次第を都督に報告した」茶碗を飲み干すと、さらに、「御史大夫が手がけていた事件については、都をたつ前につぶさに調べた。だが、広州や当地の大食《タージ》についての言及はどこにも見当たらなかった。私生活はというと、かなりの財産家だがいまだに独身、蘇《スー》進士以外に親しくしていた者はないという事実ぐらいだ」するどい目で副官ふたりを見て、「これまでの話はすべて、都督にはくれぐれも伏せておくのだぞ、いいな！　都督にはいましがた茶を飲みながらこう言っておいた。蘇《スー》進士はうろんな人物、都から来て当地の良からぬ大食《タージ》の輩とまじわっていたと。都督には、われわれの来訪目的が異国交易の調査とだけ思わせておかねばならん」

「なぜです？」喬泰《チャオタイ》がたずねる。「当地いちばんの高官です、ことによると助けに……」

判事がきっぱりかぶりを振った。

「肝に銘じておけ」と言う。「御史大夫は広州再訪を都督に伏せていた。ということは、当地での任務が秘中の秘、都督といえどおいそれと信頼できなかったのかもしれん。だがまた、当地で行なうはずだった謎の任務が何であれ、都督が一枚かんでいるのではと疑ったせいで信用しなかったという可能性もあるのだ。どちらの場合であれ、秘密を守りきった御史大夫の意向にそって動かねば——せめて、当地の事情をもっとのみこむまでは。だから、地方文官のはからいは、たとえあってもあてにできん。できんが、昼食後に軍警察の特務長を呼び出して部下の密偵を四人選んでもらい、捜査の下仕事をやる助手に借り受けた。知っての通り軍の特務は完全に独立した部署だ、地方文官は何ひとつ口出しできないし、報告はじかに都に上がる」ため息をついてまた続ける。「さて、わかっただろう。これから立ち向かうのはまことに困難をきわめる任務なのだ。一方でおもてむきの口実をかまえて都督と密な協力関係を保たねばならんし、その一方で、独自の捜査をまったく内密に行なわねばならん」

「しかも、正体不明の敵がわれわれのすぐ身近で見張っているわけですからな！」陶侃《タオガン》が評する。

「見張られているのはわれわれでなく、御史大夫と蘇《スー》進士だ」狄《ディー》判事が正す。「その人物なり一味は、われわれについては当地来訪の本当のねらいまではおそらく知らんはずだ。政事《せいじ》堂《どう》のみが知る国家機密だからな。蘇《スー》進士、おそらくは御史大夫も見張られている。そのふたりがよそ者に連絡するのは望ましくないからな。殺しも辞さんやつらだ、御史大夫の身はかなり危うい」

「都督の一身上になにか疑わしいふしでも？」喬泰《チャオタイ》がたずねる。

「知る限りはない。都をたつ前、人事をつかさどる吏部《りぶ》で記録を調べた。それによると二十年前の時点ですでに、若年ながら切れ者、勤勉かつ有能な官僚との評価を得ていた。ここの政庁の下級助役をしていたころだ。その後はいくつかの県の知事職を立派に勤めあげ、州長官に昇進した。広州再赴任は二年前、こんどは嶺南《れいなん》全体を治める都督として錦を飾った。私生活は模範的、息子三人に娘がひとりいる。目を通した中で批判がましいものといえば、都を治める京《けい》兆府《ちょうふ》の長官職を虎視眈々とうかがう野心家という言及だけだな。さて、異国交易にいちばん詳しい者どもを召しだし、夕飯三十分前に会合をもつよう命じておいた。それで異国交易の知識を仕入れると見せかけ、大食《タージ》の件で情報全般を入手できるといいが」席を立ちながら、さらに、「さて、議堂に席を移そうか。あちらで顔ぶれがそろったはずだ」

三人で扉に向かいながら、陶侃《タオガン》がたずねた。

「御史大夫ともあろうお方が、わざわざあの崑崙奴どもと事を構えるほどの理由とは、いったい何でしょうか？」

「さて、誰にもわからん」狄《ディー》判事が慎重に答える。「なんでも、大食《タージ》族は教主《カリフ》と呼ばれるある種の族長のもとにかたく結束し、大軍で不毛な西方地域をおおかた制圧したらしい。ああいった未開地のできごとはひらけた中華の世界とはむろん無縁だが。あの教主《カリフ》なる者は船で使節を遣わし、朝貢を願い出るほどの大物ではまだないからな。だが、いつの日か、北西国境のかなたにいる宿敵突厥《タタール》とよしみを通じる可能性も捨てきれん。また、ことによると南のこのへんに出入りする大食《タージ》船が安南《アンナン》の賊への武器供給源ということも——ふたつほど思いつくままに述べたまでだが。とはいえ、らちもない当て推量にふけるのはよそう。行くぞ！」

5

地元の名士うちそろい
都の貴顕に目通り願う

判事と副官両名は家令の鄭重な案内で迷路そのもののひさし回廊を抜けた。色あざやかなちょうちんのもとで書記や伝令や守衛がせわしなく出入りする正院子を渡り、大きな門をくぐって広い議堂に三人を通した。人の背丈ほどの燭台十数本が室内をくまなく照らす。

都督はひげをたくわえ、上背も肩幅もあり肉づきもよかった。判事を迎え、きらびやかな緑錦袍の袖が大理石の床を払うほど頭を下げた。高い官帽の両翼がそよぎ、金飾りがちりんと鳴る。喬《チャオ》大佐と陶《タオ》秘書長、狄《ディー》判事に引き合わされてまた頭を下げたが、こんどはごく軽い会釈にとどめた。その後に、隣にひざまずく鶴のように痩せた老人を顧み、広州政庁をあずかる長官の鮑寛《パオクワン》だと紹介した。長官が叩頭する。

狄《ディー》判事は声をかけて長官を立たせた。懸念のいろをたたえた老人の皺《しわ》んだ顔をざっと一瞥し、都督の先導で玉座をほうふつとさせる奥の席についた。判事が着座すると、都督がかしこまって席をしつらえた高壇の前に立つ。嶺南《れいなん》の都督は地方官の最高位とはいえ、大理寺を統率し、二年前から国政の枢要にあずかる政事堂《せいじどう》に列なる今の判事とは、格が違うのだ。

こころもち距離をとって喬泰《チャオタイ》と陶侃《タオガン》が壇の左右に立つ。こげ茶の長衣と高い紗帽の陶侃《タオガン》はすこぶる威厳たっぷりに見えた。喬泰《チャオタイ》は都督府の武器庫から出してきた剣尖飾りかぶとと剣を帯びている。体にぴったり合った鎖かたびらが、筋肉の盛り上がった広い肩とたくましい腕をきわだたせていた。

都督が一礼し、よそゆきの口調で述べた。

「閣下のご指示に従いまして、梁福《リヤンフー》氏と姚泰開《ヤオタイカイ》氏をこの場に召し出しました。梁《リャン》氏は当地きっての豪商でございまして……」

「というと、あの悪名高い九人殺しでほぼ全滅の憂き目にあった梁《リャン》一族の者か？」判事がさえぎる。「十四年前、あの件を裁いたのは私だ。蒲陽《プーヤン》知事だった時分に（『中国梵鐘殺人事件』〔松平いを子訳〕参照）」

「閣下のお名を天下に知らしめた事件の一つでございますな！」都督がいんぎんに述べた。「この広州では閣下のご人徳をたたえ、いまだに語りぐさにしております！　いえいえ、この梁《リャン》さんはまったく違う一族です。亡くなられた梁《リャン》提督のひとり息子でして」

「名門だな」狄《ディー》判事が評し、扇を開いて続けた。「提督は知勇かねそなえた武人の鑑であられ、『南海の覇者』の異名とどろくお方だった。お目にかかったのはあとにも先にも一度だけだが、非凡な風格はまざまざと記憶にある。がっちりしたお体、風采すぐれた方ではなく、どちらかというと平板なお顔――低い額のわりに頬骨が勝っておられたな。だが、射抜くような眼光を見れば、尋常ならぬお方に対しているとひと目でわかった！」口ひげを引きながらたずねた。「そのご子息が、なにゆえ武門を継がれなかったのか？」

「健康がすぐれず、軍務に向かなかったのでございます。まことに惜しいことで。家産を莫大にしたその辣腕ぶりからみましても、父ゆずりの経略の才は争えません。それに、些末事ながら碁にかけても無類の手なみです！　この州で、梁《リャン》さんと肩を並べる碁打ちはおりません」片手で口もとを隠して咳払いすると、都督はまた話を続けた。「むろん、梁《リャン》さんのようなお家柄で、じかに、そのう……蛮夷の商人どもと接すれば体面にかかわります。ですが、より大所高所に立って広範囲な情報収集をたゆまず行なっております。いっぽう、姚泰開《ヤオタイカイ》氏は異国商人と親しく交わっております、大食《タージ》や波斯《ペルシア》がおもですな。体面にこだわってはおりません。どちらかというと、あー……体面をどうこういう出自ではないんでして。懐の深いざっくばらんな人柄です。梁《リャン》氏と姚《ヤオ》氏をもってすれば、私めの管轄内における交易状況について、まずは完璧といえるほどの絵図面をひいておみせす

お歴々の目通り

ると存じます」

「大きなまちのことだ」判事が単刀直入に言った。「異国交易に通じた者がたったのふたりよりもっといそうなものだが」

都督がそちらを盗み見て、動じずに述べる。

「なにぶんにも異国交易は規制がきびしゅうございます。また、そうでなくてはならんのです、お上の統制事項との兼ね合いもございますので。元締役をつとめるのが、この両名なのです」

喬泰《チャオタイ》が進み出た。「この方面では倪《ネイ》なる船長も事情通と聞いているが。広州から大食《ダージ》の港に定期便を出しているとか」

「倪《ネイ》？」都督がたずねた。物問いたげに長官を見る。まばらなあごひげをのろのろとしごいた鮑《バオ》があいまいに、

「ああ、はい！　あの船長は船乗りの仲間うちでは顔がききます。ですが、この三年ほどは陸に上がったきり、どちらかというとその……かんばしからぬ日常でして」

「そうか」と狄《ディー》判事。都督に「さて、いまの話に出た両名を入らせるがいい」

都督は長官に命令をくだすと、狄《ディー》判事の右手に位置を占めた。鮑《バオ》が両名を率い、議堂をつっきって戻る。ひとりは痩身短軀、もうひとりは太鼓腹を抱えた大男だ。壇の前に一同がひざまずくと、長官がひとりを名高い商人の梁福《リャンフー》氏、でっぷりした連れを姚泰開《ヤオタイカイ》氏と紹介した。

判事が両名を立たせる。見れば、梁福《リャンフー》は血の気のうすい冷ややかな顔つきに黒絹のような口ひげと薄いあごひげ。すんなりした三日月眉となみはずれて長いまつげのせいで、鼻から上の感じは男より女に近い。うぐいす色の長衣に、文人好みの紗帽。姚《ヤオ》氏の人となりはどうやら好対照らしい。虎ひげと口周りでこぎれいに刈り込んだあごひげをたてた陽気な丸顔。牛を思わせる鈍重な目のまわりを小じわがとりまく。軽く息を切らし、赤ら顔に汗の玉が浮いていた。ぎょうぎょうしい茶の錦衣が窮屈でならないらしい。

狄《ディー》判事はねんごろに二、三言葉をかけたのち、貿易の諸事情を梁福《リャンフー》に下問しはじめた。梁《リャン》にはまったくなまりがなく、答えは核心をするどく突くものだった。非凡な頭の冴

えと出自の良さが気どらない物腰に出ていた。広州の大食《ダージ》社会が存外に大きいとわかったのは内心幻滅ものだったが。梁《リャン》によると、城内外に散らばる総数はおよそ一万という。とはいえ、季節により増減があるとも補足した。大食《ダージ》や中国人の船長は安南《アンナン》や摩羅游《マラユ》（マレー）に船を出す前、冬場の荒天を避けて広州の港で風待ちを余儀なくされるからだ。そのあと船は獅子国《シンハラ》（セイロン）へ、さらに海を越えて波斯《ペルシア》湾に達すると言う。梁《リャン》氏が言うには、大食《ダージ》船と波斯《ペルシア》船は五百人が乗組み可能、中国船ならもっと乗れるという。

　こんどは姚《ヤオ》氏の番だ。なみいる高官にすっかりけおされ、はじめは空回りしがちだった。それが仕事の話になるとしだいに本領を発揮し、じきに財政諸般に通じたまれにみる辣腕ぶりが見てとれた。いろんな大食《ダージ》商人から仕入れる輸入品目を姚《ヤオ》が列挙し終えると、判事はこう述べた。

「どうすればあの異人どもを見分けられるのか、全くわからんな。私にはどれもこれも同じに見えるのだが。ああいう蛮夷どものふだんづきあいは、さぞ気骨が折れるにちがいない！」

姚《ヤオ》が肉づきのいい肩をすくめた。

「商売では物事をありのままに見ないことにはお話になりません、閣下！　それに、中には中華文物を生かじりしている者も若干ながらおります。例えば大食《ダージ》のかしらのマンスールでございますな。達者な広東《カントン》語をしゃべり、もてなし好きです。実を申しますと、本日は宵の口にあれの自宅で宴がございまして、出る約束をいたしております」

足をもじもじさせ、すぐにも辞去したそうな姚《ヤオ》のそぶりに判事は気づいた。それで言った。

「ためになる話だった、くれぐれも感謝する、姚《ヤオ》さん、もう退がってよろしい。その大食《ダージ》の宴に喬《チャオ》大佐を連れて行ってくれ。いい経験になるだろう」喬泰《チャオタイ》を手招きし、声をひそめる。「ぬかりなく目と耳を澄まし、城内外に住まう大食《ダージ》どもの分布をつかんでこい！」

　都督の副官が喬泰《チャオタイ》と姚《ヤオ》氏を戸口に案内したあとも、狄《ディー》判事はしばらく梁《リャン》氏を相手にありし日の故提督による海戦の逸話をしのび、やがてそちらも退がらせた。黙ってしばし扇を使う。ふと、都督に声をかけた。

「ここから都までは遠く、広州人の反骨は定評がある。その上にああいった蛮夷まで存在するとなると、このまちの治安維持はさだめし一筋縄ではいくまい」

「いえいえ、これでも御《おん》の字でございます。ここの鮑《パオ》長官は行政手腕にたけ、経験豊富な部下をそろえ、守備軍には北から調練のゆきとどいた兵を回してもらっております。地元の民がちょくちょくへそを曲げるのは本当でございますが、少々融通を利かせてやれば、おおむね法に従う者どもでして……」

都督が肩をすくめる。鮑《パオ》長官が何ごとか言いかけ、どうやら思い直したようだ。

ぱちんと扇を閉じる音をしおに、狄《ディー》判事は席を立った。陶侃《タオガン》を連れて都督の案内で戸口へ、その先は家令の案内で宿所の棟まで戻る。

戻ると、小さな裏庭で月光を浴びる亭《あずまや》へと案内させた。趣向をこらした金魚池が涼を呼ぶ。大理石彫りの欄干に寄せた小さな茶卓でさしむかいに腰をおろすと、家令を退がらせた。ゆっくりとこう述べる。

「いやあ、いろいろ参考になった。存外に当地の大食《タージ》が多いとわかったという事実は別だが。わかったところで大して助けにならん。それとも、なにか見落としがあるかな？」

陶侃《タオガン》が陰気にかぶりを振る。しばらくして言った。

「先ほどのお話では、御史大夫は公人として非のうちどころがないとか。ですが、私生活はどうでしょう？　若い男が妻をめとらない場合……」

「それは私も考えた。大理寺卿にはいろいろ特別な便宜があり、私生活を調べるなどぞうさもない。瀟洒な貴公子だったのに、彼はとんと女に興味を示さなかった。都の名家がこぞって婿に迎えようとしたが、徒労に終わった。身分がら、いやおうなく毎晩のように宴があるが、そういう席にはべる美妓にも食指を動かさなかった。無関心を決めこんでいたのは女嫌いのせいではない——それなら、美貌の若者にはよくある話だがな。たんに職務熱心のあまり、心身ともに余裕がなかったのだ」

「まったくの無趣味ということで？」

「趣味はない。ただ、こおろぎには目がなかったな。堂に入った収集家だった、歌うほうも、こおろぎ合わせ用も。最後に会ったときの話に出たので知ったんだが。袖からのころころという音を聞きつけた私に、銀線細工の小さな虫籠を出して見せてくれた。肌身離さず持ち歩いているそうだ。覚えちがいでなければ、金鈴とかいう珍種らしい。それで……」そこまで言いさして、陶侃《タオガン》の仰天ぶりをみた。

「それが何か?」驚いてたずねる。

「さようですな」陶侃《タオガン》がのろのろと答える。「たまたまですが、ここへの道すがら、ゆうべ迷子の金鈴を捕まえたというこおろぎ売りの盲目の娘に出くわしました。むろん、ただの偶然でしょう。ですが、その娘によればやはり非常に稀な珍種だとかで、とくにこんな南方ではめったにみかけないそうです。ことによると……」

「つかまえた場所と状況によりけりだ」狄《ディー》判事がそっけなく言った。「会ったいきさつをもっと詳しく話せ!」

「この娘とは市場近くでたまたま行き会いまして。こおろぎを自力で捕まえ、種類のよしあしは声を聞けばわかるとか。まちの西の名刹、華塔の西塀を通りすがりに金鈴特有の音色を聞きつけたのです。きっと壁の割れ目にでも隠れてたんですよ。おびえた声だったそうです。餌で釣り、おだてて小さなひょうたんに入らせました」

判事は何も答えなかった。しばし口ひげをひっぱったのち、考え考えこう言った。「見込みはむろん薄い。だが、本当にそのこおろぎが御史大夫の金鈴であり、飼い主がその付近にいたときに虫籠を逃げ出した可能性も捨てがたい。喬泰《チャオタイ》がマンスールの宴に出て情報を仕入れている間にふたりでその寺を見に行き、御史大夫の居どころをつかむ手がかりの有無をたしかめるのもよかろう。それはともかくとしても、聞いた話では、まちの名所旧蹟だというし。夕飯は途中のどこか小さな店ですまそうじゃないか」

「そんな、ご無理です!」陶侃《タオガン》が啞然とした。「以前、県知事をしておられたころなら、たまにお忍びで市中を回られても害はありませんでした。ですが、いまや最高の要職にある大事なお体ですぞ。本当にとんでもない、そんなこと、おできになるわけが……」

「できるし、やる！」判事がさえぎった。「都では、地位につきものの体面だの格式だのにやむなくすべて合わせている――これぱっかりはな。だが、ここは都ではない、広州だ。せっかく自由に外出できる好機を逃してなるものか！」それ以上反対される前に、先手を打ってすっくと立ち上がる。「控えの間で落ち合おう、先に着替えてくる」

6

大食《タージ》の席に賓客を迎え
胡姫は翠《みどり》をゆらめかす

姚《ヤオ》氏といっしょに議堂を出たあと、喬泰《チャオタイ》の方はまっすぐ武器庫に行って灰色木綿の軽装になり、黒い紗帽をかぶった。着替えをすませ、都督府の門番小屋で姚《ヤオ》氏と落ち合う。自分も着替えて行きたいので自邸に寄ってくれとの申し出があり、柔らかなしとねをたっぷり敷いた姚《ヤオ》家の快適な輿に揺られてともに邸に向かう。都督府の西にたつ豪邸は、光孝禅寺にもほど近い。

広い客間で姚《ヤオ》を待つ間、喬泰《チャオタイ》は贅沢だが品のない調度にうろんな目を向けた。壁卓にはぴかぴかの銀の花瓶に蠟細工の造花をこれでもかと投げ入れ、姚《ヤオ》の富や地位に歯の浮くようなお世辞をならべた揮毫に赤い表装をほどこしたうえ四方の壁にかけてある。茶を運んできた女中は地味な身なりに厚い紅おしろいがちぐはぐで、あからさまに値踏みする目つきからして、おおかた妓女あがりだろう。

まもなく姚《ヤオ》が出てきた。薄手の青衣にあっさりした黒の小帽をおしゃれにかぶっている。「ささ、参りましょう！」陽気に言う。「今夜は大忙しですよ。宴のあとで急用ができまして。さいわい、こういう大食《ター ジ》の宴はわりに早くお開きになりますからな」

「どんな食いもんが出る？」輿に揺られながら喬泰《チャオタイ》がたずねた。

「手は込んじゃいませんが、それなりにいけますよ。いうまでもなく、ご当地ならではの粤菜《えっさい》（広東料理）とは月とすっぽんですが。名物の煮蛸《にだこ》はもう召し上がりましたかな？それとも鱔魚《たうなぎ》でも？」

そんなこんなの名物料理を喬泰《チャオタイ》がよだれを垂らすぐらい詳しく説明し、つづいて地元の銘醸名酒を説得力たっぷりに解説する。口が奢った男のようだと喬泰《チャオタイ》は思った。けっこう俗悪な成金だが、話せるやつでもあるらしい。

白しっくいを化粧塗りした門番小屋の前で輿を降りながら、喬泰《チャオタイ》は声をあげた。

「あーあ、今日は昼飯が早かったし、あんたの話ですっかり腹ぺこになっちまったよ！豚の丸焼きまるまる一匹食えって言われたって、今なら軽いぜ！」

「しーっ！」姚《ヤオ》があわててたしなめる。「豚なんて口にしなさるな！豚肉は不浄とされ、清真《ムスリム》の徒は触れてもいけないと定められております。酒もだめです。ですが、飲んでもいい酒が別にありまして、そっちもなかなかの味ですよ」言いながら、鉄の釘隠しを魚形にかたどった扉を叩いた。

扉を開けたのは縞布の頭布《ターバン》に背のかがんだ老大食《ター ジ》だった。その案内で小さな院子《にわ》を抜け、花の咲いた低い灌木の植え込みが変わったもようを描く長方形の庭に出る。ひょろ長い男が迎えに出てきた。その頭布《ターバン》と、はためく長衣は月明かりにまばゆいほどの純白だった。喬泰《チャオタイ》はその顔をすぐ見分けた。船着場で大食《ター ジ》水夫たちを叱りつけていたのはこいつだ。

「アッラーの平安を、マンスール！」姚《ヤオ》がにぎやかに挨拶する。「勝手に友人を連れてきましたよ。都から来た喬《チャオ》大佐です」

大食《タージ》の大きな目が、眼光鋭く喬泰《チャオタイ》を見た。褐色の肌に白目がくっきりと映える。ゆっくりと仰々しい声つきながら、達者な中国語だった。

「まことの宗教を奉じる者にあまねく平安あれ！」

その挨拶が清真《ムスリム》の徒に限るというのなら、姚《ヤオ》と自分は含まれない。無礼千万だと喬泰《チャオタイ》は思った。だが、そう思い至ったころには大食《タージ》は姚《ヤオ》ともども花の灌木にかがみこみ、園芸談議にすっかり花を咲かせていた。

「マンスールは品のいい仁でね、たいへんな花好きです。てまえとおんなじですな」姚《ヤオ》が上体を起こしながら説明する。「いい香りのするこの花は、はるばる遠い故国から持ってきたんですよ」

あえかなその香りに気づくことは気づいていたが、さきほどの横柄な挨拶に空腹が輪をかけ、花をめでるどころではない。奥まった低い家屋をじろりと睨みつける。夜空を背に、月光をちりばめた光塔《ミナレット》の輪郭がそのかなたに見えた。してみると、マンスールの家から宿はそう遠くないはずだ。

やっとマンスールが庭の奥に客人ふたりを案内し、風通しのいい広間に通した。正面《ファサード》は吹き抜けになっていて、いただきをつまんだようなしゃれた半円形に高窓をしたて、横一列にずっと並べている。入ってみると家具は皆無、食卓さえないと気づいて喬泰《チャオタイ》はげんなりした。床は厚手の青絨毯、四隅に絹まくらがいくつか置いてあった。天井からは八枝灯がさがっている。奥壁は端から端まで見たこともないやりかたで帳《とばり》を吊っていた。じかに竹ざおを通すあたりまえの吊り方でなく、布を真鍮の輪に縫いつけ、天井すぐ下に渡したさおにその輪っかを通すのだ。

マンスールと姚《ヤオ》は床にあぐらをかき、しばしためらったすえに喬泰《チャオタイ》もその例にならった。そのとまどいぶりに気づいたらしく、こんどは声の調子を控えて、マンスールがことばをかけてきた。

「ご賓客に椅子をさしあげず、床に座ってもおいやではないでしょうな?」

「軍の者だから」喬泰《チャオタイ》が不機嫌に言う。「荒っぽい流儀には慣れてる」

「私どもの流儀もそれはそれでたいへんに快適だと存じますが」もてなしの主人役が冷たく述べた。

この男は虫が好かんと喬泰《チャオタイ》は思ったが、なかなかの風采だと内心認めないわけにいかない。肉の薄いすっきりした顔、高い鼻、長い口ひげの両端を蛮風にはねあげている。両肩はまっすぐ引き、薄い白衣の下で細くしなやかな筋肉が動く。めざましい持久力の持ち主らしい。

気まずい沈黙を破り、上壁をとりまく複雑な文様の帯を喬泰《チャオタイ》は指さしてたずねた。

「あの文様は何をあらわす?」

「大食《タージ》文字でして」姚《ヤオ》がすぐに説明する。「聖典の一節です」

「文字はどれだけある?」喬泰《チャオタイ》がマンスールにたずねる。

「二十八字」木で鼻をくくったようだ。

「なんだと!」喬泰《チャオタイ》が声を上げる。「それぽっちか? こっちじゃ二万字だぞ!」

マンスールの唇がひとを見下すようにゆがんだ。向きを変え、手を叩く。

「二十八字ぽっちで、どうやったら考えをあらわしきれるってんだ?」喬泰《チャオタイ》が声をひそめて姚《ヤオ》にたずねる。

「考えをあらわすったって、そうあれこれ考えるやつらじゃないんでね!」姚《ヤオ》が薄笑いを浮かべる。「そら、食い物のおでましですよ!」

若い大食《タージ》が丸い真鍮彫りの大皿を抱えてきた。鶏の丸揚げが何羽も載っている。それに、はなやかな七宝細工の酒注ぎひとつに杯が三つ。杯に無色の酒を注ぐと、若者は出ていった。マンスールが杯をかかげ、重々しく言う。

「わが家へようこそ!」

飲んでみると甘茴香《アニス》風味の強い酒、なかなかいける。鶏の丸揚げはうまそうな匂いだが、いざ食べようとしても箸が見当たらず、はたと困惑した。もう二、三杯飲むと、マンスールと姚《ヤオ》はめいめい手づかみで鶏を裂き、喬泰《チャオタイ》もそのやり方をまねた。腿肉にかぶりつくとこたえられない。お次は子羊肉の薄切りや干葡萄や巴旦杏《アーモンド》を入れて蕃紅《サフラン》で色づけした抓飯《ピラフ》を山と盛った大皿、やはり喬泰《チャオタイ》の口に合った。他の者の作法にならい、米をわしづかみにしてはほおばる。食べ終わると、召使がさしだす香料水のたらいで手をゆすぎ、絹まくらにもたれてみちたりた笑みを浮かべた。

「いやあ、うまかった！　さ、もう一杯いこう！」めいめいの杯が空になったところでマンスールに言った。

「おたがいご近所さんだな！　おれは五羊仙館に泊まってるんだ。なあ、あんたの国の連中はみんなこの坊に住んでるのか？」

「おおむねそうですな。礼拝所の近くに住みたがるのでね。礼拝時刻の開始は光塔《ミナレット》のいただきから呼ばわることになってますし、われらの船入港のさいはあの光塔《ミナレット》にのろしをかかげ、一同でつつがない上陸を祈るのです」ぐいと酒をあおって続ける。「およそ五十年前、わが預言者のお身内――アッラーが彼の御魂を安からしめんことを！――が当地に来て、北東門外の住まいで亡くなりました。まことの教えを奉ずる者の多くはその聖廟付近に住みつき、墓守りをしています。さらに言うと、水夫どもはたいてい税関から遠くない大きな水夫宿六軒のどれかに泊まります」

「当地で中国人の船長に会ったよ」喬泰《チャオタイ》がまた続ける。「あんたらのことばを話すやつだ。倪《ネイ》と名のっていた」

　マンスールが苦い顔になった。抑揚のない声で、

「倪《ネイ》の父は中国人ですが、母親は波斯《ペルシア》人です。波斯《ペルシア》人はよからぬ輩です。偉大なる教主《カリフ》率いるわが聖教の戦士がやつらを細切れにしてやりました。四十年前、かのニハーヴァンドの戦いで」

　姚《ヤオ》がもう一杯いこうと言い、それからたずねた。

「ほんとなんですかね、教主《カリフ》の住まう西のあちらじゃ白い肌に青い目、黄色い髪の人間がいるってのは」

「本物の人間にそんなやつがいるわけないだろ！」喬泰《チャオタイ》が一蹴する。「鬼神か亡霊に決まってるぜ！」

「ほんとうにそういう者がおります」マンスールが重々しく言う。「いくさも強いです。書くことだってできますが、書き方が間違っており、左から右に書きます」

「そらみたことか！」喬泰《チャオタイ》が悦に入った。「幽霊だよ、や

っぱり！　あの世じゃ何でもかんでもさかさまなんだ」

マンスールが杯を干した。

「赤い髪の者もおります」

喬泰《チャオタイ》がその顔を探り見た。そんな与太を口走るなんて、この男、さだめし相当できあがってんじゃねえのかい。

「このへんで大食《タージ》の舞でもどうかな、なあマンスール？」姚《ヤオ》がにたにたする。そして喬泰《チャオタイ》に、「これまで大食《タージ》の舞妓をごらんになったことは、大佐？」

「いちどもない！　こっちの舞妓ぐらいうまいのか？」

マンスールが座りなおした。

「アッラーにかけて！」と声を上げる。「そんなことを訊くなど、無知をさらけだすようなもの！」手を叩き、あらわれた召使に大声の大食語《タージ》で命じた。

「あの帳《とばり》をじっとごろうじろ！」勢いこんで姚《ヤオ》が耳打ちする。「こりゃあうまくすると、ほんまもんの眼福にあずかれますぜ！」

帳《とばり》の入口から女がひとり出てきた。中背よりやや高め、黒い房飾りの細帯を尻に巻いただけのすっぱだかだ。細帯があまりに低すぎてむきだしの腹はすべすべと丸みをおび、へそにまばゆく輝く澄んだ翠玉《エメラルド》をはめていた。くびれた腰のせいでまろやかな乳房がいっそう大きく、太腿は豊か過ぎるほどに見えた。金がかった褐色の美しい肌、はっきりした顔だちながら、中国女の美の尺度からははみだす。くまどりを施した両目は大きすぎ、真紅の唇は肉感的に過ぎ、つややかな黒髪は妙なかっこうにちぢれていた。中国人離れしたこんな造作に喬泰《チャオタイ》は嫌悪と妙な磁力をこもごも覚えた。女はその場に立ち、かすかに眉を上げて一座を見回す。うるんだ大きな目を見ていると、何年も前、狩りをしていてはずみで殺してしまった雌鹿の目がふと思い出された。

部屋に足を踏み入れると、黄金の足輪がちりんと鳴った。はだかをまったく気にかけないふうで、右手をかるく自分の胸に触れてマンスールの前で一礼し、つづいて姚《ヤオ》と喬泰《チャオタイ》に軽く会釈した。マンスールに向き、両膝をぴったり合わせてひざまずく。前腿に添えたほっそりした両手のたなごころと爪を派手な赤に染めているのに気づき、喬泰《チャオタイ》はびっくりした。

見とれる喬泰《チャオタイ》に気づき、マンスールが満足げににやりとした。

「これはズームルッド、翠玉舞《エメラルドまい》の舞い手です」落ち着いて言う。「これより、故国の舞をお見せします」

ふたたび手を叩いた。ゆったりした衣の大食《タージ》ふたりが帳《とばり》の陰から出てきて奥まった隅にしゃがんだ。ひとりが大きな木鼓を鳴らしはじめ、もうひとりが三日月形の長い籐弓で弦楽器をかなでた。

いぶる炎に似た大きな双眸をマンスールが女に据える。ちらりとそちらを見返すと、女はひざまずいたまま身を半分ほどねじり、姚《ヤオ》と喬泰《チャオタイ》をぶしつけに眺めた。姚《ヤオ》氏に声をかけようとした矢先に、見ていたマンスールが声高らかに楽師どもに命じた。

弦楽器が低い調べにすすり泣き、するとズームルッドが頭の後ろで手を組み、ゆるやかな拍子に合わせて上半身を揺らしだした。揺らしながらのけぞり、組んだ手の位置を保ちながらもしだいに背をたわめ、頭が床に触れる寸前まで弓なりになる。両の乳房が天をつきあげ、乳首は固くとがり、しなやかな両腕に巻き毛の髪がこぼれる。両目を閉じ、まつげはなめらかな頰にかかる長い二本の房飾りとなった。

弦楽器の調子が一変、弓の動きがめまぐるしくなった。木鼓のほうはあいかわらず単調な拍子でふし回しに区切りをつけている。喬泰《チャオタイ》は、こんどは女が立ち上がって踊りを始めるものと思って見ていたが、まったく動かない。

ふと気づいて驚いた。弓なりの身体はぴくりとも身動きしないのに、はだかの腹の中央で翠玉《エメラルド》がゆっくり前後している。腹だけを妙な小刻みに動かし、上下左右しているのだ。木鼓がいっそう早まると、翠玉《エメラルド》がこんどは円を描きだし、だんだん円を大きくしていく。悪意あるもののように灯を受けてきらめくその緑の石に、喬泰《チャオタイ》の目は吸い寄せられた。体内で音をたてて血が脈打つ。喉がしめつけられるようだ。知らぬまに、汗の筋が顔をつたっていた。

ふいに木鼓が止み、呪縛が解ける。弦楽器の弓はもう数回ほど往復した。あとは死んだような沈黙のなか、野生動物のようなしなやかな身ごなしで舞妓が立ってひざまずき、

マンスールの宴

すばやくささっと髪をなでつけた。胸を上下させている。裸身はうっすら汗ばみ、肌に塗りこめた強い麝香《じゃこう》の匂いに喬泰《チャオタイ》は気づいた。底に辛みをひそめた風変わりな体臭とあいまって、へどが出る臭いだといくら自分に言い聞かせても、体内の奥底がかきたてられていく。狩りの時の野生動物の臭い、馬の汗の臭い、そして戦いのさなかの熱く赤い血を思わせる。

「みごとだ《マッシャラー》！」マンスールが賞賛の面持ちで声を上げた。帯から異国の金貨を一枚取り出し、ひざまずく女の前の床に置いた。それを拾うと、女は金貨に目もくれず、部屋のむこうの楽師ふたりに放ってやった。それから、ひざをついたまま向き直り、あざやかな中国語で喬泰《チャオタイ》にたずねた。

「見知らぬ方は遠くからお越しで？」

喬泰《チャオタイ》がかたずをのむ。喉がしめつける。あわてて杯で喉をうるおすと、なるべくさりげない言葉つきをよそおって答えた。

「都から来た。喬泰《チャオタイ》という」大きな濡れた目で女がじっと見つめる。ついで隣に向くや、ずけずけと言った。

「あんたは元気そうね、姚《ヤオ》さん」

商人が満面の笑みを浮かべた。大食《タージ》の風習にならって言う。

「おかげで元気だよ、アッラーは誉むべきかな！」乳房をじろじろ見ると、マンスールに流し目を送り、「中国の詩人が言ったとおりだよ。『たわわに熟れた果実の重みで木がしなる』とな！」

マンスールがうつむく。姚《ヤオ》と喬泰《チャオタイ》の杯を満たすズームルッドをじっとにらんでいた。女が喬泰《チャオタイ》の方にかがみこむと、獣めいた風変わりなあの体臭が胃袋をぎゅっと締めあげる。大きなこぶしを握りしめ、たぎりたつ血をむりやりおさえつける。女がまぢかにかがむと、ゆっくり笑みを浮かべてまっしろな歯並びを見せ、小声で言った。

「あたしの船は、四列目の先頭よ」

「こっちに来い！」マンスールが大声を上げる。

女が向くと、マンスールは何か大食語《タージ》でどなった。

物憂げに両眉をあげた女が、たかびしゃに中国語で答える。

「自分の話したい人と話しますわよ、お船をどっさりお持ちの船あるじさま」

マンスールの顔が憤怒にゆがんだ。白目をむいてどなりつける。

「その無礼な口答えに、頭を下げてわびを入れろ！」

すぐ手前の床に、女がつばを吐きかけた。

マンスールがののしり声を上げる。はねおきて片手で女の髪をつかみ、手荒に引き倒した。もう片手で尻の房帯をむしりとり、女の向きを変えさせて客ふたりに顔を向け、首をしめたような声で叫んだ。

「この売女《ばいた》の媚びをとっくりごろうじろ！　売り物だからな！」

身を振りほどこうともがいたが、マンスールがまた手荒にゆすぶる。力ずくでひざまずかせて床に頭を押さえつけ、楽師どもにどなった。弦楽器の男があわてて立ち上がり、マンスールに長い籐弓を渡す。

はいつくばる女の姿から喬泰《チャオタイ》は目をそらし、マンスールに冷ややかに声をかけた。

「痴話げんかは内輪にとどめたほうがいいぞ、マンスール。客は目のやりばに困る」

マンスールが目を怒らせた。口を開きかけて止め、唇をかみ、ふりあげた籐弓をおろして女の髪を放した。荒い息をつきながらぶつぶつ何かつぶやき、また腰をおろす。

舞妓が立ち上がった。ちぎれた細紐を拾い上げ、目をぎらつかせて喬泰《チャオタイ》と姚《ヤオ》に叫んだ。

「覚えといて、あいつが言ったこと。いちばんの高値をつけてくれた人にお相手するわ！」

ぐいと頭をそらし、帳《とばり》に姿を消した。楽師ふたりがあたふたとあとを追う。

「じゃじゃ馬だ！」姚《ヤオ》がにやりとしてマンスールに言った。「言っちゃなんだが、実に御しがいがあるなあ！」マンスールの杯を満たしてやり、自分の杯をかかげ、「こんな豪勢なおもてなしを受けて、まことにいたみいる！」

マンスールが黙って会釈した。姚《ヤオ》が、つづいて喬泰《チャオタイ》が立ち上がる。やはり何か礼でも言おうとしたが、憎しみに燃えるマンスールの目を見てひっこめた。主人に案内されて花香る庭を通って門に出ると、かろうじて聞き取れるていどの短い挨拶で別れた。

姚《ヤオ》の輿丁《こしかつぎ》たちがあわてて立ち上がったが、喬泰《チャオタイ》がかぶりをふって制した。

「少し歩こうや」と姚《ヤオ》に言う。「中はえらく空気が悪かったし、あの蛮酒が頭に来ちまった」

「てまえは名士です」肥った商人が疑わしげに言う。「徒歩で移動など、思いもよりません」

「近衛大佐だってそうさ」喬泰《チャオタイ》がいなす。「路上は無人だ、誰も見ちゃいない。さ、行こうぜ！」

曲がり角めざして連れだって歩き、少し距離をあけて輿がついてきた。

「食い物はうまかった」喬泰《チャオタイ》がつぶやく。「だが、あんな醜態さらさなきゃいいのに」

「しょうがないじゃないですか、蛮人なんだから」姚《ヤオ》が肩をすくめる。「でも、お止めになって惜しいことしましたなあ。あの女は最近思い上がってますから、尻に痛い目を見りゃ、少しは身のほどを思い知ったでしょうに。あれは純血の大食《ター ジ》じゃないんですよ。母親は水上民の蛋家《タンカ》の出、つまり野蛮の上塗りでさあね。あの男のことです。本気で叩く気なんざ、どうせありませんって。血が出たり、傷が残ったりしますもんね」

舌先で唇を湿すその姿をにらみつけ、喬泰《チャオタイ》はさきほどの好意的意見を撤回した。この男は性根が腐っている。冷たく言った。

「マンスールはまさしくやる気満々だったようだぞ。それに、傷をつけてはまずいわけがあるのか？」

その質問に姚《ヤオ》は困った顔をした。答える前にしばし言いよどむ。「そりゃあ、だって、マンスールの持ち物じゃないんですから――てまえが知る限りじゃあね――あの女にはどこかに面倒みてくれるおえらい旦那がいるんだろうと思いますよ。で、そういう旦那は自分の思いものがちょいとこづかい稼ぎに宴で踊ってみせたって気にしやしませんが、肌に傷をつけたとなると、そりゃあいい顔をしないでしょうねえ」

「だが、マンスールは売女《ばいた》だといったぞ！」

「ああ、あれは腹いせに口にしたまででですよ。本気になさるな、大佐！　どのみち、あんな黒い女はお勧めしませんね。しつけの行き届かんことといったらもうねえ、獣と変わりませんや。さて、おいやでなければ、もう輿に乗りたいですな。約束に遅れちまう、その……てまえ個人の持ち家で会うもんで」

「遅れるな！」喬泰《チャオタイ》が不機嫌に言う。「おれの方はどうとでもする」

姚《ヤオ》が横目づかいに盗み見る。連れの顔色に気づいたらしい。ぽっちゃりした手を喬泰《チャオタイ》の腕にかけ、追従笑いをする。

「そちらにはいつかの晩お連れしますよ、大佐。あたしが家を持たせてるひとはほんに控えめで、そちらのほうのお手並みも、そのう……無類ですからな。そこへは日を決めて通ってます――気分を変えようってわけですよ！　うちで粗末にされてるわけじゃないんです。それどころかちやほやと言ってもいいほどで。当然でさあね、家内どもや妾どもの費用《かかり》を思えば。あっちの小ぢんまりした別宅はうちの邸からもそう遠くないし、行きやすいんですよ。実を言えば、光孝禅寺から南へ行った二本さきの通りの角にあります。これからお連れしたいのはやまやまですが、会う約束のご婦人がなんせ内気でねえ……ものにするまで大変でしたよ。同じ趣味があったのが幸いしたんでしょう。ですが、いちげんさんをいきなりお連れしようもんなら……」

「そうとも」喬泰《チャオタイ》がさえぎる。「女を待たせるな、尻に帆かけて逃げ出すかも知れんぞ！」歩きながらひとりごとで、「女にとっちゃ、そのほうが利口この上ないかもしれんて！」

次の通りで轎《かご》を呼びとめ、都督府へと命じた。轎《かご》が走りだすと座席に寄りかかり、そのひまに少しでもうたたねしようとした。だが、目を閉じればしなやかに身をそらせた大食《タージ》の舞妓がたちどころに浮かび、のぼせるようなあの肌の臭いまでがよみがえった。

7

北の女に過去をただし
南の寺に影を見いだす

都督府の小さな脇門から出た狄《ディー》判事と陶侃《タオガン》は目抜き通りをのんびり南へ向かった。今度の身なりはどちらも年配の儒者風だ。判事の方は藍木綿の衣に黒帯を合わせ、黒絹の小帽をかぶっている。陶侃《タオガン》のほうは色あせた茶の衣に、いつもかぶっている古い繻帽だ。

政庁を通り過ぎ、初めに目についた食堂に入る。お客でこみあう店内がよく見える奥まった席を判事が選んだ。

「注文は頼んだぞ」と陶侃《タオガン》に命じる。「ことばができるからな。雲呑湯《ワンタンスープ》を大椀で頼む、このまちのは格別と聞いた。あと、もう一品、やはり名物料理のかにたまを」

「地酒のお味見もどうです、一本つけましょう」陶侃《タオガン》が申し出る。

「おまえが？　いつもはだいぶ控えているのに」判事がにっこりと評する。「これは、喬泰《チャオタイ》の悪影響かな？」

「喬泰《チャオタイ》とはよくつるんで飲んでます」と、陶侃《タオガン》。「弟分の馬栄《マーロン》があああも家に居ついてしまいましたからね！」

「馬栄《マーロン》をこの旅に連れてこなかったのは、だからだ。ようやく身を固めてくれたんだ。いろんなふうに羽を伸ばさせたのがあだになって、万が一にも以前に逆戻りされては困る。だいじょうぶ、三人だけで御史大夫は見つかるさ！」

「御史大夫には何か特徴や目立つ点があるのですか？　のちほど寺で聞き込みのさいに説明できそうなものが」

もの思いにふける手つきで、狄《ディー》判事がほおひげをしごく。

「そうだな、端正な顔だちは言うまでもない。殿上人の常で、人もなげなふるまいも人後に落ちん。それと、もの言いも手がかりになるかもしれん。宮中ことばの典型だ、最近のわざとらしい言い回しまでそっくり含めて。やあ、この湯《スープ》はじつにいい匂いだな！」お椀の雲呑《ワンタン》を箸でつまみ、

「元気を出せ、陶侃《タオガン》。もっと難事件だって、皆で力を合わせて解決してきたんだ!」

にやりとした陶侃《タオガン》が、さかんな健啖ぶりをみせる。つましいがおいしい夕飯をさしむかいで平らげ、食後に濃いめの福建茶を一杯ずつ飲み、勘定を払って店を出た。

暗い路上はもう夕飯どきとあって、通行人が減っていた。だが、西坊に出ると人通りはむしろ増え、華塔の通りではいつのまにか雑踏のただなかにはまっていた。いっちょうらの晴れ着を着飾った老若男女が、そろって同じ方へと楽しそうに動いていく。狄《ディー》判事は指を折って数えた。「本日は観音娘娘《かんのんさま》の縁日だ。寺は参詣客で大にぎわいだろう」

外門をくぐったとたん、夜市顔負けの境内のありさまが見えた。大理石の階段をずっとのぼると、いかめしいお堂に出る。即席の燈籠が甃《いしだたみ》の参道脇に列をなし、赤や緑のちょうちんが花綵《はなづな》のように渡してあった。沿道の両側に夜店がずらりと並び、ありとあらゆる品を商う。お経におもちゃ、甘いお団子に数珠。焼餅屋《シャオビン》が人ごみをかきわけ、そうぞうしい口上をはりあげて売り歩く。

にぎわう雑踏のありさまを、狄《ディー》判事が眺めた。

「よりによって、まずい日にぶつかったものだ!」陶侃《タオガン》相手にいらだつ。「できない相談だ、こんな人出でたったひとりを探すなど。それに、ここの名高い塔はどこにある?」

陶侃《タオガン》が上をさす。本堂のかなたに九層の華塔があった。高さはおよそ三丈(約九十一・四メートル)、いただきの宝珠が月光に輝く。各層の軒下に吊るした銀鈴のかすかな音が、狄《ディー》判事の耳に届いた。

「結構ずくめの普請だな!」と、満足をあらわす。歩きながら、右手に鬱蒼と生い茂る竹林の茶亭にざっと目を走らせる。客はなかった。参詣者は見物に手いっぱいで、お茶どころではないのだ。茶亭の前に、けばけばしいこしらえの女がふたり。三途の川の脱衣婆《だつえば》もはだしで逃げ出しそうなやりてが門柱にもたれて歯をせせり、女どもにぬかりなく目を光らせていた。狄《ディー》判事がはたと足を止める。

「先に見回っててくれ」陶侃《タオガン》に言う。「あとから行く」

それから茶亭に近づいた。ふたりのうち、小柄なほうは若く十人並み。だが、背の高いほうは見るからに三十がらみの大年増。泥水稼業のもたらす荒れは、いかに厚塗りしようが隠しきれるものではない。やりて婆がぐいとその女を押しのけ、愛想笑いをしながら判事に広東語《カントン》で呼びかけた。

「その妓たちとちょっと話がしたい」そう言って、意味不明の長口舌をさえぎった。「北のことばはわかるかな？」

「話すぅ？　ばか言っちゃいけない！　仕事するか、何もしないかだよ！」やりて婆がひどいなまりの北ことばでぉおぎょうに騒ぎたてた。「上代は銅銭六十枚だからね。部屋は寺の裏手だよ」

さっきから所在なく判事を見ていた年かさのほうがこんどは手招きし、生粋の北ことばでさかんに売りこんだ。

「後生だからあたしにしなよ、旦那！」

「そっちのでくのぼうなら、三十にしとくよ！」やりてがせせら笑う。「けどさ、悪いこた言わないから、六十払ってこっちのぴちぴちした若い妓のほうがいいんじゃないかい？」

袖から片手いっぱいの銅銭を出し、やりてにやった。

「背の高い方にする」ぼそりと言う。「だが、まずは妓と少し話がしたい。ほかに目当てはない」

「そんなせりふは本気にしないよ。だけど、こうして金を払ったからにはお客さんだ、そんなんでよけりゃ煮るなり焼くなり好きにしな！　そいつときたら、ごくつぶしのお茶っぴきなんだから！」

判事は身ぶりで女を呼び、連れだって茶亭に入った。さしむかいで小さな卓につき、茶瓶ひとつ、瓜の種と団子の盛り合わせを薄笑いの給仕に頼む。

「こんなことして、いったい何させようっての？」女が勘ぐる。

「くにのことばで話したいだけだ、気分転換になる。ところで、こんな南に流れて来たのはどういうわけだな？」

「あんたが面白がるような話じゃないわよ」と、むくれる。

「面白いかどうかは聞いてから判断させてくれ。そら、お茶をおあがり」

ぐいと茶を飲み、団子を食べると、不景気な顔で話しだ

縁日の奇縁

した。

「ばかだよねえ、われながら。おまけに、とことんついてなかった。十年前、江蘇省《キアンス》から来た旅回りの絹商人にぞっこん惚れてさ、父さんのやってた屋台にいつも麺を食べにきてたんだけど、そいつと駆け落ちしたの。二年ほどはうまくいってた。旅は好きだし、あの人も大事にしてくれたから。でも商売でこの広州に来て、娘が生まれたの。男じゃないってんであの人ったらもちろん頭にきてさ、赤んぼを水につけて間引いちまった。それから土地の女に目移りして、あたしは邪魔者扱い。どうにかするったって、ここじゃおいそれと売れるもんか、芸なしの北女《きたおんな》なんてさ。大きな画舫じゃ広州女しか抱えないし、北の女だったらよっぽど歌や踊りの芸がなくちゃね。それで、二束三文で蛋家《タンカ》に売り飛ばされたわけ」

「蛋家《タンカ》？　何者だ、それは？」興味をひかれて判事がたずねた。

　あたふたと団子を詰めこみ、女がもごもご口を動かす。

「ただ『水の民』って呼ばれたりもするんだよ、人種がまるで違うから。広州じゃ毛嫌いされてる。広州人に言わせると、千年以上前に居ついた蛮夷の子孫なんだって。あたしら中国人が南に来る前の話よ。お上のご法度でね、家がわりの舟は税関近くの河べりにつないどくきまりなのさ。一生そこで暮らすんだよ。舟ん中で生まれ、つがうのも死ぬのも舟ん中。陸《おか》にあがって住んだり、中国人と結婚しちゃいけないことになってるんだ」

　狄《ディー》判事がうなずいた。思い出した、蛋家《タンカ》とは特別な法をもうけて厳しく行動を制限される賤民階級だ。

「そこの画舫で稼がされるはめになってさ」もうすっかりうちとけて話を続ける。「あのろくでなしどもは自分らだけの妙なことばをしゃべるのよ、猿みたいにべちゃくちゃ。あんた、いっぺん聞いてごらんよ！　それにあいつらの女どもときたら、いつもありとあらゆるうすぎたない薬だの毒薬で悪さをやらかすのよ。あたしなんか、中国人へのうっぷん晴らしのたねにされてさ。食いものは残飯、着るものは汚い腰布だけ、おもな客は蛮人の水夫、あいつらを上げてやる中国娼館なんかないからね、もちろん。わかったかい、あすこの暮らしがどんなだったか！」ぐすんと鼻をすすり、また団子を食べた。

「蛋家《タンカ》は蛋家《タンカ》女が怖いのさ、ふたりにひとりは女巫（女まじない師）だから。でも、あたしのことは下の下の奴隷扱いしやがって。飲めや歌えのらんちき騒ぎじゃ、すっぱだかで何時間も踊らされ、休もうとすりゃ尻《けつ》っぺたをいやってほど櫂《かい》で打ちすえられる。でもって、蛋家《タンカ》女どもがのべつまくなし大声で言いたい放題、中国女なんざどいつもこいつもすべただ、中国男は蛋家《タンカ》女のほうが好きだってのさ。やつらのおはこはこうよ。八十年前に中国のえらいさんがこっそり蛋家《タンカ》女を嫁にもらった、できた息子が皇帝さまから『叔父上』って呼ばれるほどえらい軍人さんになったんだって。おどろき桃の木だよね！　そいで、そっからまちなかの娼館に売られてほっとしたわけ。高級なとこじゃ全然ないけど、中国人は中国人だもの！　この五年というものずっといるのさ。でも、贅沢言ったら罰《ばち》があたるよね！　三年はいい思いさせてもらったんだし、下見りゃきりがないわさ！」


　こうして女の信頼を得たのだ、払った銭の見返りに、ここらでかねて用意の話題を出してもよかろうと狄《ディー》判事は思った。

「あのな」と言う。「いま、ほとほと困っとるんだ。北から来た友だちと二日前にここで会うはずだった。だが上流で足止めをくらい、この午後にやっと着いた。相手の宿も知らない、この近くに決まっとるんだが。何しろ、待ち合わせ場所にこの寺を名指したのはあいつだからな。かりにまちを離れてなければ、この近くにいるはずだ。稼業がら、目を皿にしてここを通る男を見るわけだから、その友だちを見かけとるかもしれん。歳は三十ぐらい。すらりとした様子のいい、何となく偉そうな感じの男だ。小さな口ひげ、あごひげや頬ひげはない」

「たった一日遅かったねえ、あんた！」という。「その人ならゆうべここに来たよ、だいたい今ごろだったねえ。歩き回ってたわ、ひとを探してるみたいだった」

「話しかけたか？」

「当然じゃないさ！　これでも、北の人にゃいつも目ざといんだよ。それにあの人きれいな顔してた、あんたの言う通りに。言っちゃなんだけど、かっこはまあみすぼらしかったけどね。何の気なしに近寄ったの、半値にまければ買ってくれるかなって。でも、そんなつきはなくってさ、あの人ふりかえりもせずにお寺の方に行っちゃった。口先だけのろくでなしだよ！　あんたは全然違うよね、いい人だもの！　すぐわかった……」

「今日また見かけたか？」判事がさえぎる。

「ううん、だから遅かったって言っただろ。ま、それでもあたしがいるじゃない！　ねえ、こんどはあたしんちに行く？　蛋家《タンカ》踊りをやったげたっていいよ、そういうのが好きなら」

「いまはよそう。寺に友人を探しに行ってみたいし。あとで訪ねて行ってもいいように、名前と住所を教えてくれ。ほら、これは先払いだ」

女はうれしそうに笑い、家のある通りの名を教えた。狄《ディー》判事は帳台に行き、給仕に筆を借りて反故紙にその住所を書きとめた。それから勘定をすませ、女と別れて寺に向かう。

大理石の階段に足をかけるや、降りてくる陶侃《タオガン》とばったり出くわした。

「さっとひと回りしてきました」と浮かない顔をする。「御史大夫の人相に当てはまる者は見当たりませんでした」

「ここにはゆうべ来た」判事が教えた。「どうやら、蘇進《スー》士ともども密偵に目撃されたとき同様に身をやつして。いっしょになかを回ろう！」石段わきに大輿、こぎれいなお仕着せの輿丁《こしかつぎ》が六人しゃがんで控えていた。片目でとらえてたずねる。「寺にだれか名士が来ているのか？」

「梁福《リャンフー》さんです。寺の坊さんによりますと、決まった日に寺を訪れ、管長と碁を打つそうです。廊下で梁《リャン》さんに出くわし、つとめて目だたぬようにすれ違ったんですが、目ざとい人ですな。すぐ私を見分け、何かお手伝いでもと声をかけてきました。ただの見物だからとは言っときましたが」

「そうか、ふむ、それは二重に気をつけなくてはな、陶侃《タオガン》。

どうも御史大夫は当地で極秘調査を指揮していたふしがある。あまり大っぴらにたずね回って、かえって出づらくなってはいかん」さきほどの娼妓とのやりとりを話して聞かせた。「歩き回って探すにとどめよう、自分たちの目だけを頼りに」

ところが、口で言うより思いのほか難業だとじきに身にしみた。境内は、無数の離れやお堂を細い回廊や通路の網の目が縦横に結んでいる。そこらじゅう老若の坊主だらけ、おのぼりの信徒もちらほらいて、金ぴかの大仏像や極彩色の壁画に大口開けて見入っている。御史大夫らしき姿はまったく見かけなかった。

六尺（約百八十センチ）をゆうに越える本尊の観音像を見物したあと、本堂裏の建物を見に行った。やっと大きなお堂につく。なかは法要のまっさいちゅうだった。お供えを積んだ供物壇を前に、六人の僧が円座を敷いてお経を上げていた。入口近くに、どうやら死者《ほとけ》の身内とおぼしいこぎれいな身なりの男女が小さくかたまってひざまずく。そのうしろに年かさの僧が気のない顔で立ち、法要に手落ちがないよう目を配っている。

ここはどうでも御史大夫についてたずねないわけにはいくまい。もう境内くまなく見て回ったのだ。最上階から飛び降りが出て以来、厳重にしめきられた華塔には入ってないが。年かさの監督僧に近寄り、御史大夫の人相を話した。

「いえ、お見かけしておりません。それに今夜、そういう人相のかたが当寺においでてないのも確かでございます。こちらのご法要が始まりますまで、貧道《わたくしめ》はずっと門番小屋のあたりにおりましたので、そんな目立つ方がおいでになれば見逃すはずがございません。さて、およろしければこれにて失礼させていただきます。こちらで後見を申しつかっておりますので。大枚のお布施をいただきましたのでな」そこであわてて言いつくろう。「寺の収入《みいり》は、大半が死んだ乞食や浮浪者など、どの同業組合にも属さない無縁仏の茶毘《だび》にあてております。それとて、当寺が行なうあまたの慈善のひとつというに過ぎません。おお、そういえば！　ゆうべかつぎ込まれた浮浪者の死体がお話のご友人と似ておりましたな！　むろんその方ではありますまい、ぼろを着ておりましたから！」

判事が驚いて陶侃《タオガン》と顔を見合わせた。僧にぴしりと言いわたす。

「政庁の者だ。ここで会うはずの男とは実は密偵のひとりで、乞食に身をやつしていた可能性がある。即刻その死体を見せてもらいたい」

震え上がったようすで、僧の舌がもつれる。

「そ、それは霊安所に、に、に、西翼です。か、担ぎ込まれたときには、ま、真夜中を過ぎていたはず。と、当然ながら、ご本尊のお縁日というこの吉《よ》き日のわけがございません」若い見習い僧を手招きした。「こちらのおふたかたを霊安所にご案内するように」

若い僧の案内で、無人の小さな裏院子を抜けた。向かいに黒っぽい平屋が高い外塀にもたれるように建っていた。がんじょうな扉を見習い僧が開け、窓枠に置いたろうそくをともした。白木の架台に人の形をしたものが、頭から足の先まで粗末な麻布にくるまって寝かせてあった。こもった悪臭に見習い僧がいやな顔をして鼻を鳴らす。

「よかったよ、燃すのが今日で！」とつぶやく。「この暑さだもんな……」

狄《ディー》判事はその言葉を聞いていなかった。手近な方の死体を覆う粗布の端をめくってみた。ひげ男のむさい顔があらわれた。あわてて布を戻し、もう一体の頭部をめくる。そこで棒立ちになった。見習い僧の持っていたろうそくを陶《タオ》侃《ガン》がつかみ、台に近づいて、血の気のないなめらかな顔に光を当てた。髷はほどけ、濡れ髪のすじが高い額いちめんにはりつく。けれども、死してなお、静かで傲然たるたたずまいは崩れなかった。狄《ディー》判事がすごい剣幕で見習い僧をかえりみてどなりつける。

「管長と副管長をすぐさま呼べ！　そら、これを見せてこい！」

袖を探り、胆をつぶした若者に姓名官職を記した大ぶりの赤い名刺を持たせた。見習い僧がころがるように駆けだす。死体の頭にかがみこみ、狄《ディー》判事は丹念に頭蓋骨を調べた。上体を起こして、陶侃《タオガン》に言う。「傷は見つからん、打撲の痕跡さえ。そのろうそくを貸せ！　こんどはおまえが調べてくれ」

陶侃《タオガン》が粗布をほどき、ぼろぼろの上衣と不細工に継ぎをあてたずぼんを脱がせた。それ以外はなにも身につけていない。手入れの行き届いたなめらかな肌をつぶさに陶侃《タオガン》は調べた。狄《ディー》判事は黙ってそれを見ながら、よく見えるようにろうそくを高くかかげていた。陶侃《タオガン》が死体をうつぶせにし、裏側を調べたあとでかぶりをふった。

「いえ」と言う。「暴力の痕跡はまったくありません。あざも、すりきずも。服を調べてみましょう」

また死体に粗布をかけると、ずたずたに裂けた上衣の袖を探ってみた。「ここにあるのはなんだ?」と声を上げる。袖から銀線細工の小さな虫籠を取り出した。およそ一寸(約三センチ)四方の方形だ。側面がつぶれ、小さな扉が開いている。

「あれは、御史大夫がこおろぎを入れていた虫籠だ」判事がしわがれ声で言う。「他にないのか?」

陶侃《タオガン》がまた調べた。「いえ、まったく!」とつぶやく。

おもてでひとの声がした。だれか僧の手が扉を押し開け、がっしりした体に鬱金《うこん》の衣をまとったひときわ目立つ人物が入ってきた。肩に紫の袈裟をかけている。低頭すると、つるつる頭がろうそくの光をはじいた。副管長は管長のわきにひざまずく。

扉の陰から中をのぞこうとする僧の一団を見て、狄《ディー》判事が管長をどなりつけた。

「呼びにやったのはおまえと副管長だ、他の者は残らず追い払ってしまえ!」

おびえた管長が口を開けたが、支離滅裂なことばしか出てこない。振り向いて僧たちを一喝し、追い散らしたのは副管長だった。

「戸を閉めよ!」狄《ディー》判事が命じる。そして管長に、「ちと落ち着け!」死体を指さしてたずねる。「この者の死因は?」

管長がわれに返り、震え声で答えた。

「貧……貧道《わたくしめ》らは死因についてはさっぱり存じません、閣下。この哀れな男は死後に運びこまれまして、当寺といたしましては、み仏のお慈悲により無料でとむらいを出し、荼毘に付してやろうと……」

「お上の法を知らんとは言わさんぞ」判事がさえぎる。

「ただであろうがなかろうが、いかなる死体であろうと死亡証明書を調べた上で、政庁の許可なく荼毘に付してはならん」

「ですが、その死体をこちらに送ってきたのは政庁なのです、閣下！」副管長が涙ながらに訴える。「昨夜、巡査二名が担架にのせて参りました。身元不明の浮浪者というふれこみで。受領証に署名したのは他ならぬ貧道《わたくしめ》でございます！」

「巡査ではなかったのだ」狄《ディー》判事がにべもなく言う。「両名とも、もう退がってよい。それぞれの宿坊で待機せよ。今晩遅くにでも、また問いただしたい点が出ないとも限らん」

　ふたりがあわてて立ち上がり、出ていったあと、判事は陶侃《タオガン》に言った。

「その巡査どもが死体を見つけた場所といきさつをつきとめなくては。それに検死役人の報告書も見たい。巡査どもが袖にあの銀線細工を入れっぱなしにしていたのは腑に落ちんな、値の張る骨董品なのに。すぐ政庁に行くぞ、陶侃《タオガン》。長官を皮切りに検死役人、死体発見者の巡査どもを問いただす。都督府に死体を移すよう命じてくれ。あの死人《ほとけ》は都の密偵で、私の命により当地に遣わされたのだと話すにとどめよ。私のほうは、この付近をもうひとめぐりしてから都督府に戻る」

8

よすがの鈴は音を絶ち
行方は消えて跡もなし

都督府の脇門に喬泰《チャオタイ》の轎《かご》がおりたころには、あともう一時間で真夜中だった。夜気で頭をしゃっきりさせようと、轎夫《かごかき》どもにわざと回り道するように命じたのだが、その当ては外れた。

狄《ディー》判事はひとりきりで大きな机に向かっていた。両手で頰杖をつき、目の前に広げた大きな市街地図を仔細に見ている。喬泰《チャオタイ》が挨拶すると、疲れた声で言った。

「かけなさい！　御史大夫が見つかったぞ、殺されていた」

陶侃《タオガン》から聞いたあの盲目の娘の話と、金鈴が手がかりになって、御史大夫の死体が寺で見つかったいきさつを喬泰《チャオタイ》に話してきかせた。色めきたつ喬泰《チャオタイ》の質問をさえぎり、先を続けた。

「死体をここに運びこみ、都督づきの医官にくまなく検死させた。それによると御史大夫は毒殺だという。何か遅効性の毒だが、中華の医学書には記載がない。唯一、河舟に住まう民の蛋家《タンカ》だけに伝わる処方なのだ。多量に盛られていたとしたら、盛られたほうは即死したはず。少量ならその時はなんとなく頭がぼんやりするだけだが、二週間もたてば死は確実に訪れる。喉の状態を調べるしか、その毒を特定する手段はない。たまたま、都督づき医官は最近蛋家《タンカ》の事件を扱ったことがあったんだが、それがなければ毒も特定できず、死因は心臓発作とされていただろうな」

「政庁つきの検死役人が見逃した理由が、それで説明できますな！」喬泰《チャオタイ》が評した。

「検死役人は死体を見とらんのだ」狄《ディー》判事が疲れた声を出す。「一時間前、長官を連れて陶侃《タオガン》が戻ってきた。ふたりして政庁中の職員をただしたが、ゆうべ寺に送られた浮浪者の死体について知るものは、ひとりもなかった」

「えぇっ！」喬泰《チャオタイ》が声を上げる。「では、死体を運んでいった巡査二名は騙りだったと！」

「そうだ、副管長をすぐ呼び出したが、その自称警官二名の人相風体を述べさせても、はかがいかなかった。革の上衣に黒漆かぶとというお決まりの制服を着た、どこにでもいる者たち。ぱっと見は不審な点が何ひとつなかった。もっとよく注意しなかったかどで副管長を責めるわけにはいかん」ため息をついて続けた。「殺された晩、宵の口に御史大夫が寺院で目撃された事実とこおろぎの手がかりで、犯行現場は同じ坊のどこか近くだとわかる。巡査の制服は前もって用意していたはず。つまり、周到にしくんだ謀殺に違いない。御史大夫の死体は暴力の痕跡がなく、死に顔はおだやかだった。よく知るひとりまたは複数名が罠をしかけたに違いない。本件に取り組むさい、頭に入れておかねばならん事実は以上だ」

「起きたことについては、あの盲目の娘がもっと知っているはずです！　先ほどのお話では陶侃《タオガン》に話したそうではありませんか、こおろぎを捕まえるまで長いこと塀わきにしゃがんでいたと。ならば、何か聞いていてもおかしくありません。眼の不自由な者は耳がごく鋭いですからね」

「その娘には、ぜひとも訊かないではすまない質問がいくつかある」判事が難しい顔で言った。「死体置き場の真裏にあたる外壁をこの目でつぶさに見た。ごく最近に塗り直した跡があり、れんがにはすきまなどなかった。そうとも、その娘に会わねばはじまらん！　陶侃《タオガン》をうちまで迎えにやった。おっつけ戻るころあいだ、出かけてもうだいぶになるからな。さてと、あの大食《タージ》の家での宴は楽しかったか？」

「食い物や飲み物はよかったですね。ですが、白状しますと、あのマンスールという男は虫が好きません。鼻っぱしらが強いことといったら。中国人へのふるまいもさして好意があるふうに見えませんし。酒でわずかに舌がほぐれたころあいを見計らって、仰せのとおりに当地の大食《タージ》居住者についてたずねました」立ち上がると、机の地図にかがみこんで人さし指で示しながら続ける。「この場所が懐聖寺です。マンスールはじめ大食《タージ》のおおかたはこの近辺に住んでいます。私の宿はこのすぐ近くです。北東門外にひとまわり小さな一団が住みつき、大食《タージ》聖者のひとりが葬られた廟近辺に集まってます。こういった大食《タージ》どもはみな、当地にしばらく居ついた連中です。いっときだけ風待ちをする水夫どもは、ここいらの河岸でこの宿屋数軒に分かれて泊まっております」

喬泰《チャオタイ》がまた腰をおろすと、判事は顔をくもらせた。

「まったくもって、こういうのは気に入らん！　そんなていたらくで、こういった蛮夷どもの監視などままなるまい！　都督には話しておこう。大食《タージ》や波斯《ペルシア》人はひとつの坊にまとめて住まわせ、坊墻《ぼうしょう》（坊を囲む防壁）を高くめぐらして坊門はひとつに限り、日没から明け方までは門を閉じさせなくては。その上で大食《タージ》を里正にひとり任じ、坊内の事件はその者に全責任を負わせよう。そうすればあの者どもを取り締まれ、あちらにとっても中国人住民に気持ちを逆なでされずに蛮風が守れるというもの」

広間の向こう端の戸口から陶侃《タオガン》が入ってきた。机の前にもう一脚すえた椅子にかけると、その心配のいろを判事がいちはやく読みとってたずねた。

「あの盲目の娘を連れてこなかったのか？」

「まったく、いったいぜんたいここでは何が起きているのやら！」汗だくの額をぬぐいながら陶侃《タオガン》が声をはりあげる。「あの娘は姿を消しました、こおろぎもろとも！」

「お茶を飲むがいい、陶侃《タオガン》」判事は動じない。「それから、はじめから終わりまですっかり話してくれ。そもそもどういういきさつで出くわしたのだ？」

喬泰《チャオタイ》が注いでくれたお茶をいっきに飲み干して、陶侃《タオガン》は答えた。

「人通りのない路上で、あの娘を手ごめにしようとする暴漢ふたりを見かけました。市場の近くです。そのふたりを追い払ったところ、娘の目が見えないとわかり、そこから市場の向こうにある借家まで送ってやりました。その部屋で茶を一杯よばれながら、例の金鈴をつかまえたいきさつを聞きました。あの部屋で一人暮らしでした。いましがたまた行ったところ、軒先のさおに吊ってあったこおろぎ入りの虫籠十いくつほどが残らず消えうせ、こおろぎ合わせのこおろぎを入れた壺数個や茶籠もなくなっていました。目隠しがわりの屏風裏をのぞいてみましたら、寝椅子の寝具もきれいさっぱり――ふとんや枕もないのです！」また茶をすすり、続けた。「同じ階の、市場に屋台を出している小商人《こあきんど》に行方をたずねてみました。それによると、踊り場で一度か二度ほど顔を合わせた程度で、口をきいたことはないそうです。それで市場に行き、市場監督に商人登録簿を出させせました。こおろぎ売りの貸店がいくつかそちらに載っていましたが、鸞麗《ランリー》なる名義はありません。監督の話では、無料で小さな仮店を出す許しを得る者もあるとか。その定期的に店を出すこおろぎ売りにたずねてみました。その者が申しますには、こおろぎを売る盲目の娘というと、話には聞いているが、実物に出くわしたことはないと。それで全部です！」

「案外、それもこれもお芝居だったりしてな！」喬泰《チャオタイ》がつぶやく。「あんた、そのあまっちょに一杯食わされたんだよ、陶《タオ》の兄貴！」

「ばかいうな！」陶侃《タオガン》がむきになる。「前もってわざわざあの暴漢を手配しとくなんざ、できない相談だよ。百歩譲ってよしんばあとをつけられたにしてもだ、あらかじめわしがその巷《こうじ》を通るとどうやってわかる？　まったく足任せに歩いてたんだぞ。道筋なら、ほかに十何通りはあったろうさ！」

「思うに」狄《ディー》判事が言う。「その娘を送るさいに顔を見られたのだな。連れだっていれば人目をひいたに決まっている」

「それだ、もちろん！」陶侃《タオガン》が声をあげる。「部屋で話してたら、階段がきしむ物音が聞こえました。盗み聞きしていた者がいたに違いありません。金鈴を見つけた場所の話を小耳にはさみ、あの娘をさらうことにしたんですよ！」

「自分の意思で姿をくらましたのでなければ、そうなる」判事が冷静に述べる。「というのも、こおろぎを捕まえたいきさつを私はまったく信じていないからだ。御史大夫が殺された現場であの娘がこおろぎを拾ったのは論をまたない。とは申せ、寺への手がかりをくれたのは現にあの娘なのだから、喬泰《チャオタイ》を狙った刺客を絞殺した男のように、御史大夫を消した者どもとは相容れない一派のようだ。なんにせよ、容易ならぬ泥沼にはまりこんだものだ！　どうやらこちらの動静をつぶさにみているやつらがいるらしい。そやつらの正体も目的も、こちらは皆目わからんというのに！」怒りにまかせてあごひげをしごいたのち、ややおちついた声で続けた。「寺で御史大夫を見かけた娼妓が教えてくれたのだが、税関のすぐそばに蛋家《タンカ》の舟だまりがあるという。つまり、帰徳門内の清真坊《ムスリム》からも遠くない。だからその近辺に御史大夫がよく出没したのは大食《タージ》がらみではなかったという見方もできる。そうではなくて、むしろ何か水上娼家で起きた事件かもしれん。それに、巡査をよそおって御史大夫の死体を寺に運んだあのふたりは中国人だった。大食《タージ》がらみの問題にこだわりすぎないほうが、かえってつじつまが合ってくる」

「ですが、蘇《スー》進士は大食《タージ》のごろつきに殺されたのですぞ」

喬泰《チャオタイ》がくいさがる。

「蛋家《タンカ》画舫のおもな客は大食《タージ》と聞いた」と狄《ディー》判事。「だから、そのごろつきは蛋家《タンカ》画舫で話をもちかけられた可能性もじゅうぶんある。あの風変わりな民についてもっと知りたいものだ」

「今夜、マンスールのもてなしに蛋家《タンカ》の血をひく大食《タージ》舞妓が出ました」喬泰《チャオタイ》が勢いづく。「画舫に住んでいるそうです。何ならあした訪ねていって、水上の民について聞き出してきます」

その顔を判事が鋭く見た。

「そうしてくれ」感情を出さずに言う。「この舞妓を訪ねるほうが、前に聞いた船長との約束より見込みがありそうだ」

「そっちとも話したほうがいいでしょう。明朝、とくにご用がなければそうします。受けた印象では、マンスールは倪《ネイ》船長を毛嫌いしてるようでした。ですから、倪《ネイ》のマンスール評も聞くだけのことはあるかもしれません！」

「わかった、その訪問がふたつともすんだら報告してくれ。陶侃《タオガン》、おまえのほうは朝飯をすませたら、まっすぐここに来るように。ふたりで政事堂《せいじどう》あてに御史大夫殺しの予備報告を書き上げねば。それを特別仕立ての飛脚で都へ送ろう。御史大夫が殺されたと、政事堂《せいじどう》には一刻も早く知らせる必要がある。一両日ほどはこの知らせを伏せるように報告書で進言するつもりだ。朝廷の危うい均衡を保つためにもそのほうが得策だし、この下劣な殺しの黒幕を追う時間稼ぎがわずかなりとできるからな」

「管轄地域でこうして第二の殺人があったと知らされ、都督のようすはどうでした?」陶侃《タオガン》がたずねる。

「さて、それはわからんな」狄《ディー》判事が無理に笑みを浮かべる。「御史大夫の死体については、都督づきの医官に私の部下のひとりだと伝えた。蛋家《タンカ》の女ともめたのだと。なきがらはすぐさま納棺させた、蘇《スー》進士ともども都合がつきしだい都に送る。あした都督に会ったら、検死後に医官にしたのと同じ話をして聞かせるつもりだ。ところで、あの医官は目ざといからくれぐれも用心するのだぞ! 御史大夫の顔を見て、なんとなく見覚えがあるというのだ。六週間前にはじめて広州を訪れたときの正装姿しか見とらんのがもっけの幸いだ。政事堂《せいじどう》あての報告書を出し終えたら、陶《タオ》侃《ガン》、ふたりで梁福《リャンフー》氏を訪ねよう。決まった日にあのいまいましい寺を訪ねて管長と碁を打っているからには、あの広い境内の情報をもっと聞きだせるはず。梁《リャン》に大食《タージ》がここで悪事を行なっている可能性についてもあわせて相談をかけてみよう。この巨大なまちの総人口に比べればほんの一握りだが、いましがた喬泰《チャオタイ》が地図で指さして見せた場所はまちの治安を守る上で外せない要所ばかり、そこをやつらに握られている。その気になればやすやすと騒ぎを起こせるはずだし、騒ぎ自体は大したものでなくとも、このまちその他の地域で陰謀をもくろむかくれみのにするとあらば剣呑きわまる。いまひとりの大食《タージ》専門家の姚泰開《ヤオタイカイ》氏だが、信用できそうか?」

喬泰《チャオタイ》が顔をしかめ、考え考え言った。

「姚《ヤオ》の陽気さはうわべだけです。知る限りでは、いいやつとは呼びたくないですね。ですが、殺人や政治がらみの陰謀となると……いえ、そういうたぐいの輩だとは思いませんん」

「なるほど。それで、まだあの謎めいた盲目の娘が残っているな。地方官が介入するよりさきになるべく早く探し当てねば。陶侃《タオガン》、明朝来る途中で政庁に寄ってきてくれ。巡査長に銀をひと粒やり、配下を使って内々に娘を探させろ。その娘については言いつけをきかない自分の姪だ、だから知らせはじかに欲しいと、そう言っておけ。それなら娘の身に危害は及ぶまい」立ち上がり、衣の乱れを直しながら、「さて、これでぐっすり寝るとしよう！　言っておくが、いまやどちらも見張りつきだとわかったのだ。ふたりとも部屋の戸締りはくれぐれも厳重にな、鍵とかんぬきと両方かけておくように。ああそうだ、陶侃《タオガン》、巡査長のほうがすんだら長官を訪ね、この紙切れを渡してもらいたい。寺の境内で話をした娼妓の住所姓名が書いてある。鮑《パオ》にこう命じてくれ。抱え主ともども召しだした上で身請けし、軍の移動が北へありしだい便乗させて、故郷《くに》に連れ帰ってやるように。それと、ほうびに黄金半錠を持たせてやってくれとな。それだけあれば故郷に戻ってから、人の厄介にならずとも夫のなり手はあるだろう。費用いっさい自腹を切る、かかっただけは私に回せと伝えてくれ。あの大年増の情報は役に立った、ほうびをもらうに値する。では、おやすみ！」

9

水の上には劫火が躍り
胸の内には心火が逸《はや》る

翌朝、喬泰《チャオタイ》は夜明け前に起きた。部屋に備えつけたろうそく一本だけで手早く洗顔をすませ、服を着る。頭から鎖かたびらをかぶりかけて、ふと迷った。重い鎖かたびらを椅子に放り投げ、かわりに鉄板を打った胴着を着こむ。

「ふいの背痛《せいた》にゃ、こいつが薬だ！」そうつぶやき、胴着の上から茶の衣をはおった。黒い帯を巻き、黒帽をかぶって階下《した》へ。轎《かご》が来たら待たせておけとあくびまじりの宿のおやじに命じ、おもてに出た。

まだ暗い路上で胡餅《フービン》を四つ買った。胡餅《フービン》売りがせっせとあおいだ炉で焼きたてのあつあつだ。うまそうに頬張りながら、帰徳門に向かう。埠頭の手前で、つらなる舟の帆柱をあかつきが染め上げた。マンスールの船は姿を消している。

菜売りの一団が列をつくって追い越していった。めいめい肩にかついだ天秤棒に白菜入りの籠をふたつさげている。最後のひとりを喬泰《チャオタイ》は呼びとめ、身ぶり手まねでめんどうな交渉をおこなったすえ、天秤棒ごと全部ひっくるめて銅銭七十枚で買いとった。売った方は北のやつにうんと高値を吹っかけ、しかもはるばる小舟まで買い叩かれに行かなくていいというので大喜び、広東《カントン》語の歌を口ずさみながら、足どり軽くとっとと行ってしまった。

天秤棒を背負い、喬泰《チャオタイ》は船着場に手近な列の最後尾にともから乗り込んだ。そこから次、そのまた次の舟に移る。舟から舟へと渡した厚板の橋が霧でひどく滑るうえ、どうやら水上の民は魚の下ごしらえは橋の上に限ると思っているらしい。いやでも足どりは重くなり、喬泰《チャオタイ》は声を殺して悪態をついた。ぞろっぺえな無精者の女どもが夜の汚物を便器がわりの桶からじかに河の泥水にあけている。それも一艘や二艘ではないので、臭くて鼻が曲がりそうだ。あちこちで料理人に呼び止められたが、知らん顔を決めこんだ。まずはあの舞妓を見つけるのが先だ。水上の民の暮らしぶりも間近で見たいが、そっちはあと回し。ズームルッドのことを思うだけで、喉のあたりが妙に苦しくなった。

まだ暑いというほどでなく、荷の重さも大したことない。が、天秤棒の扱いに不慣れなので、すぐ汗だくになった。とある舟のへさきで立ち止まり、あたりを見回す。漁網や濡れた洗濯物を干した帆柱やさおの林に四方を囲まれ、まちの城壁はもう見えない。舟の上を動き回る男女は中国人とははっきり違う。男は足が短いが、大股に駆けるとき、たくましく長い腕で体のつりあいをとる。浅黒い顔から頬骨が突き出し、べったり低い鼻は、大きな鼻の穴ばかりが天を向く。若い女のうちには、丸顔に大きなはしこい目をして、荒削りだがけっこう見られるのがいた。蛋家《タンカ》舟の甲板にしゃがみこみ、重い洗濯棒で洗濯物を叩きながら、女どもは喉をがらがら言わせるような耳慣れないことばでさかんにしゃべっていた。

男も女もわざと喬泰《チャオタイ》を無視しているようでいて、ずっと見張られているような居心地悪さをぬぐえなかった。「ここまで来る中国人はまずないからだろ、きっと!」とつぶやく。「ふりむいたら、あの不細工な小男がにらんでたりしてな!」とうとう、ゆくてに舟列の切れ目が細く見えてほっとした。派手に彩色した大きな中華船《ジャンク》が数珠つなぎに長い列をつくっている。竹の舟橋でそちらの列に行けた。こちらの各列はそれぞれ舷側どうしを横づけし、手すりをまたいで広い厚板の橋を通している。いちばん端の四列目は河のまんなかに近い。喬泰《チャオタイ》は手近な中華船《ジャンク》のともにのぼると、雄大な珠江のひろがりを見わたした。対岸につないだ船の帆柱まで見える。数えてみると、現在位置は四列目の三番船だ。一番船は戦船なみに大きかった。高い帆柱を絹旗で飾り、船室の軒先は派手なちょうちんの花綵がとりまき、朝のそよ風に力なく揺れていた。天秤棒のつりあいを慎重に取りつつ、二番船のせまい舷側づたいに乗り込んだ。

寝ぼけまなこの給仕が三人、昇降口《ハッチ》の前を行き来していた。こちらをろくに見ようとせず、そばをすり抜けて暗い通路に入っても、おしゃべりの続きをしていた。通路の両側に粗末な扉がずっと並び、安い揚げもののすえた臭いがする。人影はなかったので、さっさと籠を降ろし、後甲板に出た。

醜女《ぶす》の妓が垢じみた裳《スカート》だけで木の台に大あぐらをかき、足の爪を切っていた。そのざまを喬泰《チャオタイ》に見られても知らん顔、裳《スカート》のすそをおろしもしない。げんなりしたが、船の中ほどまで来るころにはおのずと足どりが軽くなった。きれいに掃除した甲板の向こうに朱塗りも鮮やかな両開きの高扉がある。高価な錦のねまきをはおったでぶが手すり側に立ち、盛大にうがいをしていた。わきで、しどけなく乱れた白い衣の若い女がむくれ面で茶椀を捧げている。ふいに男が嘔吐をもよおし、手すりのむこうと妓女の白い衣に汚物を吐き散らした。

「元気を出しな、ねえちゃん!」通り過ぎざま喬泰《チャオタイ》が声をかけた。「思ってもみなよ。ゆうべさんざっぱら飲ませた酒代《さかて》の歩合が、どっさり懐にころげこむんだぜ!」

怒ってやり返す女を無視して、扉のなかに入りこむ。通路の天井は飾り彫りをほどこした梁に白絹のちょうちんがいくつも下がり、薄明りを投げていた。漆塗りの扉にかかげた名を喬泰《チャオタイ》が調べていく。「春夢《しゅんむ》」「折柳《せつりゅう》」「玉簪花《ぎょくしんか》」——どれも妓女の名だが、ズームルッドに相当する中国名は意味・音ともにない。通路端の扉には名前がなく、凝った花鳥の細密画が飾ってあった。取っ手に手をかけ、ふと気づくと鍵があいている。開けるが早いか、すばやく忍び入った。

薄暗い部屋はなみの船室よりはるかに広く、調度も金がかかっていた。濃密な麝香がたちこめる。

「せっかく来たんだし、もっと寄れば?」あの舞妓の声がした。

今度は目が光に慣れ、部屋の奥に進んだ。高い寝台の赤い帳《とばり》が半開きになっている。生まれたままの姿で、ズームルッドが錦の枕に背をあずけていた。化粧っけはなく、身につけているのは金線細工に青い玉をちりばめた首飾りだけだ。

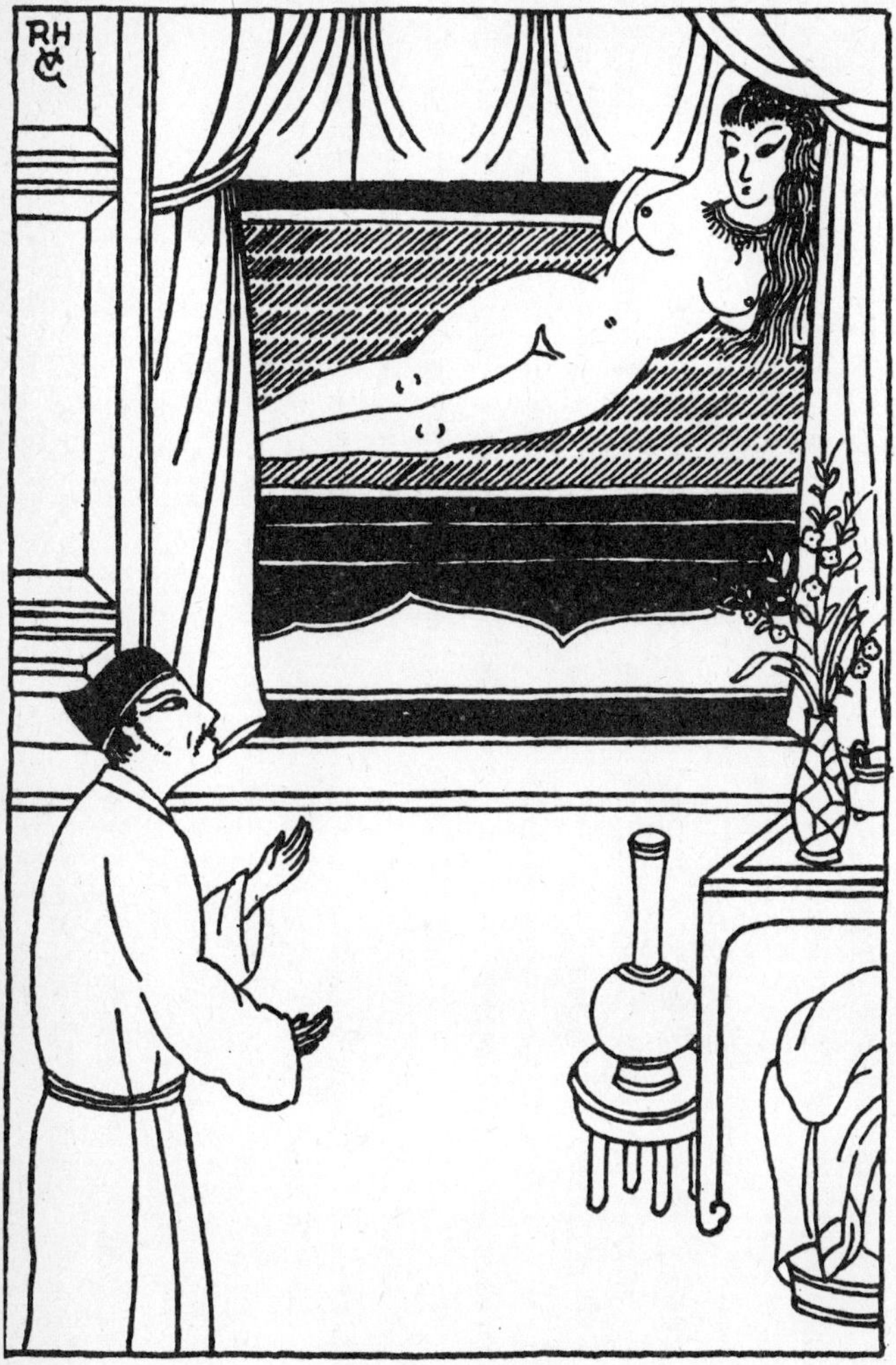

喬泰《チヤオタイ》と翠玉胡《すいぎよくこ》姫《き》

喬泰《チャオタイ》が近寄る。その美貌に息をのみ、言葉を失った。やっとしぼりだすように、

「あの翠玉《エメラルド》は？」

「あれをつけるのは踊るときだけよ、野暮天さん！　いま湯浴みしたばかりなの。あんたもそうしたほうがいいわ、汗だくじゃないの。あっちの青い帳《とばり》の陰よ！」

厚手の絨毯にすえた椅子や卓のすきまを縫っていく。青い帳《とばり》の奥に、美しい艶出し材であっさりまとめた、しゃれた小さい浴室があった。急いで服を脱ぎ、湯船のそばにしゃがんで小さな木の手桶でお湯をかぶる。衣の裏地で湿り気をぬぐいながらふと見ると、甘草棒の小箱が化粧台にちゃんと出ている。一本を手にとって端を噛んで整え、丹念に歯を磨いた。それから竹の衣桁に衣と胴着をかけ、傷だらけのたくましい上半身は裸で、ゆったりしたずぼんだけをはいて部屋に戻った。寝台のそばに椅子を引き寄せ、むっつりと言う。

「ゆうべの招待を受けたまでだぜ」

「たしかに、ぐずぐずしなかったわね！」と、いなす。「ま、それはともかく、朝早くにしたのはお利口さんだったわ。あたしの体があいてるのはその時間だけだから」

「なぜだ？」

「あたしが並の妓女じゃないからよ。あのどぶねずみ野郎のマンスールがどんな悪口雑言をほざこうと、あたしは売り物じゃないし、決まった旦那がいるの。お金持ちよ。これぜんぶ見ればわかるでしょ」ふくよかな腕をさっと払うようにあたりを示し、さらに「その旦那は間夫《まぶ》にいい顔をしないからね」

「ここには用事で来たんだ」喬泰《チャオタイ》がぎこちなく言う。「おれが間夫《まぶ》なんて、誰が言った？」

「あたしよ」頭のうしろで手を組み、体を伸ばす。あくびして、大きな目をちらと投げると、怒ってたずねた。「ねえったら、何ぐずぐずしてんの？　あんた、あのまだるっこしい連中のお仲間？　何をやるにもまず暦を調べて、吉日吉時をっていう」

立った喬泰《チャオタイ》がしなやかな体を抱きしめた。これまでいろんな女を抱き、愛し方もいろいろあった。こんど味わった

のはほかとまったく違う、最初で最後の愛だ。ズームルッドは口で言い表わせない体の奥深い飢えを満たしてくれた。今まで気づきもしなかったのに、自分が自分でいる上で絶対に欠かせないとふいに気づいたあるものをかきたてた。この女なしでは生きていけない——そう悟っても驚きもしなかった。

終わると、ふたりで軽く湯浴みした。薄紗の青い衣を羽織った女が、喬泰《チャオタイ》の着替えを手伝う。鉄板仕込みの胴着を見て首をかしげたが、よけいな意見は差し控えた。船室に戻り、紫檀彫りの小さな茶卓に身ぶりで席をすすめ、さらりと言った。

「そっちのけりがもうついたからには、あんたのことをもっと話してくれなくちゃ。といっても、時間はそうないの。女中がすぐにも入ってくるだろうし、あの娘《こ》も旦那にかねをもらって、あたしを見張ってるやつのひとりだから」

「それよりあんたのことを聞かせてくれ！　あんたら大食《タージ》のことはほとんど知らないんだ。その……」

「あたしは大食《タージ》じゃない」そっけなくさえぎる。「父親《てて》は大食《タージ》だったけど、母親は蛋家《タンカ》の安売女《やすばいた》よ。びっくりした？」

「おれは違う！　娼妓勤めだって仕事のうちにゃ違いない。それに、血筋や肌色なんか気にしてどうする？　早晩、どんな民だろうがどのみち中国人になっちまうのさ、茶色かろうが、青かろうが、黒かろうが！　男は武技、女は床あしらいが肝腎よ。それさえありゃ、おれに言わせりゃあとはどうでもいいのさ！」

「ま、そういう話もあんたのことではあるわね！　あたしの父親《てて》は大食《タージ》の船乗りだった。国に戻ったとき、置き去りにした母親に子どもがいたの、それがあたし」喬泰《チャオタイ》にお茶を注いでやる。「この道に入ったのは十五のとき。素質があったから、母親の手でもっと大きな画舫に売られたの。客をとり、空き時間は中国人妓女の下働きをしなきゃならなかった。たちの悪い連中だったわ！　お気に入りの遊びはあたしいじめだったの」

「だが、扱いはそうひどくなかったんだろ」喬泰《チャオタイ》が乱暴に言う。「きれいなからだに傷ひとつないじゃないか！」

「鞭や杖なんて手荒はしなかった」口調が苦い。「からだに傷をつけるなって、抱え主に言われてたの。将来、大もうけできると踏んでたから。だからあの雌犬ども、お茶をひいてるときの退屈しのぎってだけであたしの髪を梁に縛って宙吊りにして、熱い針で刺したり。ほんとにむしゃくしゃしたときなんか、縛り上げてずぼんの中に大きな百足《むかで》をいれたの。嚙まれたとこは外から見えないっていえば、どこを嚙んだかはっきりわかるでしょ！　そういうありとあらゆる目にあったのよ」肩をすくめる。「気にしないで。もう過ぎたことよ、何もかも。あたしは旦那をつかまえて身請けさせ、こんな立派な部屋を借りてもらった。仕事といったら宴で踊るだけ、稼ぎはそっくり自分のものにしていいの。マンスールはね、故国《くに》に連れ帰って第一夫人にしてやろうって申し出たわ。でも、あいつは好きじゃないし、聞いた話からすると、おやさしい父さんの故国《くに》も好きじゃない。思ってもみてよ、灼《や》けつく砂漠の天幕で、らくだやろばを相手に座りこんでるあたしなんて？　ありがたくって涙が出るわ！」

「その旦那に惚れてんのか？」

「惚れてる？　まさか！　でも、金持ちだし気前がいいの。あの妓女どもと同じくらい嫌だけど」ちょっと言葉を切り、考えこむふうで耳たぶをかいた。「惚れた男はたったひとり、その人もあたしにぞっこんだった。でも、あたしがとんでもないばかをやらかして、何もかも台なしになっちゃった」大きな目がかげりを帯び、喬泰《チャオタイ》を通り越して宙を見つめる。

喬泰《チャオタイ》がその腰に腕を回す。「今しがたはずいぶん優しかったじゃねえか！」期待をこめて言う。

その腕を押しのけ、いらいらとどなった。「ほっといてよ！　すっかり思いを遂げたんでしょ？　あたしだっていいときにうめいたり、あえいだり、うなぎそっくりに身をくねらせてやったじゃないの。枝葉も何もかも抜かさなかったんだから、この上、睦言《むつごと》まで欲ばらないでよ！　それに、ぜんぜんお呼びじゃないわ。あたしの好みは瀟洒な文人、あんたみたいなそこらの荒くれじゃないの」

「そりゃ」喬泰《チャオタイ》が心もとなげに言う。「見た目はそこらの荒くれかも知れんが、おれは……」

「しつこくしないで! これでも男のうわべを見破る目は肥えてるのよ。自分で勝手にどう思ってようが、あたしに何の関係があるの。本気でだらだら身の上話を続けたいんなら、乳母でも雇うのね。さてと、用件に戻りましょ。あんたに近づいたのは、たまたま近衛の大佐だからよ。マンスールによると、大理寺卿さまの右腕なんですってね。だったらあたしに良民の身分を手配できるわよね。お上の法ではあたしは賤民、知ってんでしょ? 蛋家《タンカ》女は中国人と結婚はおろか、陸《おか》に住むさえきついご法度なんだって」

「じゃ、旦那がこの船に住まわせてんのもそのせいか?」

「あんたって、ほんとによく気がつくのねえ!」女が嘲る。「もちろんよ、陸《おか》に家をあてがうわけにいかないもの。お金なら腐るほどあるんだけど、旦那はお役人さまじゃないから。でも、あんたは都から来たし、あんたの親分はえらいさんで、この国の判事の親玉じゃない。あたしを都に連れてって、良民身分になれるようはからってよ。それからほんものの要人を何人か紹介してちょうだい。あとは自分でやるから」半眼になり、ゆっくりと笑みを浮かべる。「ほんものの、えらい中国の女のひとになるのよ。錦の衣を着て、中国娘の小間使いにかしずかれて、自分だけの庭を持つの……」いきなり声が冷える。「あんたにもできるだけ尽くすわ、その見返りにね。いましがた帳《とばり》の奥で手合わせしたんだから、あたしが仕事をちゃんと心得てるって言っても文句はないはずよ。ねえ、これで手を打たない?」

冷たくあけすけなもの言いは喬泰《チャオタイ》の胸深く刺さった。だが、何とか声に出さずに答えた。

「のった!」

絶対、この女を惚れさせてやると自分に言い聞かせた。そうせずにおくものか。

「いいわ、近々また会って詳しく煮詰めましょ。旦那は小さい家を持ってて、忙しくてこの船まで来られないときは、そこであたしと午後を過ごすの。まちの西、光孝禅寺の南よ。そっちにあんたが陸づけできそうになったら、すぐ使いを出すわ。旦那に近づけるわけにいかないからね、今はまだだめ。あたしを放しっこないし、弱みをたねにひどくおどされてるの。旦那がその気になれば、あたしは一巻の終わりよ。でも、都に連れてってもらえば、そこで身もとを明かすわ。そしたら身請け金を払い戻してやれるでしょ——どうしても気がとがめるっていうんならね！」

「弱みって、よもやうしろに手が回るような話じゃあるまいな？」喬泰《チャオタイ》が気づかう。

「いちどだけ、ひどいあやまちをしでかしたわ」立ち上がり、薄衣を豊満な体に引き寄せた。「さ、もうほんとに行ってちょうだい、さもなきゃひと悶着かもよ。あんたに連絡がつくのはどこ？」

宿の名を教え、唇を合わせると船室を出た。

甲板に出てから見ると、隣の一番船のともに跳び移れそうな間合いだった。はずみをつけて板を蹴り、はるか向こうの船着場さして戻りはじめた。

また帰徳門をくぐり、ゆっくり歩いて五羊仙館に戻る。門前に小さな轎《かご》がいた。倪《ネイ》船長の迎えかと轎夫《かごかき》にたずねると、立ち上がって景気よく声を合わせてへいと答える。喬《チャオ》泰《タイ》を乗せ、轎《かご》は勢いよく走りだした。

10

虫すだく音《ね》を人に尋ね
早馬の信《たより》に秘事を知る

狄《ディー》判事はなかなか寝つけなかった。長いこと寝返りをうった末にようやくうとうとしたが、切れ切れにまどろんで目が覚めてみると、こんどは頭の芯が鈍く痛む。夜明けまであと一時間、だがもう眠れそうにないので、大きな寝台から起き出した。寝巻き姿で半円の窓にしばしたたずみ、薄墨がかった朝の空につらなる都督府の屋根を眺めた。新鮮な空気を吸ううち、朝食前に散歩でもすれば気分がよくなるだろうと思いつく。

灰色木綿の衣に小帽をかぶると階下に出た。控えの間で寝ぼけまなこの召使五、六人を相手に一日の用をいいつける家令をつかまえ、裏手の園林へと案内を命じた。

灯を消して間もない回廊の薄暗がりをたどって広い都督府を抜け、裏に出る。主棟の裏は端から端まで大理石の広い露台だった。下に、起伏に富んだ園林の絶景が広がる。花咲く植え込みを縫って、甃《いしだたみ》の小道がのびていた。

「待つに及ばん」と家令に言う。「ひとりで戻れる」

朝露にしっとり濡れた階《きざはし》を降り、小道をたどって大きな蓮池に出る。朝靄たなびく静かな池のはるか水ぎわに小さな亭《あずまや》が見え、そちらまで歩くことにした。浅く濃く紅さすたおやかな蓮の開花をめで、のんびりと池をめぐる。亭《あずまや》が近づくにつれ、卓にかがみこむ大柄な男の背が窓越しに見えた。その丸っこい肩はなんだか見覚えがある。手前の段をのぼってみると、男は緑磁の小壺を前に、わきめもふらず中をのぞいていた。判事の足音を聞きつけたらしく、壺から目を離さずに言う。

「お、やっとおいでなすったか！　このでっかいやつをまあ見てごらん！」

「おはよう」

意表をつかれた都督がけげんそうに見上げた。誰が来たかわかるとあわてて立ち上がり、口ごもった。

「も、申しわけございません。そ……その、実にどうも……」

「かしこまるには及ばん、まだ朝も早いうちだ！」判事がものうくさえぎる。「朝の散歩だ、あまり眠れなかったんでな」もう片方の椅子に腰をおろし、「まあ、かけなさい！　その壺のなかみは？」

「うちでいちばん強いやつです！　あの強くたくましい脚をごらんください！　美しゅうございましょう？」

狄《ディー》判事がかがみこんだ。その大こおろぎはことにたちの悪い黒蜘蛛そっくりだと内心思う。

「りっぱなものだ！」と評し、また姿勢を戻した。「ただ、白状してしまうと、その道にはとんとうとくて。数週間前、広州に来られた御史大夫は――根っからのこおろぎ好きだったが！」

「手持ちのこおろぎをご高覧の栄に供しました」相手が胸を張る。それからうつむいた。腫れ物に触るような態度で、「当地にまた来られまして、お忍びで。こちらでお見かけしたと都に知らせたところ、連絡をとるよう命じられました。ですがその後、配下の者どもを探しにやりましてまもなく、その命令は唐突に撤回されました」しばし言いよどみ、もじもじと口ひげをひねる。「むろん、中央のことに口出しするような不遜は断じていたしませんが、広州は私の管轄でございますので、その、二、三説明があってもと……」みなまで言わずに期待をこめて判事を見る。

「ああ！」狄《ディー》判事が熱心にあいづちをうつ。「そうだったな！　出発まぎわに政事堂《せいじどう》の会合があったんだが、御史大夫の姿はなかった。そうは言っても尽力に及ばずと命令が出たからには、御史大夫は都に戻って任務に精出しておられるんじゃないか」椅子にもたれ、あごひげをゆっくりしごく。都督は竹網の丸蓋を手にとり、念入りに緑の壺にかぶせた。それから苦笑する。

「うちの医官に聞きましたが、昨日、第二の殺人を発見なさったそうで。しかも被害者《がいしゃ》はご配下の方だったとか！長官が最近とみにもうろくして、職務の重責にたえがたいというのでなければよろしいんですが。なにぶん大きなまちですし……」

「なに、大したことはない」判事が気さくに言った。「どちらの事件の根も都にある。うちの部下はへまをしでかしただけのこと。こちらこそ、詫びを入れねば！」

「ご配慮のほど誠にいたみいります。当地の異国交易をお調べの件のほうは、ご満足いただけるような進捗ぶりでしょうかな？」

「ああ、もちろん。だが、なにぶん一筋縄ではいかん問題だ。ああいった種々雑多な蛮夷取締りには、よりふさわしいやり方を考え出さんことにはな。種族ごとに分け、居住を特定の坊に限るよう進言する草案をそのうちにお見せしよう。大食《タージ》に着手したばかりだが、そっちがすんだらさらに他の、例えば波斯《ペルシア》人のような種族をとりあげ……」

「それには全く及びません！」いきなり都督がさえぎった。それから唇をかみ、あわてて言い直した。「いえその、あの波斯《ペルシア》人は……そのう、たかだか数十名強に過ぎません。ひとり残らず、ちゃんとわきまえのある者たちです」

都督が真っ青になったように思えた。だが、薄あかりのせいかもしれない。ゆっくりと判事が言う。

「まあ、全貌をきちんと把握したいと思ったまでだ」

「よろしければぜひお手伝いを！」都督が熱心に言う。

「やあ、鮑《パオ》が参りました！」

鮑寛《パオクワン》長官が亭《あずまや》の上り口で鄭重に一礼し、中に入るとさらに深く頭を下げた。案じ顔で都督に言う。

「なんともかとも面目ない仕儀でして、閣下！　あの女め、厚顔きわまる！　現われないのです。腑に落ちかねます、なにゆえそんな、見当も……」

「わしも腑に落ちんな」都督が冷たくさえぎる。「かりにも引き合わせようというのなら、たしかな人物か否かぐらい、事前にきちんと見極めをつけるものではないか。ま、いまは閣下のお相手をしている最中でもあるし……」

「お詫びのことばもございません」悄然とした長官が、けんめいに弁解につとめた。「ですが、こおろぎにご関心がおありと存じておりましたので、その方面になみなみならぬ知識を持つ女だと家内に聞かされて……」

都督が長官をひきとらせるよりさきに、狄判事《ディー》が口をはさんだ。

「こおろぎ通が女にもいるとは知らなかった。そういう虫を商売にしているのだろうな？」

「おっしゃるとおりです、閣下」矛先がそれ、ありがたそうに長官が言った。「家内が申しますには、その娘は良いこおろぎにことのほか目が利くそうです。さよう、この場合、〝目〟というには当たらんかもしれませんな、どうやらその娘は盲目らしいので」続けて都督に、「昨日ご報告申しましたとおり、夜明け方にこちらに伺うようにと家内が命じました。朝のご謁見前にと。そのころでしたらご多忙中のおじゃまをなるべくせずにすむかと……」

「その者の居どころが知りたい、鮑《バオ》さん」狄《ディー》判事がさえぎる。「広州みやげにこおろぎを何匹か持ち帰るのも一興かもしれん」

この要望が長官をさらに狼狽させたらしく、口ごもる。

「わ、わたくし……家内に居どころをたずねましたところ、あのばか女め、知らぬと申します……市場で一度会ったきりだと。身も心もこおろぎに打ち込んでいるさまに、すっかり感心したとかで……」

都督が満面に朱を注ぎ、長官を厳しく叱りとばす手前で、狄《ディー》判事が助け舟を出した。「なに、ちっともかまわん。さて、もう自室に戻るとしよう」立ち上がり、やはり席を立った都督にすかさず声をかけた。「いや、そのままそのまま！　道なら鮑《バオ》さんに教えてもらおう」

うろたえた長官を従えて、庭に降りる。

連れだって露台に出ると、判事がにっこりして言った。「上司のかんしゃくを気にするな、鮑《バオ》さん！　こんな早朝だ、私とてうんと上機嫌とはいかんよ！」長官が笑顔を返すと、さらに、「都督はすこぶる職務熱心のようだ。しょっちゅうお忍びで市中めぐりをなさるらしい、下情を肌で感じとろうとの心がけだな」

「いえ、そんなことは！　頭《ず》の高いお人ですから、そんなことは沽券にかかわると思うでしょう！　まことに機嫌のとりにくい人物です、閣下。私のほうがだいぶ歳上、すこぶる経験豊富でもありますので、当地での職はとても……

その、妥当とは申しかねます。赴任してもう五年になります。前職は生まれ故郷の山東省《シャントン》の県知事でした。そちらでことのほか実績を上げ、広州への昇進とあいなりました。着任してから骨折って広東語《カントン》を覚えましたし、こう申してよろしければ地方行政にも万般通暁しております。ですから何ごとかの決断にあたっては、あらかじめ都督のご相談があってよさそうなものですが、なにぶん序列にやかましい方でして……」

「上司の陰口は役人として聞き苦しいのではないか」狄判事《ディー》が冷たくさえぎる。「不満があるならしかるべき手順を踏んで吏部《りぶ》に上申すればよい。これから梁福《リャンフー》氏を訪問する、供をするように。さらに立ち入った相談をかけたいのだ。朝食の一時間後には仕度をすませておくように」

長官が黙って控えの間まで案内し、一礼して出て行った。

宿所の食堂で家令に給仕させて質素な朝飯を済ませ、食後の茶を一杯だけ、時間をかけて飲んだ。頭痛は消えたが、まだ頭がはっきりしない。暁がさした櫺子《れんじ》窓《まど》の紙張りを見るともなしに眺めながら、あの盲目の娘の身を気づかう。都督に会ったことがないというのはまことだろうか？

ため息をついて小帽を脱ぎ、寝室に行った。官服を着て高い官帽をかぶり、広間に出た。机につくと、公文書らしい大きな封筒に気づいた。封を切り、短い伝言に目を走らせる。ついで引き出しから巻紙の白箋を取り出し、筆を湿して書きだした。

陶侃《タオガン》がやってきて朝の挨拶をしたときも、まだそうやって書き物にかかっていた。やせた男が腰かけて言う。

「たった今、政庁に行ってまいりました。長官はまだ参っておりませんでしたが、巡査長にひととおり説明しました。えらく目はしのきくやつです。ききすぎると申したほうがよろしいかと」苦りきって言いそえる。「まずはあの娼妓にほうびをやる件を申し渡し、そのあとで、ある盲目の娘を内々に探し出してほしいと申しましたところ、わけ知り顔に流し目をくれ、そのあとの話しっぷりたるや、どうにもこうにもなれなれしいのです」

「いいぞ！」狄《ディー》判事が声をあげた。「そこらの女たらしに過ぎんとふんだのだ、それならその悪党めも長官にうかつなことは漏らすまい。その盲目の娘に関心を寄せていると、長官にも都督にもけどらせんのが肝腎だ」陶侃《タオガン》に亭《あずまや》のやりとりを話して聞かせ、さらにこう言った。「都督と娘は以前にも会っているという印象を受けた。が、長官には知られたくないようだ。娘が面会の約束を守らなかった理由については推測するしかないが、さらわれたはずはない。それなら、こおろぎその他の持ち物をそっくり持っていけるはずがない。むしろ自分から望んで姿をくらましたのだと思う。巡査長がおまえのめがね通りの目はしをきかせて、居どころの手がかりをつかんでくれるよう願おうじゃないか。あの娘とはぜひとも話をしなくては。それはそうと、政事《せいじ》堂《どう》あての予備報告書がもう少しで完成するところだ。いますぐふたりでざっと仕上げてしまおう」

そのまま報告書を力強い肉太の字で埋め続けた。しばらくして椅子にもたれ、声に出して報告書を読み上げる。陶《タオ》侃《ガン》がうなずいた。すべての事実を過不足なく網羅した、明快な書きぶりだ。署名と判を押したのち、机に置いたさっきの封筒を指で叩きながら判事が言った。

「定期便の飛脚で、この書状がついさっき都から届いた。公文書室からの事前通知だ。政事《せいじ》堂《どう》の密使が出立し、軍の護衛でこちらに向かっているという。到着は今晩だ。御史大夫の不可解な当地訪問の目的が判明したのだといいが。本音を言ってしまうと何が起きているのやら、さっぱり見当もつかん！」

家令が入ってきて、前院子《まえにわ》にお輿のしたくが整いましたと知らせた。

鮑《パオ》長官がそこで待機していた。露払いの十数騎が槍を立てて迎えるそばで、ずっと頭を下げている。お仕着せの輿《こし》丁《かつぎ》二十名が、大輿のそばに直立不動で控える。貴人の身分をあらわす紫の天蓋、いただきに三層の金飾りがついていた。

「こんな大げさな輿で、梁《リヤン》家の門を通れるか？」判事が詰問する。

「はい、それはもう！」鮑《パオ》がにこやかに答えた。「故提督の住まいは古式ゆかしい、実のところ邸より宮殿と呼ぶに

陶侃《タオガン》と狄《ディー》判事

ふさわしい造りでございます」判事がぶつぶつ言いながら輿に乗りこみ、長官と陶侃《タオガン》があとに続く。騎馬の護衛を先にたてて一行が動きだした。

11

胡《えびす》の茶菓をもてなされ
胡《えびす》の子らのわけを聞く

にぶい音をたてて轎《かご》が地につき、喬泰《チャオタイ》はとりとめない物思いからさめた。おりてみると界隈はひっそりして、小金を持った商人が隠居所でも構えていそうな路地裏だ。轎夫《かごかき》に酒代《さかて》をやり、質素な板戸を叩いた。

背の曲がった老婆が出てきて、歯のない口で喬泰《チャオタイ》に笑いかけた。その案内でよく手入れしたささやかな花園を抜け、白塗りの二階建てに向かう。老婆は息を切らし、板張りの狭い階段を昇るあいだ、通じないことばでぶつぶつ言っていた。広々と風通しのいい、異国風に飾りつけた部屋に通される。

左手の壁いっぱいに、床から天井まで刺繡の絹帳《きぬとばり》がかかる。帳《とばり》の吊り方は、ゆうべのマンスールのうちとまったく同じだ。右壁に、低い黒檀の花台を敷いた雪花石膏《アラバスター》の大花瓶が一対。壁面に作りつけた木の刀架は異国の剣が十数本をくだらない。奥を見ると、横一列に四つ半円が並んだ見晴らしのいい吹き抜け窓、奥行きのある窓枠を上等な蘭の鉢植えが彩る。窓の外は一本さきの通りの屋根がずっと続く。床にはしみひとつない厚手のござが延べてある。家具は紫檀象嵌《したんぞうがん》のひじかけ二脚と、低い茶卓だけ。ほかは見当たらない。

喬泰《チャオタイ》が壁面の剣をじっくり眺めようとしたひょうしに帳《とばり》が開いて、十六歳くらいの娘がふたり出てきた。喬泰《チャオタイ》が息をのむ。ふたりとも生きうつしだ。わりにこましゃくれた丸顔を金の長い耳飾りがふちどり、波打つ髪を一風変わった格好にまとめている。どちらも上半身は裸、ういういしい乳房と小麦がかった若い肌を見せていた。花もようのゆったりした薄木綿ずぼんの端をくるぶしで絞り、金線細工の房に青い玉を編みこんだ、おそろいの首飾りをしている。

片方が前に踏みだし、おちつきはらって喬泰《チャオタイ》を見ると、なまりのない中国語で言った。

「倪《ネイ》船長のお邸にようこそ。主人はじきにまいります」

「おまえらふたりはいったい何もんだ?」驚きさめやらぬ喬泰《チャオタイ》がたずねた。

「妾《わたくし》めはドゥニャザッド、こちらはふたごのダナニール。倪《ネイ》船長の奥向きにお仕えしております」

「なるほどな、わかった」

「ご自分ではわかったおつもりでしょ。でも、そうではございませんの」ドゥニャザッドがすまして述べる。「船長にお仕えしてはおりますけれど、船長は妾《わたくし》どもにお手をおつけになりませんの」お上品につけたす。「ふたりとも生娘です」

「んなわけないだろう! 船長は海の男なんだぞ!」

「船長には他にどなたかおられますもの」ダナニールがまじめくさって答える。「一本気なうえ潔癖このうえない方ですから、妾《わたくし》どもはまったく眼中になし。ほんとに残念だわ」

「船長にとっても残念ですことよ」ドゥニャザッドが意見を述べる。「殿方の情熱を味わう器にかけては、妾《わたくし》どもはこれでいい線いってますのに」

「このじゃじゃ馬め、おまえらどっちもわかってねえだろ。自分が何を口走ってんのか！」喬泰《チャオタイ》が雷を落とす。

ドゥニャザッドが女らしい眉を両方とも上げた。

「実地面にかけては、ことごとく知り尽くしております」冷ややかに言い放つ。「四年前に船長に買われるまで、商人の方家《ファン》で第三夫人づきの小間使いをしておりましたの。ですから、睦言《むつごと》のおりには常に側近く侍《はべ》っておりましたわ」

「たしかに、ほんの手ほどきの域を出ませんでしたけど」わきからダナニールが言う。「毎度同じことの繰り返しでは芸がないって、第三夫人がたびたびこぼしてらしたわ」

「なんなんだよおまえらは、気色悪《わり》いしゃべり方しやがって。書き言葉みてえだぞ？」喬泰《チャオタイ》が恐れをなす。「それにどこのどいつだ、んなややこしい言葉ばっかり詰め込みやがったのは？」

「私です」背後で、ほがらかな倪《ネイ》船長の声がした。「お待たせして申しわけない。だが、おいでがちと遅かったもんでね」あらわれた船長の長衣は白地に赤いふちの薄い毛織、赤革の剣帯をしめ、刺繍飾りの色絹でつくった冠らしきものをかぶっている。

船長が小さいほうのひじかけに腰をおろす。ドゥニャザッドが椅子の脇にひかえた。ふたごの片割れは足もとにひざまずき、わざと挑むような笑みを浮かべて喬泰《チャオタイ》を見上げた。腕組みした喬泰《チャオタイ》がそちらにこわい顔をつくる。

「まあまあ、おかけなさいよ！」倪《ネイ》船長がしびれを切らす。ふたごに向かってきっぱりと、「お行儀をどこかに置き忘れてきたな。走って行って、おいしい朝のお茶を持っておいで！　薄荷《はっか》を添えておくれ」娘たちが行ってしまうと、こう続けた。「わりに頭のいい子たちでね、中国語、波斯《ペルシア》語、大食語《ターージ》がわかります。中国やら他の国のいろんな本をいっしょに読んでやるのが夜ごとの楽しみでね。ふたりとも、いつもうちの書庫のあたりをうろついてますよ。さて、喬《チャヤオ》さん、ご無事でほっとしました。どうやら、ゆうべはや

倪《ネイ》船長を訪ねて

っかいごとに巻き込まれずにすんだようですな」

「かもしれん、と思ったわけは？」喬泰《チャオタイ》が用心してたずねる。

「あんたの身辺から目を離さなかったからですよ！　大食《タージ》の暴漢と蛋家《タンカ》の刺客が戸口のそばの目立たない場所に陣どって、ずっと見張ってましたのでね！」

「ああ、あのふたりか、おれも気づいてはいた。だが、何の因縁《あや》もつけられなかったぜ。そういやあいつら給仕と揉めてたが、喧嘩のもとは何だったんだい？」

「ああ、蛋家《タンカ》に酒なんか出したくないって給仕に言われたからですよ。あの賤民どもが触れた品はすべて汚《けが》れ扱いされるのでね。だからですよ、給仕が蛋家《タンカ》の杯を砕いたのは。それはともかく、ひげを生やした曲者らしいやつもずっと様子をうかがってましたよ。酒場からそいつがあんたのあとをつけるのを見て、私は自分にこう言い聞かせたもんです。あの大佐さんはちょいと大変かもしれんぞ、って」

「なんでまた、やぶからぼうにおれを大佐に昇進させてくれるんだい？」

「胸の金章がちらりと見えたんでね、大佐さん。見えたと言や、そのひげ男にもですが。折も折、かの名高い狄《ディー》判事が副官ふたりを供に広州にお越しという評判がたってます。そこへ北からおいでの上級役人ふたりがけちな下っぱふぜいに見せかけようと、いわば涙ぐましい努力をしてる場面に出くわせば、おのずと考えるってもんじゃありませんか」喬泰《チャオタイ》が答えないのでさらに続けて、「茶館で小耳にはさんだんですがね、狄《ディー》判事は昨夜、都督府に会議を招集し、当地の異国交易を論じたとか。またもや考えさせられましたよ。狄《ディー》判事といえば犯罪捜査。ですが、たとえあこぎなもうけをとろうが、異国交易は犯罪と呼べるもんじゃありません。狄《ディー》判事の副官がおしのびで埠頭付近におられた事実と考え合わせると、こう自問せざるをえませんな。この広州でひそかに進行中の陰謀とは？」

「二足す二のやり方を心得てるらしいな、どうやら！」喬《チャオ》泰《タイ》がにやりとする。「まあな、実は当地の大食《タージ》交易を調べてんだ。高価な輸入品だの高い関税がごまんとあると……」わざと途中でやめておいた。

「なあるほど、密輸の線ですか！」船長が口ひげをなでる。

「うーん、私なら、あの大食《タージ》の悪党どもを買いかぶったりしませんよ」

「あいつらと取引のある中国商人はどうだ？　例えば姚泰《ヤオタイ》開《カイ》氏とか。知ってんだろ？」

「ほんの少しだけね、目はしのきく商人ですよ。わずかな元手で始めて、まちでも指折りの豪商にのしあがりました。ですが女好きでして、女というのは金のかかる道楽です。妻妾がおおぜいいるのに、わりない仲の女を何人も囲っておくゆとりが――そんな中途半端な境遇に甘んじる理由は訊かないでくださいよ。不法な手段による収入があれば、きれいにまかなえておつりが来ますな。ですが、これだけは念を押しときませんと。この件にまつわる噂はまったく聞いてません。こう見えても、船関係の人間はひとり残らず知ってるんですよ」

「じゃあ、大食《タージ》交易専門のもうひとり、梁福《リヤンフー》さんはどうなんだ？」

「見当はずれもいいとこですよ、大佐さん！」倪《ネイ》がにっこりした。「あの人と姚《ヤオ》を一緒くたになんぞ、とてもとても。梁《リヤン》さんは家柄が良く、莫大な資産家ですが暮らしぶりは質素です。梁《リヤン》さんが密輸？　論外ですな！」

　ふたごが真鍮の大盆を運んできた。給仕をさせながら倪《ネイ》船長はすまなそうに笑みを浮かべて言った。

「なにぶん行き届きませんで、大佐！　以前はまちの南にある大きな邸にいたんですが、二年前にかなりまとまった金が入用になり、そちらは売ってしまったんです。かねて陸で静かに暮らしたかったので、たくわえが続くうちは陸にとどまることにしました。海では思うところが多々あって、神秘主義に興味を持つようになりました。今では時間の大半をそういうものを読んで過ごしてます。体がなまらないよう、拳法や剣も同好の士と手合わせしてね」立ち上がって言った。「さて、剣を見に行きますか」

　いっしょに刀架に寄りながら、それぞれの剣の特徴から刃の焼入れ方法のいろいろまで、喬泰《チヤオタイ》にこまかく説明する。そこから、広州の名だたる剣士たちの逸話に飛ぶ。ふたごたちは墨でふちどった大きな目をみはり、夢中で聞き入っていた。

さっきの老婆がいきなり入ってきて、倪《ネイ》に小さな封筒を渡した。「ちょっと失礼してよろしいかな？」とたずね、窓辺に行く。読み終えると袖にしまって老婆をさがらせ、喬泰《チャオタイ》に言った。「もう一杯お茶にしましょう！」

「この薄荷《はっか》茶はいけるな」喬泰《チャオタイ》が言う。「ゆうべ、マンスールんちで甘茴香《アニス》酒を飲んだ。あれも口当たりがよかったよ。あいつを知ってるかい？」

「おまえたちふたりは階下《した》で花に水でもやりなさい」倪《ネイ》がふたごに言いつけた。「もう、だいぶ暑いからな」ふたりがごきげんななめで行ってしまうと、船長が、「では、マンスールについてお調べなんですな。うーん、手持ちの話はほんのわずかですが。マンスールが風光明媚なこのまちに初めて来たのはおよそ四年ほど前です。さる若いご婦人がおりました。地元の生まれで、ふた親とも亡くなったため、自然のなりゆきでお兄上が家長になりました。ついでながらたいへん裕福な名門と申し上げていいでしょう。当地の若者といい仲だったのですが、仲たがいして男が去ってしまいまして。その後、兄上がさるお役人のもとにかたづけました。倍は年齢があろうかという、枯れしなびた老いぼれです。不釣合いなこの結婚後、ほどなくマンスールに出会ってのぼせ上がりました。ありふれた束の間の情事です。じきにその不倫を悔やみ、終わりにすると言いました。するとマンスールが何と言ったか、わかります？　手切れは望むところだが、〝これまでの奉仕〟に対し、耳をそろえて謝礼を出せ、とこうです。〝これまでの奉仕〟——あの男が自ら選んだ名ですよ」

「きったねえゆすり屋め！　現在ただいま、なんか悪事をやってるか？　機会があれば、あのろくでなしの首根っこを喜んでひっつかまえてやるぜ！」

倪《ネイ》船長が短いあごひげをなでた。しばらくしてこう答えた。

「知りませんな、残念です。大食《タージ》はあまり好きじゃないので。亡き母の祖国を土足で踏みにじったやつらです。母のことは大好きでした——波斯《ペルシア》名をニザーミーと申します。その名に漢字をあて、はじめの倪《ネイ》という字をもらって姓にしています」一拍おいて、「大きなまちのことで、いつもいろんな噂が飛びかっています。ですが、出どころの定かでない噂はうかつに口にすまいとかたく自戒しています。たいてい悪意ある中傷に過ぎませんから」

「なるほどな。それはそうと、マンスールの宴席にズームルッドって大食《タージ》の舞妓がいた。会ったことは？」

倪《ネイ》船長がちらと見た。

「ズームルッド？　いや、会ったことは。ですが、芸達者なきれいどころという評判は聞いています」

「もしかして、あの妓を囲ってる旦那の名を知らないか？」

「知りません。かりにいるとすれば、裕福にちがいありません。とにかく金がかかる妓《おんな》ともっぱらの噂ですから」

喬泰《チャオタイ》がうなずいて茶を飲み干した。

「きれいどころといえば」と続ける。「ここんちのふたごだって、見てくれはさしてひどかねえぞ！　あんたがつれないと、口をそろえてこぼしてたけどな！」

船長が力なく笑う。

「あの子たちが来て、もう四年になります。子どもから娘へと成長するさまをずっと見守ってきますとね、ある種、父親の心境みたいなものですよ」

「たしかに、あのふたごは世話が焼けそうだな！　どこで買ったんだ？」

倪《ネイ》はすぐに答えなかった。喬泰《チャオタイ》をさぐり見ると、しばらくして言った。

「あの子たちは、てなし子なのです。母親は亡母の遠縁にあたります。じつにいい娘でしたが、さる中国の役人にたぶらかされまして。生まれたのが娘だったので男に愛想をつかされでもしたらと恐れ、あの子たちを知り合いの中国商人にやってしまいました。そうまでしたのに捨てられて自殺しました。ここじゃ大騒ぎになりましたが、情人のほうはなんとか名前を表ざたにせず、経歴にも傷がつかずにすみました」

「気っぷのいいやつじゃねえか！　そいつを知ってたのか？」

「また聞きで、話だけは。会いたいとも思いませんし。ですが、ふたごのことはずっと気にかけていました。商人の家ではよくしてくれましたが、破産しまして。資産が競売にかけられたさいに、あのふたりを買いました。私の手でできる限りの教育をさずけ、こんどはふさわしい婿がねを探さねばと思っています」

「おれだったらぐずぐずせんぞ」喬泰《チャオタイ》があっけらかんと言う。腰を上げながら、「悪いこた言わん、すぐ嫁にやったほうがいい」

「またぜひともおいでくださいよ、拳《けん》の手合わせに」船長が言いながら階下《した》に案内する。「目方はわずかに負けますが、歳なら優位に立ってますからね」

「いいねえ！　稽古不足でうずうずしてたとこだ。以前は馬《マー》って弟分が相手してくれてたんだが、そいつが嫁をもらっちまってな。いまじゃ太鼓腹がせりだしてやがる！」

ドゥニャザッドとダナニールが、かわいいじょうろで小さな庭園の花に水をやっていた。

「じゃな、お子ちゃまたち！」喬泰《チャオタイ》が大声をかける。

ふたりとも知らん顔した。

「さっき追っぱらわれたんで、すねてるんですよ」船長が笑いながら言った。「二匹の猿みたいに知りたがり屋でね、ついでに子ども呼ばわりが大嫌いときてる」

「おれも親父《おやじ》の心境になってきた」喬泰《チャオタイ》が苦りきる。「いや、本当に礼を言うぜ。いろんな剣を見せてもらって！」

門を出る背後で、船長が戸を閉めた。見れば、もう人通りが多い。朝早くから市に出かけた人々が買い物をすませて、いっせいに家路につくころだ。こみあう中をかきわけて進むうち、若い女にぶつかった。わびる間もなくさっと脇をすりぬけ、背だけ見せて人ごみに消えた。

12

怒れる副官が騒ぎたて判事は治安を懸念する

梁福邸《リャンフー》の前院子《まえにわ》で、鮑《バオ》長官と陶侃《タオガン》の介添えを受けて狄《ディー》判事は輿を降りた。邸を見れば、まことに広大な豪邸だ。院子と広い階《きざはし》には贅沢な文様彫りの大理石を敷きつめ、その奥に、甃《いしだたみ》とそろいの材質に鉄金具をあしらった門の双扉が見えている。急いで階段を降りる梁《リャン》氏の背後に、まばらなあごひげにすっかり霜のおりた老人がつきしたがう。どうやら執事らしい。

深く腰を折った梁福《リャンフー》が、ねんごろに歓迎の辞を述べた。その後に、まちの長官と都の貴顕をいちどきにお迎えし、身にあまる栄誉うんぬんと述べたてはじめた。しばらくしゃべらせておいて、狄《ディー》判事がさえぎる。

「格式にもとる訪問だとはよく承知している、梁《リャン》さん。だが、あのように国家の柱石であられた亡きお父上が起居された邸宅をひと目なりともという思いを抑えがたくてな。それに、いつも思うのだが、人のたたずまいは日常にいちばん出る。そこを見たい——長年の習慣だ、県知事時代からの。案内を頼む！」

梁《リャン》がまたねんごろに頭を下げた。

「およろしければ亡父の書斎をご覧に入れましょう。なにもかも生前のままにしてございます」

大理石の階《きざはし》をのぼり、太い列柱にはさまれた薄暗い広間を抜けた。花咲きほこる庭園のさきに、最初の棟よりさらに大きな二階建てがある。こちらは調度をごく控えめにし、時代を経た重厚な黒檀彫りで揃えていた。海戦のありさまを極彩色で描いた壁画が四方を彩る。一行の姿を見るが早いかあわてて逃げた老女中のほか、人影は見当たらない。

「この豪邸を維持するとなると、人手がいくらあっても足りんのではないか?」べつの院子《なかにわ》を抜けたところで狄《ディー》判事がたずねた。

「いえ、閣下、脇の一棟のほかは使わずに締め切っておりまして。こちらは寝に帰るだけです。昼間はいつもまちなかの事務所におりますので」間をおいて、にこやかに続ける。「今まではなにしろ仕事に忙殺され、身を固めて一家を構えるのを先延ばしして参りました。ですが、来年三十五になりますので、それを節目にしたいと考えております。こちらが住まいの棟で、父の書斎は奥にございます」

老執事が先に立ってひろい庇回廊《ひさしかいろう》をぬけ、梁福《リャンフー》が狄《ディー》判事や長官と連れだって歩く。しんがりに陶侃《タオガン》が続いた。

回廊の奥に竹林をしつらえ、すらりと伸びた竹が涼しい葉ずれの音をたて、日をさえぎる。その先は平屋だった。次の回廊は、左手の広い窓の外に岩石をあしらった庭。右手に個室を並べ、部屋の手前に沿って黒漆の手すりを通し、あかりとりは清潔な白紙を貼った引き戸の櫺子窓《れんじまど》だ。

だしぬけに陶侃《タオガン》が狄《ディー》判事の袖を引いた。離れたところに判事を連れて行き、いきおいこんで耳打ちする。

「あの盲目の娘がおりました! いましがた前を通りすぎた二つめの部屋です。しかも、本を読んでましたよ!」

「すぐ連れに行け!」判事があわただしく命じる。

来たばかりの道を陶侃《タオガン》が馳せ戻ると、狄《ディー》判事が梁《リャン》氏に言った。「扇をうっかり忘れ、副官が気づいてくれたので。しばし待つとしようか。あちらの庭は石組みがなんともすばらしい!」

その背後で、怒った女の声が響いた。

「あれは何事だ?」梁《リャン》が声をあげる。あわてて引き返し、狄《ディー》判事と長官もあとを追った。

二つめの部屋の前で、陶侃《タオガン》が手すりを握りしめている。優雅なしつらえの小部屋の中に立ちはだかった美貌の若い女を見上げ、驚いて口もきけない。奥に山水画の屏風が見える。その女が怒って梁《リャン》に言う。

「この無礼者はだれ? 部屋を明るくしようと思って、窓を細めに開けたの。そしたらいきなりあらわれて、だましたな、なんてどなりだすのよ!」

「人違いでした!」陶侃《タオガン》があわてて判事に言い、それから

陶侃《タオガン》書斎を騒がす

声を落として、「よく似ていますが、あの娘ではありません」

「このご婦人はどなたかな、梁《リャン》さん？」判事がたずねた。

「妹です、閣下。長官の家内でございます」

「閣下をこちらにお連れするという話を、これが聞きつけましてな」長官が説明する。「同行する、娘のころに使っていた部屋をのぞいてきたいと申しまして」

「なるほど」と狄《ディー》判事。それから鮑《バオ》夫人に向かって「かわりにお詫びを、奥さん！ 副官がだれかと見間違えたらしくて」机上の本にさっと目を走らせ、「詩とは、じつに有意義な時間の使い方だ。文章が磨かれますぞ」

「詩だと？」ふしぎそうに妻を見ながら鮑《バオ》がたずねた。あわてて本を閉じた女が、言葉少なに、

「たまたま手近にあったのを取って、読んでただけよ」

あらためて見ると、たぐいまれな美人だ。目鼻だちは繊細。すんなりした三日月眉は兄と同じだ、兄の方はそのせいでほんのわずか柔弱な感じを受けるが。はにかんでまた口を開く。

「閣下に拝謁かないまして、光栄至極に存じます。私《わたくし》……」

「ご主人に聞いたが、こおろぎを売る娘を知っていると か」判事がさえぎる。「その娘に会いたいものだが」

「今度参りましたら、私からそう申しておきましょう」それから困った顔でちらと長官を見て、「住まいをたずねなかったといって、今しがたも主人に怒られたばかりです。ですが毎日のように市場にいるからと言われまして、その……」

「よろしくお願いする、奥さん！ ではこれで」

歩きながら狄《ディー》判事が梁《リャン》氏にたずねた。

「他に弟さんや女のごきょうだいは、梁《リャン》さん？」

「いえ、閣下、私はひとり息子です。娘は二人おりましたが、姉は数年前に亡くなりました」

「家内が嫁入って間もないころ、その事故がおきまして」

鮑《バオ》長官がきちょうめんな口ぶりで淡々と事実を述べる。

「若い家内にたいそうな痛手を与えました、むろん私にとりましても」

「事故というと、どういう？」狄《ディー》判事がたずねる。

「眠っております間に」梁《リャン》が答える。「風にあおられた窓の帳《とばり》が灯火を倒し、部屋が火事になりました。煙に巻かれて気を失ったに相違ございません。焼けあとは人の形も残らぬ炭だけでした」

判事が哀悼の意を表した。がっしりした扉を開けた梁《リャン》が、天井が高く涼しい室内に一同を通す。その合図で執事が窓辺に急ぎ、竹簾を巻き上げた。狄《ディー》判事が感心して見回す。本や巻物を積んだ書棚が壁という壁を埋めつくしていた。青い絨毯の中央に巨大な執務机。机上に出ているのは対の銀燭と文房一式だけ、あとはすっきりしている。隅の茶卓に梁《リャン》氏が一同をいざなった。大ぶりな奥のひじかけを判事にすすめ、長官と陶侃《タオガン》には手前にすえた背もたれのまっすぐな椅子をあてがう。自身はやや離れた低い椅子にかけ、執事に茶を言いつけた。

長いひげをなでながら、判事が満足そうに言う。

「抑えた雅致がある——文武両道にぬきんでた人物の書斎として、人の期待を裏切らぬしつらえだ」

茶をすすりながら、かつて南海の覇者が戦ったかずかずの海戦談議にしばらく興じ、梁《リャン》が提督の蔵書の中から貴重なまちの古地図を何枚か披露した。一枚に見入っていた判事が、ふと、人さし指を地図の上に置いてこう声をあげた。

「華塔がのっている！　ゆうべ見物に行ってきた」

「まちの名所旧跡の一つでございますから」梁《リャン》が言う。「週にいっぺんはあそこに参りまして、管長と碁を打ちます。手ごわい碁敵ですよ！　学もたいしたものです。いま、経典伝播の歴史にまつわる新しい著作をものしております」

「学者肌となると」判事が評する。「寺の管理監督は副管長任せではないか？」

「とんでもない！　あの管長はつとめを何ひとつゆるがせにしない人です。また、そうでなくてはつとまりません。あれだけ広く公開された名刹となると、きびしく目を光らせておきませんと。すきあらば善男善女をかもにという、いかがわしい手合いがいろいろ出入りいたしますので。早い話が、すりや詐欺師といった類の輩でございますよ」

「そこに人殺しも入れておくべきだったな」狄《ディー》判事が淡々と言う。「中央で使っておる密偵の死体を、昨日、あそこで見つけたのだ」

「では、あの僧たちの話はそのことでしたか！」梁《リャン》が大声をあげる。「碁のさいちゅうに、管長がいきなり呼び出されまして。なかなか戻ってこないので僧にたずねましたら、何か殺人がどうとか申しておりました。下手人は誰でしょうか？」

判事が肩をすくめる。

「ごろつきだよ」と答える。

梁《リャン》がかぶりを振る。茶をすすり、ため息まじりにこう述べた。

「ここのように栄えるまちには裏の世界がつきものでございますね、閣下。大きな富があるところ、ひどい貧困が必ずつきまとっております。見る目のない人は、まちの華やかなうわべしか見ません。見えぬその下に血も涙もない裏稼業がはびこり、蛮夷の犯罪者が中国人のごろつきと肩を摩して横行するのです」

「取り締りはすべて厳重にしておる」鮑《バオ》長官が冷たく言う。「さらにだ、これは強調しておきたいが、ちょっと大きなまちへ行けば見かけるような人間のくずでも、生まれ故郷に戻れば更生する余地があると思うぞ、わしは」

「それは疑いをいれんな」と狄《ディー》判事。茶を飲み干し、梁《リャン》に向く。「今しがた、蛮夷の犯罪者という話が出たが、マンスールについては芳しからぬ噂を聞いている。もしや、何か犯罪目的で大食《タージ》の暴漢を雇ったりするなどということは？」

梁《リャン》が背筋を正す。薄いあごひげをしごいてだいぶ長いこと考え、そののちに答えた。

「じかにマンスールを知っているわけではございませんが、噂はかねがね。おもに友人で同僚の姚《ヤオ》さんからいろいろ聞いております。マンスールというのは熟練の船長、機を見るに敏で胆力があり、交易にかけても凄腕です。その一方で野望に燃えた大食《タージ》であり、自らの民と宗教に狂信的なほど身も心も打ち込んでおります。故国ではきわめて身分高く、教主《カリフ》の遠縁の甥にあたり、教主《カリフ》のもとで西の他蛮族どもとあまたの合戦を経ています。本来ならば征服したどれかの地方で総督に任じられてしかるべきはずが、口が災いして教主《カリフ》を怒らせ、宮廷から追放されたのです。それで航海船長という一か八かの職業に転じたわけです。ですが、教主《カリフ》の寵をとりもどす望みをまだ捨てておりません。そして、そのためならどんな手段も辞さないでしょう」

黙ってしばし考えこみ、慎重にことばを選んで続けた。

「ここまで述べました事実は、私自身がきちんと確認ずみです。が、これから申し上げる話は、単なる風評に基づくものです。こうささやく向きもあります。かりにマンスールがこの広州で深刻な騒乱を引き起こし、まちを略奪してたいそうな戦利品とともに故国へ戻れば、大食《タージ》の武功に錦《きん》上花《じょうはな》を添えるがごときその殊勲を愛で、教主《カリフ》はほうびにマンスールを以前通りの廷臣に復するだろうと。しかし、繰り返しますが、これはあくまでもただの噂に過ぎません。こうやって閣下のお耳に入れるだけで、マンスールにとってはとんでもない不公平な仕打ちであってもおかしくないのです」

狄《ディー》判事が両眉を上げた。

「たったひとにぎりの大食《タージ》が、完全武装した千からの守備隊精鋭をどうやって相手にできる？　門衛や港湾警察なども当然いるのだぞ？」

「蛮地で、マンスールは包囲戦の尖兵として多くのまちを攻略してきました。こういった方面には精通していると推測してよろしいでしょう。北方のまちと違って、広州は木造の二階建てがきわめて多い事実に気づいているはずです。からっ風の日でしたら、場所をよく選んで、数ヵ所ほど放火すればたちまち大火に広がるはずです。まち全体が混乱していれば、少数精鋭の決死隊で絶大な効果をあげられるでしょう」

「なんと、まさにそのとおりだ！」長官が声をあげる。

「さらに」と梁《リヤン》が続ける。「まちをそういう混乱に陥れるものはだれであれ、略奪が始まるが早いか強い味方がつくはず。つまり、何千という蛋家《タンカ》です。数百年にわたる積年の怒りがつのりつのっておりますから」

「そうであってもまんざら理不尽ではないが」狄《ディー》判事がた

め息交じりに述べる。「何にせよ、あの水の民に何ができる？　烏合の衆だ、頭目も武器もない」

「さて」梁《リヤン》がゆっくり言う。「烏合の衆とは申せますまい。ある種の組織があります。おもだった巫《まじないし》を取り巻く形で成り立っておるようです。それに、大型の武器こそありませんが、市街戦となると侮りがたい敵です。と申しますのも長いあいくちを使い慣れており、絹布を用いた絞殺もお手のものです。よそ者をまったく信用せず、仲間に入れないのは本当ですが、蛋家《タンカ》の妓女どもの客はおもに大食水夫ですから、マンスールが蛋家《タンカ》に充分な足がかりを得るのは難しくないはずです」

狄《ディー》判事は答えず、梁《リヤン》の話をじっくり反芻していた。陶侃《タオガン》が梁《リヤン》に声をかける。

「気づいたのですが、蛋家《タンカ》は首を絞めた布に錘《おもり》の銀をそのまま残していきますな。はした金ではありません。すんでから持ち帰るか、かわりに鉛の錘を使うかしないのは、どういうわけでしょう？」

「すこぶる迷信深いのですよ」梁《リヤン》が答えながら肩をすくめた。「自分があやめた亡者への供物なのです。そうすれば、あとでたたられないと信じています」

狄《ディー》判事が目を上げる。

「あの市街図をもう一度見せてくれ！」

梁《リヤン》が茶卓に地図を広げると、判事は鮑《バオ》長官に命じて木造家屋が大半を占める坊を指で示させた。それで、中流以下の庶民の家が密集した地域はほぼ全部入るとわかった。そういう界隈は通りもごくごく狭いのしかない。

「そうだな」狄《ディー》判事の声が沈んだ。「このまちの大半が、火事で簡単にやられてしまう。人的、物的被害ははかり知れまいから、マンスールに関する噂をこのままに捨て置けん。ただちに必要な予防措置を講じなくては。都督に命じ、この午後に都督府で内々の会合を持たせよう。そなたら二名のほか、姚泰開《ヤオタイカイ》氏、守備軍司令官、港湾警察の長を集めよう。その一同ですみやかな予防手段を考え、マンスールの処置についても話し合う」

「当然のつとめといたしまして、私から再度くれぐれも申し上げます、閣下」梁《リヤン》氏が心配そうに言う。「マンスールがまったく潔白であってもおかしくはないのです。あれはやり手ですし、このまちは大きな交易商人がたがいにしのぎを削り合っております。競争相手の足をひっぱるためには何でもする者もなかにはいるでしょう。いま申し上げたマンスールについての話はすべて、ためにする中傷以外の何ものでもないかもしれません」

「そう願おうではないか」判事がさらりと受け、茶を飲み干して腰を上げた。

梁福《リャンフー》がうやうやしく賓客の先に立ち、さっき通ってきた院子や回廊を逆戻りして前院子に出ると、何度もふかぶかと頭を下げて見送った。

13

袖すりあったあの人に
亡き人からの文《ふみ》が届く

喬泰《チャオタイ》は判事たちより二時間早く都督府に戻っていた。梁《リャン》福《フー》邸への出発とちょうど入れちがいになったかっこうだ。家令が宿所の大広間に案内する。

いかめしい顔つきの家令に昼どきまで判事は戻らないと聞かされ、喬泰《チャオタイ》は白檀の長椅子に行って長靴を脱ぐと、柔らかな枕にどさりと身を投げ出した。このひまに少しでも休んでおこうと思ったのだ。

だが、くたくたなのに寝つけない。しばらく寝返りを打てば打つほど、気分が落ちこむ。歳甲斐もなくなんてざまだ、ばかやろう！　と、自分に腹を立てる。倪《ネイ》んちじゃ、あのお茶っぴいなふたごの尻をつねりさえしなかった、向こうはやってくれと言わんばかりだったのに！　こん畜生め、左耳までどうかしちまったのか？　小指を左耳に突っこみ、ぐりぐり回したが、耳鳴りのような音は続いている。それから、音の出どころがわかった。左袖だ。

袖を探ってみると一寸四方の小さな包みが出てきた。赤い紙できれいに包んである。上に、蜘蛛のような細い字でこうあった。陶《タオ》様親展。

「じゃあ、女からか！」とつぶやく。「おやすくねえぞ、船長の家の前でぶつかったあの女だな。あのじゃじゃ馬が袖にこいつを入れてったんだな、手早いやつだ。それにしても、おれが倪《ネイ》を訪ねるはずだってどうしてわかったんだろう？」

立ち上がり、広間の戸口に行く。狄《ディー》判事の机からなるべく遠い入口わきの卓上にその包みを置いた。それからまた白檀の長椅子に戻り、また横になる。今度はすぐ眠れた。

昼になる寸前に目覚めた。長靴をはき、伸びをしてこわばった手足をほぐしたかと思うと、家令が扉を開けて狄《ディー》判事と陶侃《タオガン》が入ってきた。

狄《ディー》判事はまっすぐ奥の机に行った。いつもの席に喬泰《チャオタイ》と陶侃《タオガン》が腰をおろす間に、引き出しから大きな市街図を出して目の前に広げた。それから喬泰《チャオタイ》に、

「梁福《リャンフー》とすっかり話しこんでしまった。してみると、はじめの疑いはどうやら正しかったようだ。御史大夫が広州に戻ったのは、当地の大食《タージ》どもによる乱の企てをいち早く察知したからに違いない」

梁福《リャンフー》とのやりとりをかいつまんで話すと、喬泰《チャオタイ》は全身を耳にして聞いていた。終わりに判事がこう締めくくった。

「あの娼妓に寺で聞いた話を梁《リャン》が裏づけてくれた。つまり、大食《タージ》がしばしば蛋家《タンカ》の画舫に出入りするという話だな。だから、その二者が交わる機会は山ほどあるわけだ。あの性悪な水の民の毒で御史大夫が殺された理由もそれで説明がつく。それに、おまえたちふたりが埠頭の酒場で見た、大食《タージ》の刺客の連れだったあの小男はどうも蛋家《タンカ》らしい。となると、あの巷《こうじ》で刺客の首を絹布で絞めた未知の人物とは蛋《タン》家《カ》の刺客だな。だから、大食《タージ》の厄介者どもと対立する集団

にもやはり蛋家《タンカ》の手下が飼われているらしい。何もかも謎だな。ともあれ、あの大食《タージ》どもがここで何か事を起こすまでただ見ているつもりはない。二時に昨日の議堂で会議を開き、予防策を話し合うよう都督に命じておいた。そちらの首尾はどうだ、喬泰《チャオタイ》？」

「あの舞妓は見つかりました。たしかに母親から蛋家《タンカ》の血を引いています。あいにく、囲っている旦那がやきもちやきなので、あてがわれた船室であまり長いこと話しこむわけにいきませんでした。ですが、こう言ってました。光孝禅寺南にある小さなうちでもたまに旦那と会うときがある。このつぎ、そちらで会えるおりがあればさっそく知らせると。めったに行かないそうです、陸に住めない賤民ですから」

「知っている」狄《ディー》判事が憤慨する。「あんな賤民制度は廃止すべきだ、いやしくもわれらのような大国のつらよごしだ。ああいう気の毒な未開の者どもをちゃんと教え導いたのち、わけへだてなく良民にしてやるのがつとめというものだ。倪《ネイ》船長のところへも行ったか？」

「行きました。話のわかる楽しいやつで、情報通です。マンスールの耳寄りな話を聞き込みました――予想した通りです」

船長の話を伝えると、狄《ディー》判事がこう意見を述べた。

「あの船長には気をつけたほうがいいぞ、喬泰《チャオタイ》。あれの話は鵜呑みにできん。梁福《リャンフー》に聞いた話とかみあわん。マンスールは裕福な王族だそうだ。それがなぜ、ゆすりなどに身を落とすわけがある？　だいいち、倪《ネイ》はどこでその話を仕入れたのだ？　ええと、おまえにこう言ったんだったな。数年前に陸にあがると決めた理由は、静かな生活を送りたい、神秘主義の研究三昧に過ごしたいと。ちっとも真実味がないぞ！　船乗りが海から遠ざかるというからには、もっと強い理由がなくてはなるまい！　思うに、あの女といい仲だったのは倪《ネイ》自身で、航海中に女の身内がほかへ縁づかせたんだろう。だから、老いた夫は早晩死ぬはず、そうなればよりを戻せると、いちるの望みを抱いてとどまっているわけだ。意中の女と情事をもったというので当然ながらマンスールを憎んでおり、だからこそあのゆすり話をでっちあげたのだ。どう思う？」

「そうですね」喬泰《チャオタイ》がゆっくりと言う。「そちらの方が本当らしいかもしれません。あのうちの若い婢ふたりの話ともぴったり合います。それによると、船長はどこかの女にぞっこんだとか」

「ふたりの婢？」判事がたずねる。「昨日、長官が言っていたのはそれか。倪《ネイ》が芳しからぬ生活を送っていると」

「いいえ、閣下、あのふたりは——ついでに言うとふたごです——船長は自分たちに目もくれないとはっきり言っていました」

「じゃ、なんのためにそのふたりを置いてるんだ？　部屋のお飾りか？」陶侃《タオガン》がたずねる。

「船長の遠縁にあたるその母親を哀れに思ったからだよ。かなり痛ましい話だった」倪《ネイ》船長から聞いた話を詳しく述べ、さらに、「その娘をたぶらかした中国人のろくでなしは、性根の腐ったやつに決まってます。中国人じゃないというだけで、好きにもてあそんでいいと考えるような手合いはまったく鼻持ちなりません」

判事が喬泰《チャオタイ》をきっと見た。物思いにふける手つきで、ずいぶん長いこと無言でほおひげをもてあそぶ。ようやく口を開いて、

「まあ、船長の私生活よりもっと重大な懸案事項には事欠かん。おまえたちふたりはもうさがって、昼飯にするがいい。だが、会議があるから二時前には戻るように」

ふたりが判事に挨拶し、連れだって広間を出がけに、喬《チャオ》泰《タイ》があの小さな包みを卓から拾い上げた。陶侃《タオガン》に渡しながら声をひそめて、

「路上で若い女がこいつをおれの袖にそっと忍ばせた。倪《ネイ》のうちを出がけに、わざとぶつかってきたんだ。『親展』ってあったから、あんたより先に判事どのに見つかっちゃまずかろうと思って」

陶侃《タオガン》があわてて包みを開ける。中は卵形の品物、それと古い無地封筒らしきものが同封してある。卵形のほうは、象牙をくりぬいたみごとな細工のこおろぎ用の籠だった。陶侃《タオガン》が耳をあて、小さな鳴き声につかのま耳を澄ます。

「絶対にあの娘からだ」とつぶやく。それからだしぬけに

大声を上げる。「見ろ！　こいつはどういうことだ？」

陶侃《タオガン》が封筒のふたに押した四角い印を指さす。こう読めた。「劉《リウ》用私印、御史大夫」

「すぐにこいつを判事どのにお見せしなくては！」と、目の色を変える。

ふたりで広間の奥にひきかえした。狄《ディー》判事が眺めていた地図から驚いて顔を上げると、陶侃《タオガン》が黙って虫籠と封筒を渡した。入手したいきさつをすぐ喬泰《チャオタイ》が話す。虫籠をわきによけた判事が封筒の印をよくよく吟味し、ついで封を開けて一枚きりの薄い用箋を取り出した。草書の細かい字でびっしり埋まっている。机の上で紙のしわを伸ばし、一語一語丹念に拾い読みした。やっと顔を上げると沈痛な口調で、

「これは御史大夫が書きとめた覚書《おぼえがき》だ。それによると、品物と引き換えに三人の大食《タージ》から代金全額を受け取ったとある。どんな品物かははっきり書いてない。マンスールの他にもふたりぶんの名があるな。阿米提《アーメイデ》に阿斉茲《アーシース》と読める」

「何てこった！」喬泰《チャオタイ》が声をあげる。「じゃあ、御史大夫は謀反人だったんだ！　さもなきゃ、にせ手紙かもしれませんね？」

「正真正銘の本物だ」判事がゆっくり言った。「印はまったく問題ない。その印なら、公文書室で何百回となく見た。自筆の筆跡となると、楷書なら政事堂《せいじどう》あての機密報告書で見慣れているが、こういった覚書の草書となるとな。だが、こんな流れるような達筆は、よほどの文人でなくてはとうてい書けまい」

椅子にもたれ、かなりの間考えこんでいた。副官ふたりがその姿を心配そうに見守る。不意に判事が顔を上げた。

「これの意味がわかったぞ！」てきぱきと言う。「われわれが広州に来た真の目的を、何者かが完全に知っている！厳重に秘匿された国家機密を知るからには、その未知の人物は政事堂《せいじどう》が扱う機密一切に通じた都の高官に違いない。御史大夫と対立する派閥に属しているのだ。マンスールの企みに巻きこむため、同じ派閥の一味と語らって広州に御史大夫をおびき出し、大逆罪のかどで告発し、政治の表舞台から除こうとはかった。だが、その拙劣な企てを御史大

夫はむろん見破ったのだ。が、この覚書でわかるように表向きはすすんで大食《タージ》にくみすると見せかけた。そうしたのはひとえに黒幕を確実にあぶりだすためだった。だが、御史大夫に見破られたと敵の一派がいちはやく気づいたとみえる。それで毒を盛ったのだ」陶侃《タオガン》をまともに見て続けた。

「その封筒の送り主があの盲目の娘だという事実から、その娘が敵ではないと同時に御史大夫が死んだ現場に居合わせたのだとわかる。目が見えないのに、卓上や路上に落ちた手紙を拾えるわけがないからな。見つけたのは死体の袖からだ。敏感な指でその封筒を探り当て、下手人が気づかぬうちに隠したに違いない。金鈴を見つけたのも、やはり御史大夫の死体からだ。寺の横を通りすがりにこおろぎの声を聞きつけたとかいう話をしていたが、あれは作り話だ」

「きっと、あとで信用のおける誰かに頼んで封筒をみてもらったんですな」陶侃《タオガン》が述べる。「御史大夫の印が押してあると教えてもらったので、捨てずにとっておいたのです。その後に私があの部屋を出たあと、何者か、または何人かの者どもが来て、私が御史大夫の失踪を調べていると教わった。それで私あてに送ったんですな――差出人が自分だとわかるよう、こおろぎを添えて」

判事はろくに聞いていなかった。怒りをぶちまける。

「敵はこちらの動きを逐一正確につかんでいる！　ありえない状況だ！　それに、あの船長もぐるに違いないぞ、喬《チャオ》泰《タイ》！　あのうちの門前で、顔も知らぬ娘がその包みを袖に忍ばせるなど、単なる偶然であるわけがない。すぐ倪《ネイ》船長のうちに戻り、きびしく問いただせ！　慎重に切り出せよ。だが、盲目の娘など知らんなどと言おうものなら、やつの首根っこをつかんで、有無を言わさずひっぱってこい！　私なら宿所の食堂にいる、戻ったら顔を出せ」

14

裏を返せば怪我のもと
招《よ》ばれぬ客ならご用心

喬泰《チャオタイ》はひとつ手前の通りまできて轎夫《かごかき》に声をかけ、そこから先は歩いた。倪《ネイ》船長宅の門を叩く前に端から端まで路上をうかがう。行商人がふたりだけ。この時分だと、たいてい昼飯中か、午睡のしたくにかかっている。

門を開けてくれたのはあの老婆だった。すぐさま、喬泰《チャオタイ》の見当では波斯《ペルシア》語とおぼしい言葉でえんえんとまくしたてる。善意のしるしにしばしおとなしく耳を傾け、その上でわきにどかせて入った。

二階は森閑としていた。客間の扉を開ける。誰もいない。今ごろはあの可愛い婢ふたりともども、船長は昼飯をすませて寝ているのではなかろうか。苛立ちまぎれにつぶやく。ドゥニャザッドなら絶対こう言い切るぞ——寝所はべつべつですわ！　待たされるといっても、そう長くはあるまい。あの老婆なら気をきかせて船長を起こしてくれるかもしれん。だれも出てこなければ、勝手にあちこち探しまわってやるぞ。

刀架に近づき、いろんな剣にあらためてじっくりと見入る。そちらに気をとられて、外の平屋根をよじ登ってくる頭布《ターバン》の男ふたりの気配に気づかなかった。窓枠にのせた蘭の鉢植えを慎重にまたいで、音もなく部屋に忍びこむ。やせ細ったほうの男が細長いあいくちを抜くひまに、ずんぐりした男が棍棒を握りしめて背後から喬泰《チャオタイ》に近づくや、すかさず後頭部に棍棒をふるった。一拍おいてばったり倒れ、音をたてて床にぶつかる。

「刀ならいいのがよりどりみどりだぜ、アジズ」やせた大食《タージ》が刀架に向いて言った。「早えとこ、マンスールの仕事を片づけちまおう」

「アッラーはほむべきかな！」大食《タージ》語で、すずやかな声が

ダナニールと招かれざる客

した。「これで、妾《わたくし》は汚らわしい異教徒の手を逃れたわ！」

ごろつきふたりがはっと振り向き、帳《とばり》から出てきた娘にあんぐり口を開けて見とれた。青い首飾りとつややかな白い絹靴だけ、あとは裸だ。

「アッラーの楽園から天女《フーリー》が舞い降りた！」ずんぐりした男が神への畏れをこめて口にした。わが目が信じられず、若くぴちぴちした肉体に釘づけになっている。

「妾《わたくし》のことは、『なべてまことの神を奉じる者たちへのほうび』（イスラム天女の別称）とお呼びになって」と、ダナニール。喬泰《チャオタイ》を指さし、「その男は妾《わたくし》を犯そうとしたの。そこから剣を取ってつきつけ、無理無体に汚らわしい情欲で組み伏せようとしていたところ。それで、帳《とばり》の奥に逃げたの。そころばと番《つが》ったおふくろから生まれたやつとなんか」

「もうちょっと待ってくれりゃ、とどめをさしてやるぜ」やせたほうが勢いこんだ。「そしたら、おれたちふたりを相手してくれよ！　ときに、おれはアーメッド、この相棒はアジズってんだ」

「アーメッドかアジズか、それが問題ね。迷っちゃうわ」ダナニールが挑発的な笑みを浮かべ、ふたりを上から下まで見る。「ふたりともりりしい美青年ですもの、ちょっと考えさせて！」すばやく近づいてふたりの袖口をとらえ、帳《とばり》に背を向けて隣合わせに立たせた。

「アッラーにかけて！」ずんぐりした方がいらだって声を上げた。「そのかわいいおつむでなに気にしてんだい？　順番ならはじめにお……」

その声がふっつりとぎれた。両手で胸をつかんで床にくずおれ、ゆがめた口もとから血が流れる。

もうひとりにダナニールが両腕を回して抱きつき、おびえて悲鳴をあげた。

「アッラーよ、お助けを！」と泣く。「いったい、何が……」

雪花石膏《アラバスター》の大花瓶を頭にぶつけられ、ダナニールが手を離すと男はござに倒れこんだ。

帳《とばり》の陰から出てきたドゥニャザッドが、うつぶせにのびた大食《タージ》ふたりに茫然としている。

「うまくいったわね」ダナニールが述べる。「でも、どうしてふたりとも刺しちゃわなかったの？　あの花瓶は船長のお気に入りなのよ、知ってるでしょ」

「あいつの肩がふくれてたの、だから、鎖かたびらを着こんでるといけないと思って」つとめてさりげないふうを装っているが、ドゥニャザッドの声は震えていた。顔は真っ青、額は汗びっしょりだ。いきなり部屋のはるか向こうの隅に駆けより、床に吐いた。振り向いて、濡れ髪を払いのけてつぶやく。

「おひるに食べたお魚のせいよ、きっと。さあ、ずぼんをはいて手を貸してちょうだい、この人の息を吹き返させてあげるんだから」

喬泰《チャオタイ》のそばにひざまずき、首筋と肩をこすりはじめた。ダナニールが水さしを取ってきて、頭に水を浴びせる。

だいぶたって、ようやく喬泰《チャオタイ》の意識が戻った。ぼんやりと見上げた先に顔がふたつある。「あのふたごは勘弁してくれえ！」そうあえぐと、またあわてて目を閉じた。しばらく死んだように横たわっていた。そののち、そろそろと起きて座りこみ、後頭部の大きなこぶに触った。また髪を結いなおし、後頭部をよけてそっと帽子をのせる。剣呑な目でふたごをにらんで息巻いた。

「こんちくしょう、あんなとんでもねえ悪さしやがって。ふたりとも、その小さいお尻《けつ》をひんむいてぺんぺんしてやるぞ！」

「すみませんけど、あなたを襲ったふたりの男をちょっとご覧になってくださる？　やせたのはアーメッド、太ったほうはアジズっていうの」ドゥニャザッドがつんとした。

喬泰《チャオタイ》がしゃんと座りなおした。帳《とばり》の手前に手足を投げ出した大食《ダージ》ふたりを穴が開くほど見て、ござの上のあいくちと棍棒に目を転じた。

「妹がやつらの注意をそらしているすきに、太った方を妾《わたくし》が刺しましたの」ドゥニャザッドが説明する。「もうひとりはただ気絶させただけですから、お望みとあらば尋問してよろしくってよ。なんでも、マンスールに送りこまれたとか言ってましたわ」

喬泰《チャオタイ》がゆっくり立ち上がった。気分が悪くめまいがするが、何とかにやりとしてみせる。「いい子だ、ふたりとも！」

「いますぐ吐いたらいいわ、ほんとに」血の気のないその顔をダナニールが気づかう。「ごくあたりまえの反応ですわ、頭にひどい一撃を受けたあとでは」

「おれが弱虫みたいにみえるか？」喬泰《チャオタイ》が憤然とする。

「こう想像すれば足しになるんじゃないかしら。子羊の大きな脂の塊、ちょっといたんだやつを飲みこもうとしてるところだって」ダナニールがそう申し出る。喬泰《チャオタイ》が吐き気をもよおしだすとあわてて言った。「ござの上はやめて！あちらのすみっこにしてちょうだい！」

ふらつく足で指さされた場所に向かい、盛大に吐いた。認めたくはないが、おかげでだいぶ気分がよくなった。さっきの水さしから水をがぶ飲みして窓枠ごしに吐き捨て、そのあとで倒れた男たちに近づく。ドゥニャザッドの薄刃のあいくちをずんぐりした大食《タージ》の背から引き抜くと、その刃を死体の衣でぬぐい、不承不承ながら褒めた。「手際がいいな！」もうひとりの頭蓋骨を調べ、顔を上げる。「よすぎる、実をいうと。こいつも死んでるぞ」ひっと悲鳴をあげるドゥニャザッドにこう言ってやった。「目の周りの黒いのが流れてるぜ、ひでえ顔だ」

ドゥニャザッドが背を向け、帳《とばり》の奥に駆けこんだ。

「あの子のことはおかまいなく」ダナニールが述べる。「すごく神経が細いの」

死んだふたりの衣服を喬泰《チャオタイ》が念入りに調べる。だが、紙切れ一枚出てこなかった。まだその場に立ったまま、口ひげをひねって考えこむ。化粧を直したドゥニャザッドが戻ってくると、こうたずねた。

「あのふたり、どうやってここまで上がってきたんだろうな！　なんだってすぐ刺し殺さなかったんだろう？　あの長いあいくちはすごく切れ味がよさそうなのに」

「言わなかったかしら？」ドゥニャザッドが妹に言う。「この人、いい人だけどばかだって」

「おい！　なんでおれをばか呼ばわりすんだよ、この失敬なおてんば？」喬泰《チャオタイ》がどなる。

「だって、あなたったら簡単しごくな理屈もわからないんですもの」けろりと答える。「船長のお刀で殺すのがねらいだってわからない？　そうすれば、あなたを殺した下手人が船長みたいに見えるじゃない？　ここまでの説明についていけないとおっしゃるなら、喜んでもう一度ご説明しますわよ」

「なんてこったい！」喬泰《チャオタイ》が声を上げる。「きっとそうだ。船長はどこだ？」

「お昼がすんで、すぐお出かけになったの。うちのお婆さんが説明しようとしてるのが聞こえたんだけど、あなたったら通じなくてどんどん入ってきちゃったのよ。はばかりながら、生意気はそっちのほうじゃないかしら」

「じゃあなんで、おれが入ってきたときにふたりとも出てこなかったんだよ？」

「愛の手引書には、どれもこうあるの」ドゥニャザッドがまじめくさって言う。「殿方の人柄を判断するには、ほかに人目がないと思わせておいてよくよくふるまいを見定めるに限る、って。妾《わたくし》たち、わりとあなたに興味があるので、帳《とばり》の陰からじっと見定めてましたの」

「おれの方は興味がないがな！　だが、礼だけは言っとくぜ！」

「そんなふうに思わないで、大佐さん」ドゥニャザッドが冷静に続ける。「またとない口実ができたんじゃないかしら、妾《わたくし》たちふたりとも買いとって嫁にするには？」

「ちーがーう！」怖気《おぞけ》をふるうあまり、喬泰《チャオタイ》の声がでんぐりがえった。

「ちがわないっ！」ドゥニャザッドが断言する。両手を腰にあてて問いつめた。「あなたね、命の恩人をいったいなんだと思ってらっしゃるわけ？」

　さっきから喬泰《チャオタイ》をじっと見ていたダナニールが、今度はおっとりと言った。

「せっつくのはやめにしましょ、お姉さま。それに妾《わたくし》たちの心はひとつじゃないの、起きるものならふたり一緒にって？　ちゃんとやりおおせるまでこの男《ひと》の精がもつと、ほんとにお思い？」

　ドゥニャザッドが思案の目を向ける。「どうかしらねえ、口ひげに白いものが混じってるわ。少なく見積もっても四十歳よ」

「ふたりのうち、どちらか満足できなかったら大変よ」妹が続ける。「身をゆだねた快楽の思い出は分かち合いたいと、いつだって思ってるじゃないの？」

「やーらしいふたごだなあ、おまえら！」喬泰《チャオタイ》がぶち切れる。「目の見えないあの女友だちも同じ穴のむじなか？」

ドゥニャザッドがきょとんとしたあと、愛想をつかして、妹にこう言った。

「目の見えない娘がいいんですって！　まあねえ、そんなのでもなきゃ、まともに相手なんかしてもらえないかもね！」

　このふたりにはかなわんと喬泰《チャオタイ》は思った。どっと疲れをもよおしてドゥニャザッドに言う。

「あのばあさんに言って、轎《かご》を二丁呼ばせてくれ。うちの旦那の執務室までその死体を運んでく。轎《かご》を待ってる間に手を貸してやるから、この汚れをきれいにしとこう。ただし、ただしだ、条件がある。おまえらふたりとも、ちいちいぱっぱとさえずるんじゃねえぞ！」

15

胡人は野望の色を見せ
深閨は乱れを露呈する

　そのころ、宿所の食堂で狄《ディー》判事と陶侃《タオガン》はさしむかいで昼《ひ》飯《る》をすませ、食後のお茶を飲みながらのんびり喬泰《チャオタイ》を待っていた。だが、二時近くなってもまだ現われないので、家令に案内を命じて陶侃《タオガン》ともども議堂に出向いた。

　入口のすぐ内側で、都督と鮑《パオ》長官が立って控えていた。横に、磨きこんだよろいをつけ、あごひげをたくわえた男がいる。守備軍司令官だと都督が紹介した。うしろにもうひとり、やや若い士官がいた。港湾警察長だ。梁福《リャンフー》氏と姚《ヤオ》泰開《タイカイ》氏も挨拶し、都督にいざなわれて議堂中央に出ていた大卓の上座に判事がついた。

いずれもそうそうたるこの顔ぶれでは、席次を定めるのにしばらく手間どった。ようやくのことで書記たちが二手に分かれてやや離れた二つの卓に座ると、筆を湿して議事録を書きだし、判事が会議を始めた。当面の問題をかいつまんで説明したのち、守備隊司令官に声をかけ、戦略上の見地から大づかみな状況説明を求めた。

司令官はみごとなまでに手際よく要点をまとめ、三十分もかからずに城内守備上の要衝および人員配置状況を説明し終えた。いちどだけ横槍が入った。下役人が入ってきて、鮑《バオ》長官に伝言を渡したのだ。一瞥した長官が、判事にことわりを入れて席を中座した。

安全措置の腹案を司令官にたずねようとしたやさき、都督が立って意見を述べはじめ、控えめな言い方ながら、まちの主要問題をより広範な行政的視野から示そうとした。その話のさなかに鮑《バオ》長官が席に戻ってきた。都督はさらに三十分以上話しつづけ、どうでもいいような枝葉をこまごまと並べたてた。狄《ディー》判事がたまりかねて椅子の中で身じろぎしかけたおりもおり、都督の副官が入ってきた。喬《チャオ》大佐から火急のご報告があるとのことですが、お会いになられますか、と小声で狄《ディー》判事に伝える。これさいわいと立ち上がり、このさい無作法は承知の上で、中座して喬泰《チャオタイ》に会いに行くことにした。立って、中座のことわりを短く述べる。

控えの間で、倪《ネイ》船長宅のてんまつを喬泰《チャオタイ》が手短に話した。

「ただちに大食坊《タージ》へ行き、マンスールを捕らえよ！」狄《ディー》判事が怒る。「やつにとっては、これが初の不利な直接証拠になる！　それに、アーメッドとアジズ、どちらも御史大夫の覚書に出てきた名だ。直属の密偵を四人とも連れて行け」喬泰《チャオタイ》が満面の笑みを浮かべ、きびすを返す。その背中にかさねて声をかけた。「倪《ネイ》船長の身柄もなんとかおさえろ。自宅にまだ戻ってなければ、政庁に命じてまちの里正全員にあてて逮捕状を出させよ。あの船長とはどうでも話をせねば！　神秘主義だと、まったくよくもぬけぬけと！」

また席にもどり、上座につくと、狄《ディー》判事は重々しく言った。

「この席上の議題に、当地の大食《タージ》居住民の頭目マンスールの処遇があった。たった今、さる情報に基づき、やつの即時逮捕を命じる仕儀とあいなった」言いながら、一座の顔をすばやく見わたす。

うろんな顔の姚《ヤオ》以外は、うなずいて同意した。

「すぐにも大食《タージ》が叛乱をおこすという噂は、手前とて耳にしたことがあります」姚《ヤオ》が言う。「ですが根も葉もないのだからと、頭からとりあいませんでした。マンスールの人柄については、よく知っていると申しましても過言ではないかと。なるほど短気で横柄な男ですが、そんな卑劣な表裏など思いもよらないとかたく信じております」

判事はいたって冷淡に一瞥しただけだった。

「認めるが」落ち着いて言う。「マンスール本人についての確証はない——今のところは。だが、かりにも大食《タージ》居住民のかしらなのだ、大食《タージ》内で起きた事件はすべて、あの者がじかに責任を負う。こうなれば機会がありしだい身の潔白を証しだてようとするはず。むろんマンスールが叛乱の首魁でないという可能性も想定に入れておかねばならんが、即時逮捕しておけば、よぶんな予防措置を講ずる手間がそのぶん省ける。こんどは守備軍司令官に、その予防措置案をたててもらいたい」

あいかわらずてきぱきと能率よく司令官が話し終わると、港湾警察長がさらにいくつか追加提案をおこない、港内の大食《タージ》船の動きを制限してはと申し出た。追加提案も含めてすべて合意にいたると、狄《ディー》判事は必要な命令書や布告の作成を鮑《パオ》長官に命じた。文書がすべて清書をすませて長官の目通しを受けるまでだいぶかかったが、やっと狄《ディー》判事が署名と捺印できる状態になった。そこで閉会というまぎわ、都督が胸もとからかさばった包みを出し、卓上に置くとおおぎょうに咳払いしてこう述べた。

「まことに残念ですが、だしぬけにふってわいたこの大食《タージ》事件のせいで、閣下の貴重なお時間を大幅にとってしまいました。当地においでになったのは異国交易の状況調査のためという事実を失念してはおりませんでしたので、港湾役人どもに命じて報告書を作成させておきました。この中で、めぼしい輸入品目につきましてはすべて、輸出入細目にわたる記録をひき写してございます」

そんなことに構うひまがあるかときつく言いかけ、狄判《ディー》事はすんでのところで自分を抑えた。なんのかんの言っても表向きはあくまでそっちが主眼なのだし、都督の協力熱心は特筆にあたいする。それで、うなずくと観念して椅子に背をあずけた。

都督の声がだらだら続く間、喬泰《チャオタイ》から聞いた倪《ネイ》船長の話をくりかえし吟味する。マンスールが喬泰《チャオタイ》を殺した罪を倪《ネイ》になすりつけようとした事実をかんがみると、船長はふらちな陰謀とは無関係のようだ。あの盲目の娘の味方か？　あのうちに喬泰《チャオタイ》がいた間に船長あてに伝言が届き、あの娘からの包みが袖に入ったのは帰りぎわだった。陶侃《タオガン》に小声で話しかけたかったが、副官はわき目もふらずに聞き入っている。ため息をついた。こと財政となると、陶侃《タオガン》がつねに強い興味を示すのはよく知っている。

都督の演説は一時間以上続き、やっと終わるころには召使たちが銀の燭台に火を入れにきた。こんどは梁福《リャンフー》が立ち、都督が述べたことがらを論じ始めた。さっきの副官がまた入ってきたのでほっとする。顔をくもらせた副官が、早口で判事にこう伝えた。

「西北坊の里正がまいっております、閣下。長官あてに大事なお知らせがあるとかで」

鮑《バオ》が目顔で狄《ディー》判事に問うた。うなずいて同意すると長官はあわてて立ち上がり、副官のあとについて出ていった。

都督と梁《リャン》氏に立派な演説への賛辞を述べかけたところへ、いきなり鮑《バオ》長官があたふたと駆けこんできた。死人のように青ざめている。

「家内が殺されました！」むせぶように言う。「どうあっても……」

入ってきた喬泰《チャオタイ》を見て、声がとぎれた。喬泰《チャオタイ》が早足で判事に近寄り、意気消沈のていで、

「マンスールは影も形もありません。倪《ネイ》船長もです。まったく、何が……」

狄《ディー》判事が片手でさえぎり、すかさず都督に命じる。「部下を遣わしてマンスールを捕えさせよ、倪《ネイ》船長もだ。ただちにかかれ！」その上で、鮑《バオ》夫人殺害の報を喬泰《チャオタイ》に伝えた。長官に向く。「心よりお悔やみ申し上げる、鮑《バオ》さん。これ

から副官ふたりとともにおたくの邸まで同道しよう。この新たな非道が……」

「拙宅ではございません！」長官が大声を上げる。「あれが殺されていたのは光孝禅寺南のさる民家です。所番地たるや、いままで聞いたこともないような場所です！　通り二つめの南角です！」

姚《ヤオ》が首でも締めたような悲鳴を、かぼそくもらした。あんぐり口を開け、恐怖のあまり鈍重な目をむいて長官を見ている。

「その場所を知っているのか、姚《ヤオ》さん？」狄《ディー》判事がするどくたずねる。

「はい、知っておりますとも。じ……実を申しますと、手前の持ち家です。仲間内での楽しみごとに使っておりまして」

「説明するのだ、どう……」長官が言い出したが、判事が制した。

「姚《ヤオ》さんは犯行現場まで同道するように。さらなる詳細はそちらで聞く」

きびきびと立ち上がり、同意に達した予防策をただちに行なうようにと都督に命じ、それから鮑《パオ》長官と姚泰開《ヤオタイカイ》に副官ふたりを従えて議堂をあとにした。前院子《まえにわ》では守衛がちょうちんを用意して待っていた。そこに立って輿を待つ間に、鮑《パオ》にたずねる。

「手口は？」

「背後から絹布で絞殺されておりました」鮑《パオ》が抑揚のない声で答える。

狄《ディー》判事が副官ふたりに意味深な視線を投げたが、意見はさしひかえた。輿の昇降台が出されると長官に言った。

「一緒に乗っていくがいい、鮑《パオ》さん。ゆとりはじゅうぶんある。里正、おまえの乗ってきた轎《かご》に姚《ヤオ》さんを一緒にお乗せするように」

鮑《パオ》長官を横に座らせ、喬泰《チヤオタイ》と陶侃《タオガン》は向かいにかけた。輿《こし》丁《かつぎ》たちが長柄の下に担ぎだこのできた肩を入れると、喬泰《チヤオタイ》が膝を乗り出した。

「あの住所なら、ゆうべ姚《ヤオ》に聞きましたよ！　いい妓《おんな》をふたりばかり囲ってるようです。留守番役の女を置いて…

「……」

「三文の値打ちもない家内のやつめ、あそこに行ったわけがこれでわかったぞ！」長官がどなる。「あそこであの女たらしと逢ってたんだ、倪《ネイ》船長と！　以前にいい仲だったんです。私のもとに――愚かな老いぼれですよ――嫁入る前に。よく疑っておりました、陰に隠れてまだこそこそ忍び逢っとるんじゃなかろうかと。安っぽい情事だ！　姚《ヤオ》も手を貸しとったんだな。だんこ要求します。姚《ヤオ》と倪《ネイ》をひっとらえ、そして……」

狄《ディー》判事が片手を上げた。「落ち着くのだ、鮑《バオ》さん！　かりにおたくの奥さんが船長と逢いびきしていたとしても、下手人とは限らんのだぞ」

「何が起きたか正確に申し上げられます！　今日は午後じゅう都督府の会議だと承知していた家内は、そのひまに情人と会う約束をしたのです。気まぐれで、ちょくちょく相当なばかをしでかす女でしたが、根はまじめなところがあって……私が悪いのです。家内を構いつけませんでした。仕方がなかったのです。都督に振り回され、いつもてんてこまいで、暇が……」声がとぎれた。かぶりをふり、片手を顔にやる。それから気を取り直し、まるで独り言のようにぼそぼそと続けた。「このたびは、そんなうすぎたない関係を終わりにしたいと倪《ネイ》に言ったに違いありません。もうこれっきりだと。倪《ネイ》が怒り狂い、家内を手にかけたのです。いま申した通りのことが実際に起きたに違いありません」

「倪《ネイ》が姿をくらましたらしい、という事実が決め手になるかもしれん」狄《ディー》判事が意見を述べる。「だが、いたずらに生煮えの当て推量にふけるのはよそうではないか、鮑《バオ》さん」

16

密会の場に呼ばれた男
見え隠れする盲目の娘

二階建ての正面を巡査四人が固め、うちふたりは朱で「広州政庁」の四字を入れた紙ちょうちんを振っている。大輿が地面につくと、そろって直立不動で迎えた。鮑《バオ》長官と副官ふたりを従えた狄《ディー》判事が降りる。轎《かご》の者が降りてくるまで待ち、里正にたずねた。

「殺害現場はどの部屋だ？」

「玄関を入ってすぐ左、茶菓をもてなす脇の間です、閣下」と答える。「よろしければご案内申し上げます」

一同を案内し、みごとな飾り彫りの高い支柱に白絹のちょうちんをいくつも吊った、わりに広い玄関を抜けた。左の扉を巡査が守っていた。右は大きなひじかけのそばに小卓が出ている。奥は満月型の入口、青珠をつらねた簾《れん》が半開きになっていた。白い片手があらわれ、さらさらと音をたててあわてて簾を引く。

「そこで待て！」姚《ヤオ》にそう言うと、狄《ディー》判事は右手のひじかけを指さした。それから里正に、「現場の品には何も手を触れておるまいな？」

「はい、足を踏み入れたのは一度だけでして、火のついたろうそく二本を卓上に置き、女が本当に死んでいるのを確かめるにとどめました。ここの留守番をしていた女は被害者を王《ワン》さんと呼んでおりました。ですが、錦の紙入れが袖の中にございまして、そちらの名刺にははっきり長官夫人とございました。何もかもそのままにしてございます」

巡査が扉を開ける。なかは小部屋だった。中央に紫檀の茶卓と椅子が三脚。左壁ぎわの卓上で、たっぷりと活けた生花がしおれかけている。しみひとつない化粧塗りの壁に花鳥画の軸が数本かかっている。ひとつしかない窓の手前で、地味な茶の衣の女がうつぶせに倒れていた。そのそばに四脚めがひっくり返っている。どうやら、窓側の椅子にかけて茶卓に向かっていたらしい。

卓上からろうそくの片方をとった狄《ディー》判事が、陶侃《タオガン》に合図した。副官がひざまずいて女の死体を裏返す。長官があわてて目をそらした。喬泰《チャオタイ》がその前に出て、目隠し役をつとめた。顔は凄惨にゆがみ、血のついた口もとからふくれた舌が突き出ている。恐ろしい力で首に巻きついた絹布を、陶侃《タオガン》がいくらか手こずったあげくにほどいた。無言で、布の隅に結びつけた銀貨を判事に見せる。

死体の顔をおおうよう、喬泰《チャオタイ》に身ぶりで合図したあと、狄《ディー》判事はふりむいて入口手前に控える里正にたずねた。

「殺しが発見されたいきさつは？」

「夫人がこちらに到着しておよそ三十分後に、ここでいつもお逢いになっていた男ももう来ているころだと思い、いちばん若い女中がお茶を持ってまいりました。死体を目にしまして、声を限りに悲鳴を上げました。ちょうど今と同じにその窓は開いておりましたので、その悲鳴をおもての通行人が聞きつけました。ここと隣家の間に巷《こうじ》がございます。それで、巷《こうじ》に入ろうとしていた男ふたりが女中の悲鳴を聞きつけ、すぐさま手前のもとにすっとんで参りました。それで、何事かと急いで見に参ったようなわけで」

「うむ、なるほどな」と狄《ディー》判事。手がかりがないか、喬泰《チャオタイ》と陶侃《タオガン》に命じて室内を探させた。それから死体を政庁に引き取る手配をつけた。鮑《パオ》長官に向かって、

「この家をあずかる女を同席の上でこれから尋問するぞ、鮑《パオ》さん。里正、ここに住んでいる者は？」

「留守番の女はまあ女中頭のような役回りでして、玄関奥の応接間に入れてあります。若い娘四人は住み込みでして、二階のそれぞれの部屋で待つよう命じておきました。女中たちは台所で待たせてございます」

「よくやった！　行くぞ、鮑《パオ》さん！」玄関をつっきって満月型の入口に向かうと、姚《ヤオ》氏がひじかけからはじかれたように立ったが、そちらはわざと黙殺する。通り過ぎざまに長官がじろりとにらみつけたので、いらだちと困惑をこもごもにあわててまた腰をおろした。

小さな応接間は黒檀彫りの茶卓にそろいの椅子二脚、そ

れに飾り戸棚しかなかった。戸棚の前にきちんと身じまいした中年女が立っており、あわてて深く頭を下げた。狄《ディー》判事が茶卓につき、残る椅子を長官に示した。里正が女をおさえつけてひざまずかせると、背後で腕組みして仁王立ちし、にらみをきかせた。

狄《ディー》判事が尋問をはじめ、まずは名と年齢を訊いた。女の北ことばは途切れがちだったが、たくみな質問に誘われるまま、姚《ヤオ》氏がその家を買ったのは五年前であること、自分は住み込みで雇われて娘四人のお目付役をしていると話した。四人のうちふたりは姚《ヤオ》氏が身請けした妓女あがり、あとふたりはもと女芸人だった。四人ともかなりのお手当てが出ている。姚《ヤオ》氏が来るのはいつも一週間に二度ほど。ひとりのときも、友人二、三人と連れだって来るときもある。

「鮑《バオ》夫人と知り合ったいきさつは？」狄《ディー》判事が女にたずねた。

「誓って申しますが、長官閣下の奥様だなんてちっとも存じませんでした！」女が泣く。「そうと知っておりましたら、もちろん倪《ネイ》船長がこちらへお連れしても、絶対にうんと申しませんでしたのに。あの人が……」

「さっきそう言わんかったか、わしが？」鮑《バオ》長官が大声を上げる。「あの女たらしめが……」

「この場は任せておけ、鮑《バオ》さん」判事がさえぎる。ちらりと留守番の女を見て、「先を続けよ！」

「さきほど申しましたように、船長は二年前から来るようになりまして。王《ワン》のお嬢さんだと言って、あの方を引き合わせたんでございます。このひととおしゃべりするのにときどき部屋を使わせてもらえまいか、と頼まれました。今じゃ、あの船長はけっこうな顔ですし、お茶代に充分なこころづけをもらいましたので、私は……」

「その取り決めは姚《ヤオ》氏の耳に入れたか？」判事がたずねる。

女が赤くなり、しどろもどろになった。

「船長が来るのはいつも午後でしたので……それに、お茶一杯だけで……で、ですから、何もわざわざ姚《ヤオ》様にいちいちおたずねしなくてもと……」

「そして、なにくわぬ顔で船長にもらった金を懐に入れていたんだろう」冷えびえとした声で、狄《ディー》判事がかわりに言い終えてやった。「その女と船長が寝ていたのは、むろん百も承知だったはず。これでおまえは鞭打ち刑だな。正規の許可なく、あいびき宿を営業したかどで」

女は床に何度も額を打ちつけて叫んだ。

「誓って申しますが、船長は夫人のお手に触れさえしませんでした！　それに、どのみちあの部屋には寝椅子も長椅子もないんでございます！　お願いでございます、後生ですから女中どもにおたずねくださいまし！　あの子たちは茶菓を運んだり、あれこれ雑用でずっと部屋を出たり入ったりしておりました。あの子たちも話してくれます、ただ雑談をなさっていただけ、あとはさしむかいでたまに碁を——本当にそれだけなんです！」大声でわあわあ泣き出した。

「めそめそせず立て！　里正、この者の供述を女中に確かめよ！」ついでまた女にただす。「船長が鮑《パオ》夫人と来るときは、いつもあらかじめ知らせがあったか？」

「いいえ、ございませんでした」袖口で顔をぬぐった。

「そんなことして何になります？　午後なら姚《ヤオ》様は絶対いらっしゃいません。船長とあのお方のおいではいつもばらばらで、時には船長がさき、また別のときにはあのお方がさきというあんばいでした。今日は夫人のほうがさきで、おっつけ船長もみえるだろうと、女中がいつものお部屋にお通ししました。ですが、このたび、船長はみえませんで」

「来たに決まっているではないか！」長官が怒ってどなりつける。「おまえが見なかっただけだ、このたわけ！　窓から入ってきて、そして……」

狄《ディー》判事が片手で制し、女に声をかける。

「では、船長を見かけなかったのだな。他に客は来たか、鮑《パオ》夫人の到着前後に？」

「いいえ。いえ、ありました……そうそう、あの気の毒な娘が。鮑《パオ》の奥様がみえる少し前でした。目が見えないので……」

「目が見えないと言ったか？」判事が語気鋭くなる。

「はい、さようです。着ているものも地味な茶色でかなりの着古しですが、ことばつきがとっても品のいい子で。こないだの晩に姚《ヤオ》様とのお約束を守らなくてすみませんと言いに来たとかで。せんに姚《ヤオ》様のお邸にこおろぎを売りにきてた娘はあんた？　とたずねると、そうですと答えました」

　そこではたと口をつぐむと、肩越しにおびえた目を満月型の戸口に向けた。

「かまわん、その娘について知る限りを話せ！」判事が命じる。

「さいですね、それから、そういえば姚《ヤオ》様がたしかにお待ちになっていたなと思い出しました。以前のお話では、いいこおろぎが手に入ったらいつでもお邸に売りに来ていたが、これからはこちらに出入りさせるつもりだとのことで。あの娘の部屋を二階に用意するようにとも。目は見えないけど、とてもきれいな子ですし、たいへんに学もあります。それに姚《ヤオ》様は目先を変えるのがお好きで……」肩をすくめた。「どっちみち、その晩は現われませんで、姚《ヤオ》様のお相手はここにいるほかの娘がつとめました」

「そうか。姚《ヤオ》氏が留守だと聞いて、その盲目の娘はすぐ出て行ったのか？」

「いいえ、閣下。しばらく立ち話をしました、玄関口で。その娘が申しますには、姚《ヤオ》様にお目にかかるほうはさておき、ごく最近になって女友だちがどこかこの近辺のお邸みたいなところに奉公にあがったので、その奉公先をたずね歩いてる、華塔裏だと思うと。それで言ってやりました。あんたの勘違いに決まってる、この界隈じゃそんな家は聞いたことないね。あんた、この裏の娼館をあたってみちゃどう、と。そういう稼業に入る娘たちってのは、友だちなんかにお邸奉公にあがるんだとよく話しておりますから。そのほうが体裁よく聞こえますものねえ。それで、娘をまっすぐ裏口に通らせ、娼館までの道を教えてやりました」

　ふいにさらさら音をたてて簾《れん》がめくれ、里正が入ってきた。巡査ふたりにはさまれ、倪《ネイ》船長があとに続く。立ち上がろうとした鮑《パオ》長官の腕を、判事がかるくおさえた。

「どこで船長の身柄をおさえた、里正？」とたずねる。

「轎《かご》でここまでまいりました、仲間ふたりを連れて！　平然としたようすで入ってきました！　この者には逮捕状も出ておりますのに！」

「ここに来たのはどういうわけだ、倪《ネイ》さん？」判事が落ち着いてたずねる。

「知人と約束がございましたので。もっと早く来るはずが、友人の家に寄り道しまして。そこで、以前に知り合いだったさる船長とばったり顔を合わせました。みなで思い出話がてら一献かたむけ、気がつくと約束の時間が過ぎていました。それで轎《かご》を雇い、道中で酔いをさましがてら友人ふたりも連れてきました。すると、玄関口に巡査がおりました。何か不都合でも？」

答える前に、判事が里正に命じた。「あとの両名にいまの供述の裏をとれ！」それから倪《ネイ》に、「ここで会うはずだった知り合いとは、誰のことだ？」

「さようですな、あまり申し上げたくありません。実を申しますと姚《ヤオ》の囲い者のひとりでして、以前はわりに親しかったので。姚《ヤオ》が身請けする前……」

「そういう嘘はなくもがなだ、船長」判事がその説明をさえぎった。「彼女は殺された。おまえたちがいつも逢いびきしていた小部屋で」

倪《ネイ》が青ざめた。何ごとかたずねかけ、長官をちらりと見て思い直した。気まずい沈黙がずっと続いた。長官は怒りに燃える目で倪《ネイ》をにらみ殺さんばかりだった。今度は長官が話そうとしたが、そのとき里正が入ってきて狄《ディー》判事に言った。

「あのふたりから供述の裏が取れました。それに、逢いびきの様子について女中が申しますには、一から十までここにいるこの女が申した通りだそうで」

「よくわかった、里正、船長を喬《チャオ》大佐のところに連れて行け。大佐が相手なら包み隠さず話せるだろう。おもての警備に戻ってよし、巡査ども！」

みなが出て行くと鮑《パオ》長官が卓をたたき、せきを切ったように支離滅裂な抗議をまくしたてた。だが、狄《ディー》判事にさえぎられた。

「奥方が殺されたのは人違いだ、鮑《パオ》さん」

「人違い？」鮑《パオ》がけげんな顔をする。

「そうだ。夫人到着の直前にあの盲目の娘が来ている。その娘はひとり以上の人間に命をねらわれ、ここまであとをつけられていた。この家に入る姿を見届けてすぐ、その者たちは人目を避けてなかに忍びこんだ。時を同じくして盲目の娘の方は裏口に案内され、おたくの夫人は女中の案内で家に入った。たぶん、夫人の身なりはその娘とよく似ていたのだろう。刺客どもが小部屋の窓ごしにのぞくと、夫人が背を向けて座っていた。それで取り違えて踏みこみ、背後から首を絞めたのだ」

長官は仰天して耳を傾けていた。今度はゆっくりとうなずく。

「たしかに、家内はあのこおろぎ売りに会ったことがあります！」ふいに声を上げた。「あの盲目の娘は刺客どもの一味に相違ありません！　ここに来たのは家政婦の目をそらし、あの、いわく言いがたい悪辣きわまる一味の犯行に邪魔が入らぬようにするためだったのです！」

「私の推理とはまったく違うが」と判事が言う。「もう戻ってよろしい、鮑《パオ》さん。これでわかっただろう、夫人は不貞を働いたわけでないと。若年からの友人とはいえ、倪船《ネイ》長との交際をきっぱり断たなかったのは賢明でなかった。だが、だからといっておたくの家名に傷がつくことはない。ではこれで！」

「死んでしまった、逝ってしまったのか」長官が放心のていで口にする。「それに、まだあんなに若かったのに……」声が詰まる。あわてて立ち上がり、出て行った。

かがんだその背を見送り、大食《タージ》とのつかの間の情事の件は鮑《パオ》には絶対に伏せておこうと狄《ディー》判事は思った。良家の中国人子女が果たして大食《タージ》などに気をひかれるだろうかと漠たる疑いを抱いたあと、ふと心づいて、まだそこに控えていた女に向き直って詰問する。

「白状せよ！　大食《タージ》女も含めて、いつも来る外の女がまだ他にいるのか？」

「いいえ、閣下、誓います！　姚《ヤオ》様は決まった相手を時おりとっかえひっかえなさいます、でも……」

「わかった、そちらは本人に確かめる。さて、姚《ヤオ》と連れだって来る男たちだが、その中に北から来た背の高い美男子はいなかったか？」と、ついでに御史大夫の人相を言ってみる。だが、女はかぶりをふった。姚《ヤオ》の連れはみんな広州人だと言う。

判事が立ち上がる。満月型の戸口から出てくる姿を目にして、姚《ヤオ》がまた飛びたつように席を立った。

「外の輿で待て」それだけ言い置くと、そのまま小部屋に向かった。

倪《ネイ》船長がそこで喬泰《チャオタイ》や陶侃《タオガン》を相手に話していた。死体の片づけはとうにすんでいる。陶侃《タオガン》が気負いこんで言う。

「下手人は屋根から入ってきたのです！　この窓のすぐ外に大きな立木が一本あり、二階の軒先に届いております。見ると、何本かの枝にごく最近折れたあとがありました」

「それが決め手だな！」狄《ディー》判事が言った。それから倪《ネイ》に、「鮑《パオ》夫人は賊に殺された。おまえとの交際がこの悲劇を招いた——遅かれ早かれそうなるはずだったのだ。人妻と交際を続けようとしても無益なことだぞ、船長」

「そういうことではありません、閣下」船長が静かに言った。「あのひとの夫はまったくかまいつけず、子どももいませんでした。まともに話を聞いてくれる人がだれもいなかったのです」

「盲目の女友だちのほかはな」判事がさらりと述べる。

倪《ネイ》船長がぽかんとした。それからかぶりを振った。

「いえ、盲目の娘の話は出たことがありません。ですが、もとはといえばこうなったのはすべて私のせいというのは、たしかに仰せの通りです。数年前、ばかげたいさかいの末に、彼女を見限ったのは私です。そのまま海に出て、ふた月ほどしたら戻るつもりでした。ところが時化《しけ》に遭い、難破して南海のとある島に漂着、帰るまでに一年以上かかりました。私が死んだものとあきらめ、鮑《パオ》の妻になったあとでした。その後に姉が亡くなり、不幸な夫婦生活が追い打ちをかけたので、やすやすとマンスールの毒牙にかかってしまいました。その相談を持ちかけられ、姚《ヤオ》の持ち家がいちばん安全だと思いました。マンスールにゆすられたあのひとは……」

「何ゆえ、マンスールのような裕福な男がゆすりをはたらくいわれがある？」狄《ディー》判事がさえぎった。

「それというのも、そのときマンスールは当面の金につまっていたのです。全財産は教主《カリフ》に没収されておりました。金の出どころが私と知ると、マンスールはさらに要求してきました。波斯《ペルシア》の血をひくと知っており、波斯人《ペルシア》すべてを憎んでいたからです」

「波斯《ペルシア》人といえば、おたくの婢ふたりの父はだれだ？」

倪《ネイ》は値踏みするような目をちらりと判事に投げたのち、肩をすくめた。

「それはわかりません。その気になればつきとめるおりは前にもあったでしょうが、知ったからといってあの子らの母が生き返るわけでも、あのふたごにほんものの父親ができるわけでもありませんし」窓の手前の何もない場所にしばし目をすえ、考えながら続けた。「いっぷう変わったひとでした。とても神経過敏で感じやすかった。私の感じでは、ふたりで話す時間をとても大切にしていたようで……」ぐっと詰まり、わななく唇をけんめいにこらえた。

狄《ディー》判事が副官ふたりに向いた。

「私はこれから都督府に戻る」と言う。「あちらで姚《ヤオ》氏と話し、そのあとで夕飯にする。ふたりとも夕飯をすませたらまっすぐ都督府へ戻れ。話しあうことが山ほどある」

輿まで判事の見送りをすませると、喬泰《チャオタイ》と陶侃《タオガン》はなかに戻った。

「明けがたに胡餅《フービン》ふたつ、そいつがけさの朝飯だよ」喬泰《チャオタイ》がむっつりと船長に言った。「そのあとは昼飯がわりに頭にがつんと一撃くらった。極上のでっかい酒注ぎをつけて、一刻も早くどーんと食わんと飢え死にしちまうわ。あんたも一緒に食おうぜ、船長。ただし条件がある。おれらふたりをここからいちばん近い料理屋に案内してくれ、いちばんの近道を通ってな！」

船長が感謝してうなずいた。

17

またも女にだしぬかれ
友に憤懣をぶちまける

都督府への道すがら、狄《ディー》判事はずっと考えこんでいた。黙りこくったままなので、姚《ヤオ》氏はよけい不安にかられたらしい。落ちつきのない目でときおり判事を盗み見たが、思い切って声をかけるまでにはいたらなかった。

都督府につくと、書斎がわりの大広間にまっすぐ連れて行った。とほうもない広さに、姚《ヤオ》はすっかり感動していた。執務用の大机におさまった狄《ディー》判事が、向かいの椅子を手で示す。お茶を出した家令がまた姿を消すと、悠然とお茶をすすりながらも、判事の目はずっと陰鬱に姚《ヤオ》をにらみつけていた。空になった茶碗を置いてずばりとたずねる。


「どんな手で、あの盲目のこおろぎ売りと知り合った？」

姚《ヤオ》がぎょっとした。

「それはもう、普通のやり方でございますよ！　市場で会いました。こう見えて、こおろぎ合わせはずいぶんと好きでございましてな。あの娘が目をみはるほどこおろぎに詳しいとすぐ気づきました。特別上等な強いこおろぎを見つけるたび、うちの屋敷に参っておりました。ですが、このところてまえはその……足を伸ばさせて、あの……うちうちの場所に来させるようにしておりました」

「ふむ、あの娘のうちはどこだ？」

「一度も聞いておりません！　また、聞くまでもございません。ひとこと声をかければ、いつ……」

「わかった。娘の名は？」

「名は鸞麗《ランリー》と申しておりました。姓は存じません」

「つまり、こう言うつもりか」狄《ディー》判事が冷たくたずねた。「情人どもについては、名前以外なにも知らんと？」

「あの娘は違います！」姚《ヤオ》が憤慨して声を上げる。しばし考えこみ、あとから言い訳がましく続けた。「ほんのたわむれに、そういう考えを一度や二度もてあそんだことは確かにございます。たいへんたしなみのある娘でして。それに、きれいな娘が盲目というのも、ひと味違っておりましたので。あのう……そのう……」

「そうだろうな」と、いなす。「たまたまあの娘は、最近になって起きた当地の犯罪とかかわりがある」けたたましく質問をたたみかける姚《ヤオ》を片手でさえぎる。「目下、あの娘のゆくえを追わせておる。鮑《パオ》夫人殺しのほうにもかかわりがあるのでな。身柄をおさえしだい、いまの供述を確かめるぞ、姚《ヤオ》さん。では、あの持ち家に住まわせている娘どもの姓名特徴を残らずここで書き出せ。こんどはもう少し詳しく書けるな、よもや名だけということはあるまい？」

「それはもう、閣下！」もみ手をした姚《ヤオ》が筆を選びだした。

「よろしい、私はすぐ戻る」

狄《ディー》判事は部屋を出た。控えの間で家令に申しつける。

「姚《ヤオ》氏が都督府を出たらあとをつけよと、うちの密偵四人に伝えよ。万が一にも華塔付近のあいびき宿に行くことがあれば、ただちに戻って注進するように。また、かりにある盲目の娘に会いに行った場合は両名とも取り押さえ、身柄をこちらに連れ戻るように。どこへ行こうが、必ず見張ること。何か動きがありしだいしらせるように」

広間に戻り、姚《ヤオ》の書いたものにさっと目を通した上で、退出を許した。太った商人はしんからほっとした顔で出て行った。

狄《ディー》判事がため息をつく。家令を呼び、夕飯を命じた。

喬泰《チャオタイ》と陶侃《タオガン》が大広間に入ってくると、判事は窓辺でやさしい夕風にあたっていた。副官ふたりが声をかけると、判事は机についてごく当然のように言った。

「すでに鮑《パオ》長官に説明したように、夫人が殺されたのは人違いだ。やつらの狙いはあの盲目の娘だった」声をあげて驚く陶侃《タオガン》をしりめに、姚《ヤオ》の別宅で判明した事実を淡々と話してきかせる。「あの盲目の娘は」と続ける。「どうやら、自分ひとりだけで何かを探っているらしい。前にも言ったように、御史大夫が死んだ現場に居合わせたに違いない。だが、その場所がどことなると、はっきりわからなかった。それで、もしや華塔付近のあいびき宿ではと思い、姚《ヤオ》のうちを預かるあのやりてにたずねたのだ。娘があれこれ嗅ぎまわっていると知った一味が口封じを決意。またもや錘がわりの銀貨を入れた絹布が使われたので、雇い入れた刺客は蛋家《タンカ》にちがいない。姚泰開《ヤオタイカイ》氏が盲目の娘とのかかわりをありのまま述べたかどうか、じきにわかる。ここを夕飯前に出たときから尾行をつけておいた。こおろぎ売りの顧客《おとくい》のふりに一分のすきもなかったが、ただちにだれか一味につなぎをとる程度には脅しをきかせてやったはずだ。盲目の娘の所在を探していると知られたからには、うしろぐらい点でもあればまたぞろあの娘を狙うかもしれん。こちらを手助けしようとする意図はわかるが、扱う事柄がなにぶん重大すぎて、娘ひとりの手に余る――しかも、ほとんど知らない間柄ときては――かえってこちらの捜査のさまたげになる」言葉を切り、思いにふける手つきで口ひげをひっぱる。「おまえへの暗殺未遂については、喬泰《チヤオタイ》、倪《ネイ》家に戻るはずだとマンスールがどうやって察知したのかわからん。あそこに行けと命じたのは、その場の思いつきだったのに。よしんば、ここを出てからあの大食《タージ》ふたりにあとをつけられたとしても、マンスールに注進して指示を受け、とんぼ帰りで倪《ネイ》船長のうちまで行くだけのひまをどうやってひねりだす？　それに、動機は？　倪《ネイ》を憎んでいるのは知っている。だが、あの襲撃でまっさきに狙われたのは明らかにおまえだ。それに私怨を晴らすにしては、殺人というのはいささか手荒に過ぎるようだ。もしかすると隠れた事情が背後にあるのかもしれん」探るような目を喬泰《チヤオタイ》に向ける。「あのふたごは勇敢な娘たちだと言わざるをえんな。命の恩人であるからには、喬泰《チヤオタイ》、一度くらい礼を言いに訪ねて行くものだぞ。なにかふさわしい贈り物でも添えてな」

喬泰《チヤオタイ》が困った顔をした。まずは倪《ネイ》船長に相談をとかなんとかつぶやくと、あわててこう続けた。

「今晩、ほかにご用がなければ、陶侃《タオガン》とふたりでマンスールを探しに出るのもいいかもしれません。この頭のこぶときたら、鶏卵大ですよ。あの卑劣な野郎めの身柄は、この手でぜひとも！　あわせて、あの盲目の娘も所在をつきとめられないかやってみましょう。確かに、あのふたりのゆくえは巡査どもも追ってますが、おれのほうはまさに私怨がらみでマンスールのやつをとっ捕まえてやりたいし、陶《タオ》兄貴はあの娘の顔をよく知ってますから」

「よかろう、だが収穫があろうとなかろうと、ふたりとも真夜中までに戻ってくるのだぞ。政事堂《せいじどう》からの密書が今晩つくはずとまだ思っているし、内容によってはただちに行動に移す必要がないとも限らんからな」

ふたりの仲間は一礼して出ていった。

おもての路上で空轎《からかご》を待ち受けるひまに、喬泰《チャオタイ》が言った。「マンスール探しにゃよほどのつきがないと。大食坊《ターじ》をまた見回ったって仕方がない。いまじゃおれは面が割れてる。いまいましい蕃語なんざしゃべれんし、どのみちあそこだとは思わん。港の大食《ターじ》船に乗りこんで探し回ったほうがいいかもな。娘の方はなにか心当たりがあるかい？」

「そうさな、あの娘が身を隠したのは巡査どものせいだけじゃなく、同じ一味の者に見つかったら消されるからだろ。つまり、旅館や下宿は論外だ。わしが思うに、空き家に隠れとるんじゃないかな。市場の中なら勝手がよくわかっとると言っとったから、手始めにはそっちがよかろう。あの界隈で、こおろぎがよく出ると知られた場所がわかればよけい範囲が狭まるかもしれん。そういう場所こそ、むろんいちばん詳しいからさ」

「いいな」喬泰《チャオタイ》が言う。「まずは市場に行こうぜ」通りかかった轎《かご》を呼びとめたが、人が乗っていた。小さな口ひげをいじりながら、「ずいぶん長いこと話しこんだんだな、陶《タオ》の兄貴。ふだんは女にゃとんと疎いあんたが、なあ。いまこうやって話を聞くと、どういった手合いの娘か、大ざっぱな感じぐらいはつかめた気がするよ」

「面倒をおこす手合いの女だよ」陶侃《タオガン》がむきになる。「みんなを巻きこんでんだ。ばか女の手合いさ――二本足で歩き回らせるのがあぶなっかしいくらいだよ！ 世間のだれもかれもひたすら親切で善意に満ちてるなんて、本気で信じてるんだ――勘弁してくれ！ 願わくば、そういう甘甘の甘ちゃんはふるふるごめんだね！ でだ、まあ見てみなよ、いまのざまを。へたに御史大夫殺しの下手人なんかと近かったせいで、自業自得でどんだけ面倒にはまってるか！　あの娘のことだ、あとづけで、なんぞご親切な理由でも思いついとるだろ。御史大夫に一服盛ったのは、きっと、こんりんざい二日酔いにかからないようにしてあげたのよ、なあんてさ。けっ、まったく！　肝腎かなめの点を出てきて話すんならまだしも、身代わりにあんなうるさい虫けらなんざ送りつけやがって。もし見つけたら」毒をこめて、「即刻牢にぶちこんでやる。これ以上、われから面倒に飛びこまんようにな！」

「そのへんにしとけや、陶《タオ》の兄貴！」喬泰《チャオタイ》が受け流す。

「お、轎《かご》がきたぞ！」

18

出会い頭《がしら》に奇禍を助け
重ね重ねに奇縁を結ぶ

ふたりは市場の西華門前で轎《かご》をおりた。押すな押すなの人はまだ減らず、細い路地はどこも灯火や色とりどりのちょうちんがにぎやかに照らす。

人の頭ごしにのぞきこんでいた喬泰《チャオタイ》が、小さな虫籠をいくつも吊るしたさおに気づいて、足を止めた。

「こおろぎ売りがこのさきにいる。近くに穴場がないか、あいつに聞いてみるか」

「まさか、商売上の秘訣をべらべら教えてくれるなんて思っちゃいないだろ。三十里上流の山中です、それもお十八夜の臥待月《ふしまちづき》にしか捕れませんとでも言われるのが落ちだぜ！　市場をつっきったほうがよさそうだ。南門から出て、古家が引き倒されてる途中のさびれた場所をちょいと見てこよう。あの娘と会ったのはそこなんだ」

　こおろぎ売りの屋台の前を通りかかると、すごい剣幕の罵声につづいて痛がる悲鳴があがった。人だかりをひじでかきわけると、こおろぎ売りが十五ぐらいの男の子の両耳をいやというほどひっぱっている。さらに、派手な平手をかましてどなった。「そらっ、もう行きやがれ。てめえが忘れたあの虫籠を持ってくんだぞ、このごくつぶし！」狙いすましたひと蹴りをくれて、その男の子を追いたてた。

「あとをつけろ！」陶侃《タオガン》が叫ぶ。

　となりの路地で、両耳をおさえてよろよろ歩く男の子に追いついた。陶侃《タオガン》が片手をその肩にかけて言う。

「おまえさんの親方は天下一品のろくでなしだぜ、先週、やつにだまされて銀ひと粒も巻き上げられちまったよ」男の子が涙だらけの顔をぬぐうと、陶侃《タオガン》がさらに言った。

「友だちとわしは今晩、こおろぎ合わせ用に上等のこおろぎを捕まえたいんだがね。あんたは本職だ、どこか穴場はないかね？」

「いいこおろぎを捕まえるってのは、素人の手にゃ負えないよ」男の子がもったいぶって言う。「あいつらは住みかをころころ変えるんだから。二日前までは関帝廟近くが穴場だった。まだあそこにおおぜい行ってるよ、意味ないのにさ！　おれたち事情通は知ってるんだ。今は貢院《こういん》が絶対だね！」

「おおきにありがとよ！　あしたの朝、親方の長靴に百足《むかで》を入れときな。不意打ちにゃ、いつだってうまい手だぜ」

　喬泰《チャオタイ》を案内して市場の東門に行きながら、陶侃《タオガン》がまた悔しがる。

「もっと早くにそうと気づいてりゃなあ！　貢院《こういん》は東の通り二本さきでな、坊ひとつをそっくりひとり占めしてるんだ。なかの独房は数百、秋の郷試にゃこの州一円の受験者が集まる。今年の今ごろは無人だよ――あんないいとこがあるかい！　隠れ場所にせよ、売り物のいいこおろぎを捕まえるにせよ！」

「だがな、敷地内に守衛がいねえか？」

「管理人はいるだろ。だが、わざわざ骨折ってまめに手入れなんかするもんか！　あそこに居つく度胸のある浮浪者や乞食はいやしない。貢院《こういん》てのはいつでもどこでも〝出る〟んだよ、知らんのかい？」

「いやあ、そう言われりゃそうだった！」喬泰《チャオタイ》が声を上げる。思い起こせば、全土をあげて科挙が行なわれる時期は、毎年のように貧乏学生の自殺者がおおぜい出る。受かればすぐに官職が与えられ、手許不如意ともおさらば。だが、落ちればよくて重労働に身をすりへらす一年が待っている。破産もしばしば、ときには立ち直れないほど汚名をこうむる。それで、試験の当日に鍵をかけて独房に閉じこめられ、いざ出てきた試験問題が難しすぎて手に負えないと、絶望のあまりその場で命を絶つ者も、まことによくある話。しらずしらずのうちに喬泰《チャオタイ》の足どりは重くなった。屋台のひとつに立ち止まり、小さなちょうちんを買う。「なかはまっくらだろ！」陶侃《タオガン》にそうつぶやく。

東門から市場を出た。歩いてすぐのところに貢院《こういん》はある。さびれた暗い通りの端から端まで目隠しの外塀が走っていた。角を曲がると、ひとつしかない出入口のそばに、めだつ朱塗りの門番小屋がすっくと立つ。両開きの大門は閉まっていたが、狭い脇門が開きかけになっている。喬泰《チャオタイ》と陶侃《タオガン》が中に入ると、管理人小屋の窓から灯がこぼれていた。そっと通り過ぎ、南北に敷地内を走る甃《いしだたみ》の大通りへと急いだ。

おぼろな月明かりを頼りに見たかぎりでは、大通りにはなんの気配もなかった。道の両側に、まったく同じ戸口がずらりと並ぶ。めいめいの独房には小さな机と椅子をひとつしか置いてない。試験の朝、生徒は弁当を持ってひとりずつ部屋に入るのだ。小型の参考書とか、字を書いた紙片など禁止された品を持ちこんでずるをしていないか、くまなく身体検査されたあと、試験用紙が手渡されて戸口に鍵がかかる。また開くのは夜明け方、仕上がった答案を集めるときだけ。秋の試験中は蜂の巣をつついたような騒ぎだが、いまはひっそり、墓場そっくりだ。

「あのくそいまいましい独房をいくつ探せってんだ？」喬《チャオ》泰《タイ》がいらだつ。うす気味悪い雰囲気がしんから肌に合わないのだ。

「二百だよ！」陶侃《タオガン》があっけらかんと答える。「だが、まずはもいちど敷地内を回ってみて、場所の勝手をつかむとしよう」

独房の戸口にふった番号を調べがてら、ものさびしい細道を歩く。じきにわかったのだが、甃《いしだたみ》の院子を中央に、独房の縦列が四方をとりまいて大きな四角形を作っていた。二階建てがひときわ高くそびえたつ。それが貢院《こういん》、集められた答案を試験官たちが採点する場だ。

陶侃《タオガン》が足を止めた。貢院《こういん》を指さして言う。

「隠れ場所なら、あっちのほうがあんな狭苦しい独房なんかよりずっといいさ！　なかに机や寝椅子や椅子がどっさり、欲しいもんはなんだってそろうからな！」

喬泰《チャオタイ》の返事はない。二階東の角につきでた露台をにらみ上げている。今度はささやいた。

「しいっ、静かに！　あっちで動くやつがいるぞ！」

ふたりでしばらく露台に目を凝らした。凝った格子の目隠しにさえぎられ、見えるのは小窓ひとつだけ。反り屋根の端が星空にくっきりと立つ。だが、動くものはない。

急いで院子を横切って大理石の階段を昇り、扉に貼りついた。ひさしのおかげで、こうすれば上から見られずにすむ。扉の鍵がはずれていると陶侃《タオガン》が気づき、そうっと押し開け、まっくらな大広間にふたりで入った。

「ちょうちんをつけよう」喬泰《チャオタイ》がささやく。「あかりがあったって構やしないだろ、用心が要るのは鋭い耳のほうなんだから！」

ちょうちんが八角形の大広間を照らしだす。奥の壁ぎわに玉座を思わせる高壇がしつらえられ、正考官《せいこうかん》と呼ばれる首席試験官がそこから合格発表を行なう。頭上の大きな朱額にこう彫ってあった。「鯉躍竜門」——激流をのぼる鯉の底力と不屈の精神を見習い、受験生は臆せずに年ごとに挑んで晴れて登竜門をくぐれ、との意味だ。広間の両側にそれぞれ階段があった。右の階段なら東の角に出るはずと見当をつけて昇る。

だが、二階の円形広間は一階のように左右まったく同じではなく、せまい戸口が八つ以上ある。陶侃《タオガン》は自分で見当をつけ、喬泰《チャオタイ》をひっぱって右手二つめの戸口に入った。だが、通路の行き止まりはほこりだらけの空き部屋ふたつだけだった。音もなくまた走り出て、隣の通路に入る。行き止まりの戸を陶侃《タオガン》がゆっくり開けると、三方が開けた小さな露台に出た。右手にさっき下から見た目隠し露台がある。およそ一丈五尺（約四・六メートル）へだてて、前かがみに卓につく娘がおぼろに見えた。なにか読んでいるようだ。

「あの娘だ！」喬泰《チャオタイ》に耳打ちする。「横顔でわかった！」

喬泰《チャオタイ》が何かぼそぼそ言い、下を指さす。白い甃《いしだたみ》の細道でくぎった独房の列がのびていた。

「たったいま、左の独房沿いに黒い小さなもんがなんか這ってった」ささやき声がかすれる。「そのあと、また。脚がなくてよ、蜘蛛みてえに長い腕だけだった！」陶侃《タオガン》の腕をぎゅっと握りしめる。「闇ん中でふっと消えやがった。言っとくがな、ありゃあ人間じゃねえぞ！」

「月光のいたずらに決まってるよ」陶侃《タオガン》がお返しにささやく。「行って、あの娘を捕まえよう。あっちはまったくの人間だからな！」

向きを変えたとたん、派手に物が割れる音がした。露台隅のきゃしゃな台にのった薔薇の鉢が、衣のすそにとげをひっかけたのだ。

なかにまた駆けこみ、円形広間でしばし立ち止まった。なんの気配もなかったので、となりの通路に駆け入る。行き止まりは小さな読書室だった。思いきり悪態をつきながら駆け戻り、三番目の通路に入る。この道で、ようやくあの目隠し露台に出た。だが、あの娘はもういなかった。

逃げた娘に追いつこうと、喬泰《チャオタイ》が広間に駆け戻って階段を降りる。その小部屋を陶侃《タオガン》がすばやく見回す。竹のせまい寝椅子があり、掛けぶとんはきちんと折りたたんである。卓上に銀線細工の小さな虫籠があった。陶侃《タオガン》が持ち上げたとたん、中のこおろぎが鳴きだす。卓上に戻し、こんどは折りたたんだ紙二枚を取り上げた。窓辺に持っていって見ると、地図だった。一枚は珠江河口の入江、もう一枚は懐聖寺周辺の大食坊だ。喬泰《チャオタイ》が泊まっている五羊仙館が朱で印をつけてある。

地図と虫籠を袖にしまい、歩いて広間に戻った。喬泰《チャオタイ》が肩で息をしながら階段をあがってくる。

「おれたちゃまんまとだまされてたんだぜ、兄貴！」と憤る。「裏口の戸がわずかに開いてた。目の見えねえやつが、どうやってそんなにすばやく出入りできる？」

陶侃《タオガン》が黙ってさっきの地図をみせた。

「目の見えないやつが地図なんかどうやって調べる？」と陶侃《タオガン》が怒る。「さあてと、なんにせよ、この敷地内をざっと見て回っとくかい」

「おお、いいとも。あの娘はつかまらんだろうが、さっき言ってたあの妙な黒っぽいやつを念のために確かめときたい。おれの目までいかれてないって確かめるだけだがな！」

階段を降り、甃《いしだたみ》の院子にいったん出たあと、独房の列にそって敷地の東側を回りながら、ときどきあてずっぽうに独房の戸を開けてみた。だが、お決まりの机と椅子のほかに、暗い小部屋には何もなかった。ふいに、くぐもった悲鳴が聞こえる。

「となりの列だ！」喬泰《チャオタイ》が叫ぶ。ふたりでけんめいに細道を走った。喬泰《チャオタイ》が陶侃《タオガン》をはるかに引き離して曲がり角にたどりつき、いなずまのような速さで角を折れた。細道の半ばあたりで、独房の戸が開けっぱなしになっていた。椅子が床にぶつかる音がし、つんざくような女の悲鳴があがった。喬泰《チャオタイ》が戸口につくと、悲鳴がはたとやんだ。開けようとした矢先、喉に巻きつくすべらかな長い絹を感じた。

場数を踏んだ者の本能で、あごを胸に押しつけて太い首の筋肉をぴんと張りつめた。同時に自分から倒れこんで両手を地につき、背中にしがみついた敵もろとも、めまぐるしくとんぼを切った。これは背後からの絞め技に対し、致命傷を与える返し手だ。下敷きになった男に全身の重みがかかって砕けるさい、喬泰《チャオタイ》は喉に鋭い痛みを感じた。だがその瞬間、ぼきりと胸の悪くなるような音とともに、首に巻きついた絹がゆるんだ。

すぐ立って、首の絹を裂きとる。もうひとり、ずんぐりした小男が向かいの独房から飛び出し、喬泰《チャオタイ》が捕まえようとしたが逃した。後を追っていくうち、だしぬけに恐ろしい力で右腕をぐいと引かれた。蠟引きの投げ縄が巻きついている。必死でゆるめようとしたすきに、小さな黒い人影は細道のはるか向こうに姿を消した。

「すまん！」陶侃《タオガン》が背後で息を切らす。「あの男の頭を狙って投げたんだが」

「だから、ちゃんとふだんから練習しとけよ、陶《タオ》の兄貴！」喬泰《チャオタイ》がどなりつける。「あん畜生が逃げちまったじゃねえかよ」絹布をにらみつけ、布端の銀貨を探った。それから、その絹布を袖に入れた。

ほっそりした人影が独房から出てきた。喬泰《チャオタイ》の首に柔らかなむき出しの両腕が巻きつき、胸板に小さなもじゃもじゃ頭が押しつけられた。それから、背後の独房からふたりめの娘が破れたずぼんをおさえて出てきた。

「うわあ、よしてくれえ！」喬泰《チャオタイ》が叫んだ。「あのふたごは勘弁してくれ！」

ドゥニャザッドが抱きついた手を放した。陶侃《タオガン》がちょうちんをかかげる。灯影に照らされて、上半身裸で青ざめたあのふたごの顔が浮かび上がった。あらわな乳房は、醜いあざや血のにじんだひっかき傷で、見る影もない。

「あの悪鬼どもに犯されそうになったの！」ドゥニャザッドがすすり泣く。

「しかも、べつべつになあ」言いながら喬泰《チャオタイ》がにやつく。「経験を分かち合うって具合にはいきそうもないな！　おら、しゃべっちまえ。なにしに来たんだ、おまえらふたりは？」

ダナニールが顔をぬぐった。

「みんなあの子が悪いのよ！」と叫ぶ。「あの子がさせたんだから！」泣いている姉に毒のこもった視線を投げ、あわてて続けた。「船長がお夕飯にいらっしゃらなかったので、妾《わたくし》たち、市場で麺をいただくことにしたの。それからあの子が、〝この敷地にはお化けが出るのよ〟って。〝出ない〟って言ったら、あの子が〝出るわよ。でも、こわくて入れないんでしょ〟って。それで、ふたりでここに来て管理人小屋の脇を抜け、駆け足でひとつめの細道を見たの。また駆け足でこの薄気味悪い場所から出ようとしたところへ、あのこわい小男ふたりがどこからともなく現われて、妾《わたくし》たちを追いつめたの。うさぎみたいに走ってこの独房に駆けこんだんだけど、あいつらが無理やり戸をこじ開けたの。ひとりが姉を向かいの独房にひきずってって、もうひとりが妾《わたくし》の背中を机に押しつけてのしかかり、ずぼんを破りはじめたの」裂けた衣類をぎゅっと引き寄せ、満足そうにこう言い足した。「唇を奪おうとしたから、親指をあいつの左目に突き刺してやったわ」

「うなったり、おぞましい何かの言葉でぶつぶつ言い通しだった！」ドゥニャザッドが泣く。「人間のはずないわ！」

「こいつは人間だよ、背骨が折れる程度には」陶侃《タオガン》が意見を述べた。甃《いしだたみ》に横たわる人影をつぶさに調べる。しかつめらしいその顔に喬泰《チヤオタイ》は見覚えがあった。高い頬骨、べったりした鼻、低く迫った額。

「水上の民のひとりだ」陶侃《タオガン》に言う。「またぞろあの盲目の娘を追ってたんだ。上の露台で、あの娘にもとどめを刺すつもりだったんだろ。だがいかんせん、ちょいと色気を出して横道したのが運のつきだな。さて、女だてらに肝試し好きなこのふたりを家まで送るとしようぜ！」

ふたりの娘がさっきの独房に入っていった。出てきたときは花模様の上着とずぼんを着て、かなりちゃんとして見えた。おとなしく喬泰《チヤオタイ》と陶侃《タオガン》のあとについて管理人小屋に行く。何度も戸をたたいた末に、寝ぼけた男が顔だけつきだした。喬泰《チヤオタイ》が自分たちの身分姓名を告げ、出て行ったらすぐ門の鍵をかけ、その後に死体引き取りに巡査たちが来るまで待機せよと言いわたした。「あとは知らん！」にべもなく付け加える。

南への通りに入った。倪《ネイ》船長の家は歩いてすぐだ。門を開けたのは船長本人だった。ふたごを見て、ほっとしたように、

「ああよかった！　今までどうしたんだ？」

その腕にふたごが飛び込み、喬泰《チヤオタイ》が思うに波斯《ペルシア》語とおぼしきものを興奮のおももちでしゃべりだした。

「ふたりを寝かせてやれよ、船長」そのおしゃべりをさえぎって言った。「たぶんこいつらなら〝乙女の花〟と呼ぶしろものを間一髪であやうくなくすとこだったんだ。あんな危険がもう二度とないよう、今夜、あんたがじかにけり

をつけてやるんだな!」

「それがいいかもしれんな!」倪《ネイ》が言い、ふたりの娘にやさしくにっこりしてみせた。

「がんばれよ! だが、立場を直したからって、くれぐれもつけあがらせんじゃねえぞ、船長! 実を言うとな、おれのいちばん古い友達《だち》で弟分のやつは、ふたごをまとめて嫁にしてんだ。嫁をもらうまでは、拳法も女も酒もめっぽう強かった。それが、今じゃどうなったと思う、なあ、陶《タオ》侃《ガン》?」

陶侃《タオガン》が口をへの字にし、やれやれとかぶりを振った。

「どうなったんですか?」船長が興味津々でたずねる。

「焼きが回ってやがるぜ、ぼちぼちと」喬泰《チャオタイ》が陰気に答えた。「じゃな!」

19

龍《りゅう》牀《しょう》の枕頭に暗雲垂れ
鳳簾《ほうれん》の奥処《おくが》に鬼気漂う

ふたりが入ってくると、執務机では狄《ディー》判事が対の大燭台のあかりで覚書をしたためていた。筆をおくと、副官たちのありさまをまじまじ見て、驚きの声を上げる。

「ふたりともどうした?」

腰をおろした喬泰《チャオタイ》と陶侃《タオガン》が貢院《こういん》でのてんまつを詳しく話す。話し終えると、判事がこぶしを机に打ちつけた。

「絞殺専門の蛋家《タンカ》刺客に大食《タージ》の暴漢か、こんなよこしまな人殺しどもがみな好き放題にこのまちを横行しているらしいとはな! いったいぜんたい、都督の配下は何をしておるのだ」怒りを抑え、やや穏やかな声で続けた。「その地図をみせてくれ、陶侃《タオガン》！」

陶侃《タオガン》が袖からこおろぎの虫籠を出し、そっと机の端に置いた。それから地図を二枚とも取り出して机に広げた。こおろぎがすずやかに高い音をころがす。

判事がその籠をにらみつけ、ついで腰をすえて地図を調べにかかる。ゆっくりとほおひげをしごきながら、顔をあげてこう言った。

「二枚とも古い地図だな。こちらの大食坊《タージ》図は三十年前、大食《タージ》船が定期寄航をはじめたころのだ。だが、一見したかぎりではかなり正確だな。喬泰《チャオタイ》の宿を示したあの赤い印はごく最近になってつけたものだ。われわれ同様、あの娘はちっとも目なんか悪くないぞ！　そのやかましい虫を黙らせてくれんか、陶侃《タオガン》」

陶侃《タオガン》が小さな虫籠を袖に戻した。それからたずねる。

「姚泰開《ヤオタイカイ》のあとをつけさせた者たちは、もう戻りましたか？」

「いや」狄《ディー》判事がぼそりと答えた。「都からの書状もまだだ。もう真夜中近いというのに！」

そのままふさぎこんだ。陶侃《タオガン》が立ってお茶を入れなおす。飲み干したころあいに、家令が質素な青い衣に小帽をかぶったやせぎすの男をつれて入ってきた。口ひげにはすっかり霜がおりているが、肩幅はいかにも武人らしくがっちりと広い。家令が退がると、淡々と報告した。

「姚《ヤオ》氏はまっすぐ帰宅し、庭の亭《あずまや》でひとり夕飯をすませました。それから奥向きに入りました。女中たちを尋問攻めにしましたところでは、その後に妻四名を呼びつけ、じだらくな日常を叱りつけたそうです。さらに第一夫人の監督不行き届きを責め、女中にいいつけて夫人のずぼんを降ろして押さえつけさせ、自ら杖をふるって打ちすえたとか。それから妾六名を呼び出し、今後は手当てを半減すると申し渡しました。ようやく書斎にひきあげ、したたかに酔いつぶれました。ぐっすり寝入ったと執事に聞き、閣下にご報告に上がったしだいです」

「マンスールの方は何か動きがあるか？」判事がたずねた。

「いいえ、閣下。城外のどこかに身をひそめているに違いありません。大食坊《タージ》はわれわれの手でしらみつぶしに探し、巡査どもが安宿をすべてあたりましたので」

「わかった、退がってよし」密偵が部屋を出て行くと、喬《チャオ》泰《タイ》が憤懣をぶちまけた。

「姚《ヤオ》のやつめ、いい根性してやがる！」

「あまり気分のいい人物ではないな」狄《ディー》判事も賛成する。

「それに、尾行させようというこちらの腹づもりを、どうやら見抜いていたようだ」口ひげをひっぱりついでに、ふと喬泰《チャオタイ》にたずねた。「倪《ネイ》の婢ふたりは大丈夫なのか？」

「ええ、そりゃもう。ぶるってはいますが！」にやりとしてさらに、「ですが、今ごろはもう婢でも、ついでに言うと生娘でもないです――こっちのめがねちがいでなければ。はっきり感じたんですが、閣下、昔の恋人が殺された痛手からいくぶん立ち直ってみて、船長はふと悟ったんでしょう。歳月を経て、清い関係もさすがに色あせてきたと――いくら神秘主義だって、そこまでは！　そこで、いわばもうしがらみのない自由の身になってみると、あの養い子ふたりへの父親ぶりもおのずと変わってきたんでしょう。とくに、あの生意気娘ふたりがたってそう望んでるんですから！」

降ってわいたようにふたごの話が出たので、けげんそうにしていた陶侃《タオガン》があべこべにたずねる。

「あのふたごは御史大夫の事件とかかわりがあるんですか？」

「直接ではないが」狄《ディー》判事が答える。

「たとえ間接でも、あのふたりがどう……」驚いた喬泰《チャオタイ》が言いかける。だが、狄《ディー》判事が片手で制し、入口を指さした。

完全武装の士官ふたりを家令が案内してくる。ふたりとも剣尖飾りかぶとに真鍮でふちどった鎖かたびら、軍警察の騎馬大尉章をつけている。いかにも曲げ伸ばしが不自由そうに判事に敬礼すると、年かさのほうが厳重に封をした大きな書状を長靴から出した。それを机に置き、つつしんで述べる。

「政事堂《せいじどう》の命で、こちらの書状を特別警護便でお持ちいたしました」

狄《ディー》判事が受け取りに署名捺印し、大尉の労をねぎらうと、警護隊全員に充分な食事をあてがい、ふさわしい宿をしつらえるよう手配せよと家令に命じた。

封筒を開け、長い手紙をじっくり読んだ。その懸念のおももちを副官ふたりが心配そうに見守る。ようやく顔を上げ、重い口で言った。

「凶報だ、すこぶる。陛下の御容態が悪化した。侍医団は崩御も間近ではと言っている。后は強力な与党を着々と立ち上げて摂政制を支持させ、太后となったあかつきにあらゆる実権を握るはずだ。政事堂《せいじどう》の言い分はこうだ。ことここに至っては、もはや御史大夫失踪を公表し、ただちにだれか後任にすえないことには皇族の御許《おんもと》にはせ参じる者が誰もいなくなってしまうと。これ以上遅れれば一大事を招くはずだから、御史大夫の失踪調査を中止して、すみやかに都に戻れと命じてきた」

机に書状を放り出し、すっくと立つと、怒りにまかせて長い袖をひるがえし、大またに部屋を歩き回りはじめた。喬泰《チャオタイ》と陶侃《タオガン》はかける言葉が見つからず、暗い顔を見合わせた。

判事がはたとふたりの前で止まる。

「打つ手がひとつだけある」と断言した。「破れかぶれの策だが、情けないほど手持ち時間がないのだ、やむをえん」また席についた。両ひじでぐっと身を乗り出して続ける。「仏師の工房に行ってくれ、陶侃《タオガン》。そして、斬首された首の木像を買ってこい。今夜、その木像を政庁の門に釘づけする。下から見てにせ首だとばれないよう、高くかかげてな。下に高札を出しておけ、その文章をいま書き上げる」

驚いて口ぐちに問いかける副官ふたりに目もくれず、筆を湿すと、短い文章をさらさらと書き上げた。それから椅子にもたれ、文書を読み上げる。

広州巡回視察中の狄《ディー》大理寺卿より。大逆罪に問われ、賞金首をかけられて都より逃亡中のさる高官の遺骸が、当地で発見された。検死により当該罪人は毒殺と判明、法の定めるところにより遺骸は死後四つ裂きにされ、首はこれより三日間さらすものとする。見下げ果てたるこの逆臣を死に至らしめた者は、誰であれ前述の大理寺卿のもとに出頭すべきこと。その上で、褒賞として黄金五百枚を与えられるであろう。その者が以前に犯した罪過は、大逆罪を除き、ことごとく赦免とする。

机にその紙を投げ出し、狄《ディー》判事は話を続けた。「主犯はこの策にむろんひっかかるまい。狙いは中国人の手下どもだ。例をあげると、巡査に変装して御史大夫のなきがらを華塔に持っていったふたりだな。ほかならぬ今晩のうちに首がさらされ、同じお触れがまち全体に広まれば、うまくすればあすの早朝にはそれを見た誰かがここに駆けこんでくるだろう。まぎれもないおとりだと、親玉が注意するひまもあるまい」

喬泰《チャオタイ》は腑に落ちかねるようすだったが、陶侃《タオガン》のほうは熱をこめてうなずいた。

「手っとりばやく結果を出すには、これしかありませんな！　主犯は少なくとも十数名やそこらの手下を抱えているはずです。五百枚の黄金となると、五百年かかったってやつらの手には入りますまい。われさきに駆けこみ、褒美をめぐってここで殴りあいをおっぱじめるでしょうて！」

「だといいがな」狄《ディー》判事が疲れた声を出した。「これ以上の手はどのみち思いつかん。では、仕事にかかれ！」

20

心臓《こころ》貫き胸おしひしぐ
秘めた重荷を垣間見る

喬泰《チャオタイ》は明け方に懐聖寺の朗誦の声で目覚めた。光塔《ミナレット》のいただきで清真《ムスリム》の僧侶が朝の祈りを呼びかけていた。喬泰《チャオタイ》が目をこする。ろくに眠れず、背中がずきずき痛む。喉首の腫れを指でそっと探りながら、ひとりつぶやいた。「深夜の大立ち回りなんざ、働きざかりの四十五歳にゃ目じゃねえはずだぜ、兄弟!」裸で起き上がり、勢いよくよろい戸を開けた。

茶籠に入っていた茶瓶の注ぎ口からじかに流しこみ、うがいをして、生ぬるいお茶を磁器の痰壺に吐き捨てた。しかめ面でまた粗末な板寝台に寝そべる。起きだす前に少しでも休息をとっておこう、都督府に出かける身支度はそのあとだ。

うとうとしかけたところで、戸を叩く音に起こされた。

「あっちへ行け!」いらいらしてどなった。

「あたしよ。開けて、早く!」

ズームルッドの声だった。大喜びではねおきてずぼんをはき、かんぬきをはずす。

あわてて入ってきた女が、すぐ背後でかんぬきをかけた。青木綿の頭巾外套を、頭から足まですっぽりかぶっている。目は輝いていた。前にもましていちだんと美しいと喬泰《チャオタイ》は思った。一脚しかない椅子をそちらに押しやり、自分は寝台の縁に腰かける。

「茶でも飲むか?」おずおずと口にする。

女がかぶりを振り、椅子を蹴飛ばしていらいらと言った。

「聞いてよ、あたしのほうの面倒はみんな片づいたわ! もう都へ連れてってもらうまでもないの、あんたの親分のとこにさえ連れてってもらえれば。今すぐ!」

「うちの旦那に? なぜだ?」

「おたくの親分がほうびに大金を約束してるからよ！　うちの船の連中に、漁師が大声でその話をしゃべってたわ。税関の門にかかげた高札を見たんだって。御史大夫が政治のごたごたに巻きこまれてるなんて知らなかった。てっきり、広州に来たのはあたしのためだとばかり。でも、それはもうどうでもいいの。大事なのは、ほうびをもらえるってこと。だって、あの人に毒を盛ったのはあたしだもの」

「おまえが？」喬泰《チャオタイ》があっけにとられる。「どうやって、そんな……」

「いま説明するわよ！」にべもなく話の腰を折った。「そうすればあんたにもわかるでしょ、おたくの親分のとこにすぐさまあたしを連れてかなきゃいけないわけが。それに、ねんごろな口ぞえもお願いね」青い外套を脱いで、むぞうさに床に投げた。下はうすものの絹一枚だけ、非のうちどころのない肉体がくまなく透けて見える。「六週間ほど前よ」また口を開いて、「あたしは光孝禅寺近くのうちで旦那と泊まってた。午前中にその家を出がけに、その日が華塔の縁日だって旦那に聞いたの。それで、港までの帰り道にお参りしてやったほうがいいだろうと思ってさ、旦那のために――あのろくでなし！　それはともかく、行って、観音さまの大きな仏像にお香を上げたの。ふと気づくと、男がそばに立ってあたしをじっと見てた。背が高くてきれいな人。なりは粗末だったけど、偉いさんだってひと目でわかる雰囲気だった。大食《ターシ》のあたしがどうして中国の神様を拝んでるのかって聞かれたわ。女を守ってくれる女神さまはそうそういないからって答えるとあの人は笑いだし、それから打ち解けて話しこんだの。すぐわかった、この人こそずっと待ちつづけた一生の人だって。あたしをほんものの良家のお嬢さんみたいに扱ってくれたし！　ひと目惚れだった、まるで十六の小娘みたいに！　あの人も同じ気持ちだって気がついたから、うちでお茶でもって誘ったの。あの家は寺の裏口からほんの近くだもの。それに、旦那はとうに出たあとだってわかってた。あとは言わなくてもわかるでしょ。ことが終わったあと、こう言ったわ、自分はまだ独身で、これまで女と寝たことはないって。そんなことはもうどうでもよくなった、こうしてあたしに会えたんだからって。そんな素敵なことをほかにもいろいろ言ってくれて、おまけに自分は御史大夫だっていうんだもの！　あたしのほうの面倒をいろいろ話して聞かせると、こう約束してくれたわ。自分の力で中国の良民にしてやる、身請け金は耳をそろえて旦那に払ってやろう。数日後には広州を離れなきゃいけないけど必ず迎えに来る、都に連れてってやるって」

かるく髪をはたきながら、思い出し笑いをする。

「そのあと、昼も夜も一緒にすごしたあの数日間ほど幸せだったことは、生まれてこのかたないわ、これだけは言っとくけど！　まあ考えてもみてよ、これまで何百という男と寝てきたあたしが、うぶな若い娘みたいに初恋にのぼせ上がるなんて！　ばかみたいに首ったけだったから、あの人が都に帰るころにはおそろしく妬《や》けて妬《や》けてしょうがなかった。それで、われながら水揚げしたてのばか娘みたいなまねしてさ、自分の手で何もかも台なしにしちゃったのよ！」言葉を切り、汗びっしょりの額を袖口でぬぐう。茶瓶をわしづかみして注ぎ口からじか飲みし、それから気のない声で続けた。「あたしたち水の民がありとあらゆる変わった薬を作るのはもちろん知ってるわよね。媚薬とか特効薬だけじゃないわ、毒もあるの。処方は蛋家《タンカ》の母親から娘に伝わるのよ。なかに特別な毒があって、あたしたち蛋家《タンカ》の女は、旅を口実にこれっきりおさらばしようとしてるなと疑ったら、情人《おとこ》にその薬を盛るの。ちゃんと戻ってくれれば毒消しを飲ませるし、毒を盛られたほうは絶対に気づかない。広州にあたしを迎えに戻るころあいを御史大夫にたずねたら、二週間後に間違いなくって答えたの。最後のあいびきでお茶に毒を入れた、三週間後に毒消しを飲めば害はないていどにね。だけど、もしあのひとが嘘をついて二度と戻らなければ、そのつけは命で払ってもらうつもりだった。

二週間が過ぎ、それからもう一週間。あの三週間めときたら、それはもうひどかったわ……あたしはなにも喉を通らず、幾夜も幾夜も……三週間を過ぎたころは、木偶《でく》人形のようにただただ日を数えながら夢うつつで過ごしてた……五日目にあの人が来た。朝早く、あたしの船に会いに来たの。急用で都に引きとめられてたんだって。二日前に極秘で広州についた、お供は友だちの蘇《スー》進士だけだって。逢いに来るのが遅れたのは、大食《タージ》の知り合いに会わなきゃならなかったからってのもあったけど、ずっと具合が悪かったから少し休んでからと思ったんだけど、ちっとも良くならないからこうして来た、病気だったらあたしの仲間なら治せるんじゃないかと思ったんだって。あたしは半狂乱になったわ。だって、毒消しが手もとになかったんだもの。寺近くのあの家に隠してあったの。だから言ったの、あたしと一緒にすぐあそこに行かなくちゃって。家の敷居をまたぐが早いか、あの人は気を失ったの。毒消しを喉に流しこんだんだけど、遅すぎた。半時間後に息絶えたわ」

唇をかみ、窓の外につらなる屋根をしばし見つめた。その顔を青ざめた喬泰《チャオタイ》が茫然と見上げる。渋る口をむりに動かして女が続けた。

「あたしが行ったとき、あのうちには誰もいなかった。旦那は家政婦さえあのうちに置かなかったからね。それで旦那のところに駆けつけ、何が起きたか話したの。にっこり笑ってただこう言ったわ、あとは何もかも引き受けたって。あのろくでなしは知ってたのよ、これであたしが生きるも死ぬも自分のお情けひとつだって。だって、かりにも御史大夫さまをみじめな賤民が手にかけたんだもの。密告されようものなら、あたしは生きたまま四つ裂きの刑よ！　旦那に話したわ、あの晩に御史大夫が宿に戻らないとなると、蘇《スー》進士が心配をはじめるはずだって。あたしと御史大夫との仲を知ってるのかって訊かれた。違うって言ったら、あの蘇《スー》が面倒を起こさないよう自分がちゃんとしとくって」

大きく息を吸い込み、喬泰《チャオタイ》を横目で見ながら、さらに続ける。

「あんたに都に連れてってもらえれば、うまい具合に旦那を口封じしとけると思ったの。あの人は都では何でもない、ひきかえあんたは近衛の大佐さまなんだもの。万が一、あいつがべらべらしゃべっても、あんたならどこか捕まりっこない場所にかくまってくれるでしょ。でも、いざふたを開けてみれば八方丸くおさまったわ。おたくの親分が御史大夫はむほん人だっておふれを出したからには、あたしは罪を犯したんじゃなく、お国のために大てがらを立てたんだもの。黄金を半分あげてもいいって、おたくの親分に言うつもりよ。あたしを良民にしてくれて、都にこぢんまりした素敵な家をあてがってくれるんならね。さ、服を着て、連れてってちょうだい！」

喬泰《チャオタイ》は心底から恐怖に駆られ、たったいま自分で死刑宣告をくだした女を見上げた。窓に背を預けて立つ姿を見つめる。夜明けの空にみごとな肉体がくっきりと映え、夜明けを迎えた刑場の光景がいきなりあざやかに浮かんだ、戦慄するほどに——このしなやかで美しい肉体が首切り役人の刀に切り刻まれ、さらに四肢をばらばらに引き裂かれ……たくましい体にぞっと悪寒が走った。のろのろと立ち上がる。勝ちほこる女の前に立ち、何とか救う道はないかと胸のうちを必死で探った。なんとか、道が……

ふいに女が声を上げ、喬泰《チャオタイ》があやうく倒れそうなほど激しく身を投げかけた。細くしなやかな胴を両手でつかみ、豊満な赤い唇に自分のを合わせようとうつむく。だが、そこで見た。大きな目がうるみ、唇が引きつって血があふれ、あごにしたたる。同時に、腰のくびれに押しつけた両手にも生暖かいしずくが落ちた。わけがわからぬまま女の両肩に触れた指が、木製の柄をつかんだ。

身じろぎせずその場に立ったまま、死んだ女のたわわな乳房を胸に押しつけ、まだ暖かい太腿《ふともも》を自分の腿にひたと合わせていた。女の心臓の鼓動がした、前に船で抱きしめたときのように。そして、動きを止めた。

死んだ女を寝台に寝かせ、背中に刺さった投槍を抜いた。それから、そっと両目を閉じ、顔をぬぐってやった。心は凍りついたままだ。外にひろがる大食《タージ》の平屋根をぼんやり見つめる。女が立っていた窓辺なら、投槍の名手であればたやすく命中させられる。

だしぬけに実感が襲った。立ちつくす自分のそばにあるもの。それは、人生にただひとりの女、身も心も捧げた女のむくろだ。寝台の前にくずおれ、波打つ長い髪に顔をうずめ、せきを切ったように嗚咽した。ふしぎと、声はまったく出なかった。

ずいぶんたって立ち上がる。青い長外套を拾い上げ、女にかけてやった。

「愛と死が背中合わせだったんだ、おれたちふたりとも」声がかすれる。「出会ったときからわかっていた。おまえの姿に戦場を見た、しぶく血汐がむせるようだった。流れる血が赤い河となり……」

　動かない体をひたすら見つめたあと、部屋に鍵をかけ階下《した》に降りた。都督府までの道のりを歩き通す。こんな早い時間では、灰色の路上に人影はほとんどない。

　家令によると狄《ディー》判事はまだ寝室だという。二階にあがり、控えの間で長椅子の片方にかけた。その音を判事が聞きつけ、帽子もかぶらずにねまきのかっこうで入口の帳《とばり》をあける。ちょうどひげの手入れ中で、手には櫛を持っていた。憔悴しきった喬泰《チャオタイ》の顔を見てすぐ寄ってくると、驚いてたずねた。

「いったいどうした、喬泰《チャオタイ》？　いや、立ってはいかん。だいじょうぶか、ずいぶん具合が悪そうだぞ！」向かいの長椅子に腰をおろし、心配そうな目で副官を気づかう。

　まっすぐ前方をにらみながら、喬泰《チャオタイ》はズームルッドの話を洗いざらい伝えた。話し終わると今度は判事の顔をまともに見て、抑揚のない声で述べた。「これで、私の人生は終わったようです。やり方こそ違え、ズームルッドも私もともに死にました。かりに刺客が殺さなければ、あの場でただちにこの手で殺していたでしょう。御史大夫の死は死をもってつぐなうもの、それはあの女にもわかっていたはず。あの女にも、そして私にもです。そのあとで自害するはずでした。ごらんの通り、私はまだ生きています。ですが、この事件にかたがつきしだい、いとまごいをお許しいただきたい。いまも国境を越えて突厥《タタール》と戦う北方軍に身を投じる所存です」

　長い沈黙が続いた。ようやく狄《ディー》判事が静かに口を開いた。

「その女に会ったことはないが、その心はよくわかる。女は幸せなまま死んだ。たったひとつの生涯の夢が今こそ叶うのだと思っていたからな。だが、殺される前に女はすでに死んでいたのだよ、喬泰《チャオタイ》。あの女に夢はひとつしかなかったが、たくさんの夢がなくては、人は生きていけないものだ」衣の乱れを直し、顔を上げて一語一語かみしめるように言った。「気持ちは痛いほどわかる、喬泰《チャオタイ》。四年前、北州《ペイチョウ》であの鉄釘事件を解決するにあたり、私の身にもまったく同じことが起きた（『中国鉄釘殺人事件』〔松平いを子訳〕参照）。そして、ズームルッドを殺した者はおまえの手から決断を取り上げたが、私は自分で下さなくてはならなかった。さらに言うと、そのひとはわが身と引き換えに、私の命と経歴を守ってくれた」

「処刑されたのですか？」喬泰《チャオタイ》の声がはりつめた。

「いや、そんな思いをさせるひとではなかった。みずから命を絶ったのだ」長いひげをのろのろとなでながら続けた。「すべて投げ出してしまおうと思った。そのまま世を捨ててしまいたかった。何もかもがふいに味気なく、彩りを失い、生気のかけらもない」言葉を切り、ふと喬泰《チャオタイ》の腕に手をかけた。「だれの助言も、どんな助けの手も、いまのおまえには届かない。どんな道をたどるかは、ひとりで決めねばならん。だが、喬泰《チャオタイ》、どんな決断を下そうと、おまえを得がたい朋友《とも》と思う気持ちに変わりはない」立ち上がり、苦笑をにじませた。「さて、身づくろいをすませなくては。とんと案山子《かかし》そっくりのざまだろうな！　それに、おまえの方はうちの密偵四人をすぐ女の船にさしむけ、旦那の言いつけで見張り役をつとめていた女中を捕えさせ、手がかりを探させておくべきだったな。その旦那の身もとがわからなくては話にならん。それから、宿に十名ばかり巡査を連れて行って死体を移し、通常通りに捜査の手配をするがいい」

　そう言うときびすを返し、帳《とばり》の奥に消えた。

　立ち上がった喬泰《チャオタイ》が階段をおりていった。

21

部下の胸中を思いやり
黒幕の名を推しはかる

朝の食卓につくと、ほどなく陶侃《タオガン》がやってきた。挨拶もそこそこに、ほうびをもらいに誰か来ましたかと勢いこむ。判事はかぶりを振り、席を示した。黙りこくって朝粥を食べ終える。箸をおくと椅子の背にもたれ、広袖の中で腕組みした。それから、にせのおふれが招き寄せた思わぬ結末をすっかり話してきかせた。

「では、御史大夫が広州に戻ったのは色恋沙汰でしたか！」陶侃《タオガン》が声を上げた。

「そういう側面もある。あわせて、マンスールの下劣な陰謀も調査したかったのだ。ズームルッドにはっきり述べているからな、当地の大食《タージ》に会わねばならんかったと」

「ですが、なぜ、何もかもひとりで抱えこんでしまったのでしょうか？　はじめの広州訪問から戻って、あらためて政事堂《せいじどう》と連携してかかれば……」

「御史大夫は女には疎かったが、陶侃《タオガン》、こと国事なら知りつくしていた。陰謀の黒幕は自分の政敵ではないかと思い、確証をつかむまでだれも信じるわけにいかなかった。高官を何人も向こうに回すわけだし、公文書室で息のかかった者が政事堂《せいじどう》の機密扱いの協議を筒抜けに流していても不思議はない。確証を得るため、御史大夫は広州に戻った。そして当地で殺された。ふらちな女を愛したばかりに、その手にかかって」

「御史大夫ほどの瀟洒な士大夫が、野卑な大食《タージ》舞妓にうつつを抜かすなど、はたしてありうるでしょうか？」

「そうだな、たしかに、御史大夫が都で見慣れていた品と教養ある中国上流婦人とは似ても似つかない女だった。大食《タージ》女を見たのも初めてだったに違いない。広州と違って都では大食《タージ》をほとんど見かけん、まして大食《タージ》の妓女など。

あくまで想像だが、初めはものめずらしさも手伝ってひかれたのではあるまいか。そのあとは濃艶な色香が長らく抑えた欲望を解き放ったに違いない。そんな火のような情事であれば、種族や身分や教養などのいかなる壁をも越えたはず。喬泰《チャオタイ》とてあれだけひきつけられたのだ、陶侃《タオガン》。喬泰《チャオタイ》の前ではあの女の話は出さんほうがよい。この件ですっかり打ちのめされているから」

陶侃《タオガン》が心得顔でうなずく。

「喬《チャオ》の兄貴はどうも女運が悪くて」と評する。「女を殺した下手人はいったい誰でしょうか？」

「喬泰《チャオタイ》はマンスールだとみている。マンスールもあの女にぞっこんだったそうだし、女に引き合わされたマンスールの宴席では喬泰《チャオタイ》に気のあるそぶりだったので、あの大食《ターージ》が大いに怒ったとも聞いた。喬泰《チャオタイ》の宿に向かう女のあとをつけ、裏の屋根にのぼってふたりを見張っていたのはマンスールかもしれん。しどけない姿で喬泰《チャオタイ》といるのを見て、あいびきだと思いこみ、嫉妬にかられて殺したのだ。つじつまは合うが、確証はない」

狄《ディー》判事がお茶をすすり、また続けた。

「いきさつがどうあれ、この悲劇のおかげで二番手の重要課題がひとつ減った。最重要の課題は、女を囲っていた者をつきとめることだ。大食《ターージ》の陰謀に御史大夫を巻きこもうとし、御史大夫の死を隠蔽しようとはかり、蘇《スー》進士と鮑《パオ》夫人殺害をやらせた男だ。朝廷に巣くう卑劣な謀反人たる敵の正体を暴き、決め手となる動かぬ証拠をつかむ。御史大夫がやり残したその仕事をやりとげねばならん。その敵どもがズームルッドの旦那を一味に引き入れた、だから正体を明かしてくれるのはその旦那以外にない。みすみす御史大夫を殺させてしまったからには、この上、非道な犯罪を重ねて野望をとげさせないようにするのがわれらのつとめだ。しかも、野望に向け、やつらはすでに一歩踏み出している。政事堂《せいじどう》からの凶報をもたらしたあの密書にあった通りだ。だから都へ戻るに先立ち、本日中にこの男をつきとめねばならん。いま、うちの密偵たちに女中や船のものどもを尋問させているが、そんなありふれた手でさしたる効果があがるとは思わん。誰にも正体がばれぬよう、そいつはすでに手を打っているはずだ」

「ならば、どうすればよろしいので？」陶侃《タオガン》が心配そうに尋ねる。

「喬泰《チャオタイ》が出ていったあと」狄《ディー》判事が答える。「当地でのこの二日間のできごとを初めから見直してみた。その上で、判明ずみの事実をある大筋に当てはめようとし、ひとつの推理にまとめた。ほかならぬこの午前中、この推理に基づいて行動を起こすつもりだ」茶を飲み干し、ゆっくりとほおひげをしごきながらさらに、

「舞妓の旦那の身もとについては、実際にいくつか手がかりがある。それで、すこぶる興味深いある可能性が開けた」覚書の用箋を陶侃《タオガン》のほうに押しやった。「これから列挙する手がかりを書き留めてもらったほうがいいな。それを見ながら推理の説明に入る。

さて、そこでだ。

第一、そいつは間違いなく、この広州でかなり重い地位にある。そうでなければ朝廷の政敵どもが当地の手先に選ぶわけがない。ああいった謀反人どもはばかではないから、どこにでも転がっているごろつきを選ぶわけがない。まかり間違えばいちばんの高値をつけた相手に売り渡されかねんからな。

第二、したがって、その男の動機は飽くなき野望に違いない。一味に加担すれば、地位や生命を危険にさらすわけだ。見返りに何らかの高位高職を約束されたはずだ。中央の官職さえじゅうぶん考えられる。

第三、都に知己縁者がいるに違いない。朝廷の者がこんな僻遠の南方などわざわざ気にかけんし、都にいる誰かの推薦があったに違いない。

第四、都督府に住んでいるか、都督府のできごとに密なかかわりがあるはず。こちらの動静を逐一つかんでいたのだからな。この点から、容疑の的をここで常に接した者たちに絞ってよかろう。

第五、裏社会の者どもと太いつながりがあるやつに違いない。大食《タージ》の暴漢や蛋家《タンカ》の刺客を両方雇っていることからも明らかだ。それと陶侃《タオガン》、書き留めておいてくれ。こういった刺客どもと連絡《つなぎ》をこまめにとっていたのはそいつの配

下、例えばマンスールだ。その件についてはあとでまた触れる。

第六、特に喬泰《チャオタイ》を排除したい理由が何かあったはずだ。それに倪《ネイ》船長もそいつに憎まれていたに違いない。喬泰《チャオタイ》殺しの罪を倪《ネイ》にきせようとしたのだからな。

第七、こおろぎに興味を持っている。

第八、あの盲目の娘に近しい筋に違いない。だが、近しいといっても、自分に不利な動きをしているとわかったとたん、あの娘を二度も殺そうとする妨げにはならなかった。娘の方はもって回ったやり方でこちらを手助けしようとしていた。おもてだってそいつを告発できない立場にあるのだろう。ちょっと疑問点を書いておいてくれ。ことによると、娘か情人なのか?

第九、むろんズームルッドとわりない仲で、あの女を囲っていた旦那だったに違いない。

全部書き留めたか?」

「はい、書き留めました」覚書を書き終えて陶侃《タオガン》が口を開いた。「こうつけくわえてはいけませんか、官職はない、と? ズームルッドが喬泰《チャオタイ》にはっきり述べておりました。旦那はとても金持ちだけど、お役人じゃない、だから良民身分の手配はかなわないのだと」

「いや、陶侃《タオガン》、そうとは限らん。第一にあげた当地の名士に違いないという点から、女には身分を伏せていたに違いないと察せられる。大食《タージ》舞妓はむろん中国の宴に呼ばれたりせん。舞妓がいた画舫の客になって知り合い、以後も本当の身分は明かさなかったに違いない。女にばれたら最後、こんりんざい会わなくなるだろう」陶侃《タオガン》がうなずくと狄判《ディー》事が続けた。「容疑者候補の筆頭は都督だ。外見はどこからみても誠実で職務熱心な役人、いささかうるさがただが、巧みな役者でもあるかもしれん。むろん都に友人知己が大勢いるはずだ、どこか目ざわりにならない場所で御史大夫を失脚させようと企む政敵に推薦されてもおかしくない。第四にあげた点に合致するのはいうまでもない。動機については、飽くなき野心家のことだ、かねて垂涎の京兆府長官の座を約束されていても不思議はない。大食《タージ》との連絡役《つなぎ》はマンスール、まあ半ば密偵のような役回りだな」

陶侃《タオガン》が顔を上げ、大声を出した。

「都督はどうして広州略奪などというマンスールの陰謀を見逃してやれるのでしょうか？　そんな一大事が当地でおきようものなら、朝廷にどんな引きがあろうが前途を絶たれますよ！」

「あの陰謀を実行に移させるつもりはむろんなかった、御史大夫をはめる方便に必要だっただけだ。目的を達したら、マンスールも消すつもりに決まっている。いちばんてっとりばやくやるなら、マンスールを告発し、叛乱のかどで処刑させる。都督のような男が任地のまちに火を放って略奪する陰謀に加わっていたと、裁きの席でかりに述べたとして、卑劣な大食《ター》罪人《ジ》の言い分など誰が信じようか。都督がそいつだったとすれば、大食《タージ》の陰謀についての噂は当の本人が火元になり、手先を使って流した。おそらくは第二の配下、中国系の裏組織に連絡役《つなぎ》をつとめた中国人だろう。喬泰《チャオタイ》を消そうとする企てについては、ズームルッドとの逢引で簡単に説明がつく。喬泰《チャオタイ》が蛋家《タンカ》の船づたいにあの女の船に向かったと、蛋家《タンカ》の密偵がしらせたに違いない。恋敵の喬泰《チャオタイ》に憎しみを抱くと同時に、ズームルッドが顧客については口外無用という花柳界の鉄則を破るかもしれない、何か喬泰《チャオタイ》にもらしたのがきっかけで身もとがばれでもしたらと恐れたのだろう。倪《ネイ》船長への憎悪については、納得のいく説明がつくはずの確かな推論があり、裏づけもたやすい。だが、いまはこの程度にとどめておく。第七の点、都督はこおろぎ好きだとわかっている。第八については前にも話したとおり、あの盲目の娘を知っていたと信じるふしがある。さらに疑問点を書いておいてくれ、陶侃《タオガン》。あの娘は都督の庶出の娘か？　それはさておき、最後の点に入ろう。ズームルッドの情人だったのか？　そうだな、家庭生活は円満だという噂だが、目新しさでひきつけられた可能性はある――御史大夫の場合と同様に――そして、外国の女にまんざらでもなかったと信ずるふしがある。さらに、北の出身だから、あの女が賤民でも意に介さなかっただろう。生え抜きの広州人のほうが賤民をよけいに毛嫌いするはずだ。最後に、御史大夫は都督を信用してなかったらしい」

陶侃《タオガン》が筆を置いた。

「そうですね」考えこみながら言う。「都督への疑いはまことに真実味があります。ですが、証明となるとどうやって?」

「まあ、そう急ぐな! 都督のほかにも候補はいるのだ。鮑《パオ》長官はどうだ? あの男は千々に心が乱れている。都督は仕えづらい上役だし、若く美しい妻は倪《ネイ》船長と不貞を働いていると思いこんでいた。不満を抱き、ズームルッドにのめりこんだのかもしれん。旦那を小ばかにした物言いから、年寄りの線が考えられる。山東《シャントン》生まれだから蛋家《タンカ》の種族や身分に対する先入観はないはずだ。御史大夫の政敵が見返りに都の高い地位を約束すれば、一も二もなく飛びついたかもしれん。都督と肩を並べる好機というだけでなく、良民身分を手に入れてズームルッドの願いを叶えてやることもできる。長官というのは地位ある文官だから、むろん都にいくらでもつてがあり、朝廷の一味に推挽をうけることもあるはずだ。さらに言うと、われわれとたえず密接に連絡を取り合っていた。こおろぎについてはまったく趣味がないが、妻があの盲目の娘を知っていた――たぶん、見かけよりはるかに。盲目の娘は鮑《パオ》を疑っていたが、鮑《パオ》夫人の手前、おおっぴらに言い出せなかった。長官はむろん倪《ネイ》を憎んでいたし、都督の場合に述べたのと同じ理由で喬泰《チヤオタイ》も憎んでいた」

そこでひと息入れて茶を飲み干した。陶侃《タオガン》がおかわりをつぐひまにこう続ける。

「かりに鮑《パオ》長官が本当にやつであれば、鮑《パオ》夫人が殺されたのは人違いだという推理はむろん成り立たなくなる。喬泰《チヤオタイ》を始末しようと倪《ネイ》家に送りこんだ大食《タージ》ふたりは不首尾に終わったので、同じ午後、姚泰開《ヤオタイカイ》の持ち家には蛋家《タンカ》を送りこんだ。倪《ネイ》船長ともども不貞の妻を葬るためだ。鮑《パオ》夫人は確かに絞殺されたが、船長は捕えそこねた。昨日の会議中、鮑《パオ》が伝言を受け取ったのに気づかなかったか? あれは倪《ネイ》家襲撃を仕損じたという知らせだったかもしれん」

陶侃《タオガン》は半信半疑だった。しばらくして言う。

「その場合、鮑《パオ》はよほどの規模で、すみずみまで指令の行き届いた秘密組織を抱えておりませんと」

「いけないか？　まちの行政府の長であり、マンスールだけでなく中国人のごろつきどもと秘密裏に接触できる便利な立場にあるのだ。最後に、複雑な陰謀を練り上げ、陰で糸を引きながらマンスールのような者を手足に使うだけの素養も経験も力量も、長官と都督にはある。

素養、経験、力量は第三の候補、すなわち梁福《リャンフー》にもある。ところで、ズームルッドが旦那について述べた話は梁《リャン》にぴったり合う。金はあるが官位はない。それに、しょっちゅう華塔に出かけては管長と碁を打つ。そのついでに誰にも見咎められず、寺裏の家にズームルッドを訪ねることもできたはず。しかしながらこういう点は重要ではない——理由はこれから述べる。梁《リャン》の動機について言うと、このまちですでに要職につき、莫大な富を持っているのは事実だが、商人身分にいらだちを覚え、偉大な父の故提督同様に都で有力な官職につきたいとひたすら望んでもふしぎはない。このまちで生まれ育ち、大食《タージ》にも精通した者にとっては、ひそかにマンスールと連絡《つなぎ》をつけるなど、わけもない。わざわざマンスールが企てた乱にこちらの注意をひきつけたという事実から、都督の場合に述べたのと同様にマンスールひとりに罪をきせて始末する下準備かもしれん。このろぎに興味はないし、盲目の娘と関係はないが、そのふたつについては即座に異論をはさめる。はるかに深刻なのは第三の障害、つまり広州人の良家に生まれ、若い頃から地元の偏見にどっぷり浸かっていた梁福《リャンフー》が、賤民の血をひく大食《タージ》舞妓ふぜいの情人になるとは考えられない。この問題を解くには、都督の場合にならって梁《リャン》には部下がふたりいたと推測しなくてはなるまい。一人はマンスール、もう一人は中国人、やはり大食《タージ》に詳しい姚泰開《ヤオタイカイ》氏に違いない。梁《リャン》に合わない手がかりはすべてそちらに当てはまる。

姚《ヤオ》が主犯のはずはない。たたき上げでのし上がった男で、地元ではよく知られているが、中央のつてがないから宮中の謀反人どもへの推挽もかなわない。さらに、あれは目はしのきく商人だが、政治がらみの複雑な陰謀を練り上げる力はまったくない。しかし節操のない女たらしだから、賤民への偏見を気にしなくともふしぎはない。ズームルッドの旦那の特徴は姚《ヤオ》にもぴったりだ。ズームルッドと寝たというので喬泰《チャオタイ》を憎み、自分の持ち家で高嶺の花だった生まれのよい美人の鮑《パオ》夫人と逢っていた倪《ネイ》船長を憎んだ。盲目の娘にも食指を動かしていたが、自分のしっぽをつかんで親分の梁福《リャンフー》もろとも訴え出るかもしれないとわかると殺させることにした。持ち家で襲撃をしかけて失敗し、蛋家《タンカ》の手下を貢院《こういん》に送りこんだ。実際にあそこに隠れていると気づくには、あの娘をよく知らなくてはだめだ」

左頰に生えた三本の長い毛を、陶侃《タオガン》が骨ばった人さし指にゆっくり巻きつけた。

「ズームルッドの旦那として、姚《ヤオ》はまさにかっこうの人物ですな」と言う。

うなずいた狄《ディー》判事がまた口を開く。

「最後に、けさの非道な事件に話を戻そう。マンスールは姿をくらましていた。自分でズームルッドのあとをつけたり、様子をうかがったりする度胸はなかった。やったのはあの女の旦那か、その配下。投槍手をさしむけて殺したのだと思う。身もとを明かすのではないかと恐れたからだ。それで背に腹はかえられず、女を手にかけた。

さて、ここまで立ててきた推理を実地にどう落としこむかはこれから述べる。都督にも長官にも梁《リャン》にも、いま述べた事実をもとに行動を起こすことはできない。見かけ上は三人とも、当地に横行する犯罪とはまったく無関係だ。だから、首魁がだれであれ、手下を切り離した上で狙わなくてはならん。マンスールは姿を消したが、まだ姚《ヤオ》がいる。鮑《パオ》夫人の殺害に関与したかどで、ただちにあれの身柄をおさえよう。逮捕はうちの密偵四人を使って極秘に行なう。おまえたちふたりには何かもっともらしい任務をつくってどこかにやり、こちらの動向を見張るやつの注意をそらすつもりだ。いったん姚《ヤオ》が閉じこめられてしまえば、邸を捜索し……」

扉がすごい勢いで開き、息を乱した喬泰《チャオタイ》が駆けこんできた。

「死体が消えました!」と叫ぶ。

狄《ディー》判事が座り直した。

「消えた?」いぶかしげにたずねる。

「はい、閣下、部屋の戸を開けたら、からっぽの寝台があっただけでした。寝台から窓まで床に血がほんの数滴、それと窓枠に大きなしみがありました。何者かが窓から入ったに違いありません。そいつが屋根越しに大食坊《タージ》へと死体を持ち去ったんです。一軒一軒たずねまわりましたが、見聞きしたものはないと。そん……」

「例の女中はどうだった、それに、同じ船の者は？」狄《ディー》判事がさえぎる。「旦那の名を知っていたか？」

「女中の死体が珠江に浮いてました、絞殺です。船の者はその旦那をほとんど見かけてません。出入りするのは決まって夜でしたし、いつも首巻を顔まで引き上げていましたので。その豚めが……」言いさして喉を詰まらせる。

判事が椅子にもたれた。「まったくもって道理に合わん！」とつぶやく。

喬泰《チャオタイ》がどすんと腰をおろし、汗だくの顔を袖口でごしごしやった。その姿を横合いから陶侃《タオガン》が意味ありげにちらりと見る。何か言いかけて思いとどまり、狄《ディー》判事を見た。判事が何も言わなかったので、喬泰《チャオタイ》に茶を注いでやる。むさぼるように飲み干したあと、座ってうつろな目をまっすぐ前方に据えていた。ぎこちない沈黙が続く。

やっと判事が立ち上がり、机の奥から出てくると、床を歩き回りだした。太い眉をよせ、眉間に深いしわを刻んでいる。

前を通り過ぎるたび、陶侃《タオガン》が不安そうに判事を見守る。だが、判事のほうは副官二人の存在をきれいに忘れてしまったようだ。とうとう手近な窓辺でうしろ手に組んで立ち止まり、午前中の強い日ざしでうだるような都督府の院子《にわ》を見渡した。陶侃《タオガン》が喬泰《チャオタイ》の袖を引き、声をひそめて、すぐにも姚泰開《ヤオタイカイ》が逮捕されるのだと教える。喬泰《チャオタイ》はうわの空でうなずいた。

ふいに狄《ディー》判事が振り向いた。ふたりに近寄りながら、あわただしく手短に、

「死体を盗んだのがやつのはじめての間違いだ、だが致命的だったな。これで、ゆがんだ人となりがはっきりわかった。これまでの推理には正しいところも一部はあったが、かんじんな点をはずしていた。いまや当地で起きた事件のすべてに正しい光が当たった。卑劣な犯罪のかずかずをた

だちにやつにつきつけ、黒幕どもの名を白状させてやる！」言葉を切り、ついで顔をしかめた。「即時逮捕というわけにはいかんな。臨機応変なやつのことだ、のどから手が出るほど欲しい情報をおめおめと渡すぐらいなら死を選びかねない。逆に、身辺に刺客を置いとるかもしれん。だからあらかじめ手を打っておかねば。おまえは一緒に来い、陶侃《タオガン》。喬泰《チャオタイ》、うちの密偵四人と都督府の守衛隊長を呼んでくれ！」

22

祖霊の前にて碁を論じ　帳《とばり》の陰なる存在を知る

狄《ディー》判事の輿丁頭《こしかつぎがしら》がいやというほど扉を叩いたあげくに高い門がようやく開いた。このあいだの老執事が背をかがめて出てくると、ふたりの客に老眼をみはる。

「ご主人にとりついでくれ」判事が穏やかに声をかけた。

「さしてお時間はとらせん、まったく内々の訪問だからとな」

判事と陶侃《タオガン》を第二棟の客間に案内し、大きな黒檀彫り長椅子の片方をすすめると、あわただしく出て行った。

大きな壁画を見ながら、狄《ディー》判事が無言でおもむろに長いひげをなでる。陶侃《タオガン》のほうは落ちつかない目で判事と扉を交互に見ていた。

思いのほか早く執事が戻ってきた。「どうぞこちらへ！」ぜいぜいと息を切らす。その案内で西に面した回廊を抜け、見たところまったく無人の棟に行く。白い甃《いしだたみ》が灼熱の陽にあぶられた院子《なかにわ》をいくつも通り抜けたが、人影は見あたらない。第三院子《なかにわ》の奥で、ひんやりと薄暗い回廊に入った。その先に、歳月を経て黒ずんだ板張りの大階段がある。

階段を昇りきったところで執事がしばし立ち止まって息を入れ、さらにもうふたつ、はじめのよりだいぶ狭い階段を昇った。踊り場がひろびろと開け、高窓の格子からそよ風が入る。どうやら、楼閣らしきものの最上階に出たらしい。絨毯のない板張りに茶卓と高椅子が二脚、ぽつんと置いてある。奥まった双扉に「梁《リャン》家祖堂」の大きな扁額。一見して先帝の宸筆とわかる。

「中で閣下をお待ち申し上げております」執事がそう言うと扉を開けた。

茶卓で待てと陶侃《タオガン》に合図する。そして入っていった。


祖堂の中は天竺渡りの香《こう》が強かった。奥に高くしつらえた祭壇におぼろな燈明があがり、青銅の大香炉がもったりと重く薫《くゆ》る。手前のりっぱな古い供物台に供養の品が並ぶ。下手《しもて》に低めの卓をすえ、深緑錦の正装をした梁福《リャンフー》が高い儒帽をかぶっていた。

いそいそと立ち上がり、判事を迎えに出る。

「なにぶん階段が多うございまして、恐縮に存じます！」にこやかに礼儀正しく述べる。

「いやいや、どうかおかまいなく！」すかさず応じ、正面の壁でよろいかぶとに威儀を正す等身大の梁《リャン》提督肖像にちらと目を走らせた。「やむなくとはいえ、ご尊父の法要中におじゃまして心苦しいかぎりだ」

「閣下のおいででしたら、いつなんどきでも」梁《リャン》が静かにいう。「それに、中断しても亡父は気にかけますまい。つね日ごろから公務優先、私事は二の次と——子らはみな、いやというほど骨身にしみておりました！　どうぞおかけくださいませ！」

茶卓向かって右手を賓客にすすめた。卓上の大きな碁盤では終局とおぼしき形に黒白がせめぎあう。脇に真鍮の碁《ご》笥《け》が一対。梁《リャン》は布石を考えていたらしい。腰をおろして衣紋をつくろうかたわら狄《ディー》判事が言う。

「最近になって判明した若干の事実をもっと話し合いたくてな、梁《リャン》さん」主人役が向かいにかけるまで待ち、重ねて、「ことに、ある女の死体が盗まれた件について」

梁《リャン》がやさしげな眉をつりあげた。

「また、妙な品を盗んだものですな！　いま少しお話しいただきませんことには！　ですが、まずはお茶にいたしましょう！」立って、茶道具を用意した隅の卓に行った。

判事の目がさっと室内を一巡する。ぬいとりの錦をかけた供物台にろうそくがまたたき、菓子と果物をそれぞれ山盛りにした金色の祭器をはさんで、対のりっぱな古い花瓶に切りたての花がたっぷりと手向けられている。供物台の上に大きな厨子。ふつうは神位《しんい》とよばれる先祖の位牌をまつる場所だが、真紅の帳《とばり》がおりて中は見えない。くどいほど香《こう》を焚いても、かぎなれない異国の香料が帳《とばり》の奥あたりからそこはかとなく漂い出ていた。頭上はるかに古びた梁には長年の香煙のなごりが幾重にもまつわる。床は広い板張りを黒光りするほど磨きこんである。つと立って左寄りに席をずらし、戻ってくる梁《リャン》にさりげなく言った。

「こちらでよろしいかな。ろうそくの光が目に入るので」

「どうぞどうぞ！」梁《リャン》が椅子の向きを変え、判事と差し向かいになった。腰をおろして、「こちらの方が肖像もよく見えますし」

青磁の小茶碗ふたつにお茶を注ぐ姿を判事が見守る。茶碗の一つを狄《ディー》判事の前におき、ひとつを両手で持つ。きゃしゃな指の陰に、薄い釉薬に入ったひびが見えた。梁《リャン》が思案の目で肖像画を眺める。

「実によく描けております」という。「名のある絵師の筆でして。細部にいたるまでゆるがせにしない作風にお気づきでしょうか？」

茶碗を置いて立ち上がり、絵に歩み寄る。判事に背を向けて立ち、提督の膝にのせた剣の細かい点をあれこれ列挙する。

狄《ディー》判事が主客の茶碗を入れかえ、さっきまで梁《リャン》のだった茶碗の中身をすばやく手近な碁笥《ごけ》にあけ、空の茶碗を手にして主人役に近づいた。

「あの宝剣は、まだこちらにおありかな?」とたずねる。

梁《リャン》がうなずくと、続けて、「うちにも先祖伝来の名剣があるのでね。銘は『雨龍』」

「『雨龍』? 変わったお銘ですな!」

「由来はまたの折にでも。お茶をもういっぱいよろしいか、梁《リャン》さん?」

「かしこまりました!」

めいめいの席に戻ると梁《リャン》が判事におかわりを注ぎ、自分の茶を飲み干した。ほっそりした手を袖の中に入れ、笑顔で言う。

「さて、死体が盗まれたとかいうお話を伺いましょうか!」

「その前に」狄《ディー》判事がきびきびと言った。「いわゆる背景の説明を、ざっとかいつまんで」梁《リャン》が熱心にうなずくと、判事は袖から扇を出して椅子にもたれた。悠然と扇を使い、話をはじめる。

「一昨日のこと、失踪した御史大夫を探すために広州に来た時点では、御史大夫の任務が何らかの形で当地の大食《タージ》がらみであるとしか知らなかった。ところが捜査中に判明したのだが、当地に来た真の目的を知り尽くした正体不明の敵に、こちらの動静を読まれていた。御史大夫は蛋家《タンカ》の毒を盛られたとわかり、こう推測した。朝廷にいる政敵のひとりが地方役人と結びつき、広州におびき出した上で一味の大食《タージ》に殺させたのだと。だが、邪悪な陰謀を阻もうとしているらしい勢力も他にあると気づいてはいた。調べるにつれ、混迷の度はさらに深まった。大食《タージ》や蛋家《タンカ》の刺客が横行、謎めいた盲目の娘が出没する。ついけさがただ、ようやく手ごたえをみたのは。舞妓のズームルッドが、御史大夫を毒殺したのは自分だ、旦那は何もかも知っていると喬《チャオ》大佐に話したのだよ。花柳界の掟を守って客の名は出さなかった。都督と長官を疑ったのち、ことのついでにきみを疑い、そこではたと行きづまった」

ぱちりと扇を閉じ、袖に戻した。梁《リャン》は人をそらさぬ態度で穏やかに聞き入っている。狄《ディー》判事は背筋をのばして続け

「そこでやり方を変え、頭の中で事実をつなげて一枚の肖像にしてみた。すると、敵は碁の打ち手特有の頭脳の持ち主だと悟った。欠くべからざる石だったのだ、私も、副官たちも。こう悟ったのは大きい。下手人の心理状態を把握すれば、半ば解決したようなものだ」

「至言ですな！」

「その上であらためて考えた、碁の名手であるきみを」と判事が続けた。「難しい計略を練り上げ、采配してやりとげるだけの頭脳に恵まれている、それは確かだ。また、じゅうぶんな動機も想像がつく。偉大な父の衣鉢を継げなかった鬱屈だな。とはいえ、賤民の血を引く大食《ター ジ》舞妓に入れあげる手合いでは断じてない。だから、かりに敵の首魁がきみだとすれば、あの舞妓とねんごろだったのは配下だろうと思った。姚泰開《ヤオタイカイ》氏ならはまり役だから、身柄を拘束させると決めた折も折、舞妓の死体が盗まれたとしらせが入った。それでまっすぐここに来たというわけだ」

「なぜ、こちらへ？」梁《リャン》は動じない。

「死んだ舞妓のことから蛋家《タンカ》とその激しい気性に思いを巡らすと、はたと思い当たるふしがあったからだよ。蛋家《タンカ》の婢だった哀れな中国人妓女にたまたま聞いた話だが、飲めや歌えの乱痴気騒ぎで蛋家《タンカ》は決まってうそぶくそうだ。およそ八十年前、さる要人がひそかに蛋家《タンカ》女をめとり、生まれた子どもは名高い武人になったと。そこで、かの南海の覇者の独特な風貌が浮かんだ」壁の肖像画を指さす。「あの高い頬骨、低い鼻と顎、〝猿面《さるめん》じいさん〟、親しみをこめて兵はそうあだ名していた」

梁《リャン》がゆっくりとうなずく。

「では、これまでひたすら隠し通してきたわが家の秘事を暴かれたわけですな！　そう、祖母は確かに蛋家《タンカ》でした。祖父は国禁を犯したのですよ！」にやりとする。その目に悪意をひらめかせて続けた。「考えてもごらんなさい、かの名提督が賤民の血を引くなど！　知仁勇を兼ねそなえた名将と世にはやされたその実像のざまたるや、いかがです？」

冷笑のこもったその評を聞き流して狄《ディー》判事は続けた。

「それまで思い描いた布石はまるで見当はずれだったのだと、そこでわかった。つまり、ひとくちに布石といっても、中国の文人碁は石の強さに優劣がない。ならば、将軍に率いられた両軍を戦場で対峙させる象棋《しょうぎ》のそれか。天竺流と伝えられるその流儀にのっとってこれまでを説いていかねばと、翻然と悟ったのだ。勝敗を決める駒は、王と后のふたつ。その象棋《しょうぎ》の主眼は、都の高位高官の地位を約束されることではない。后を手中にすることこそが主眼なのだ」

「なんとうまいたとえだ！」梁《リャン》が薄く笑った。「いまは勝負のどのあたりか、おたずねしてよろしいですかな？」

「終盤だ。后は死に、王は詰んだ」

「そう、后は死んだ」梁《リャン》が静かに言った。「だが、后にふさわしく堂々と横たわっている。女ながら、人生という勝負に君臨する王なのだ。いま、その霊はおごそかな供養を受け、あざやかな香華《こうげ》と豪奢な供物を満喫している。ほら、あの美しい笑みが……」立ち上がり、目にもとまらぬ早さで祭壇の帳《とばり》を開けた。

筆舌に尽くしがたい非道を目にして、狄《ディー》判事は息を呑んだ。梁《リャン》家の聖なる祖堂たるこの場に、故提督の肖像を前にして、ズームルッドの裸身が金漆の祭壇のいただきで厨子に横たわっていた。あおむいて両手を頭の後ろで組み、作り笑いに豊満な唇をゆがめて。

「最高級の手入れを受けたばかりだ」梁《リャン》がさりげなく言うと帳《とばり》をまた閉めた。「手入れは今宵で終わる。この陽気だ、そうでないと困る」

また腰をおろす。もう立ち直った判事が冷たくたずねる。

「ともに対局を再現してはどうかな、一手ごとに？」

「望むところだ」梁《リャン》が重々しく答える。「対局を記した棋譜こそ、読み解くほどに尽きせぬ興趣をもたらすからな」

「それでは、一目めのズームルッドから。身請けしてその肉体をわがものにしたが、それだけのことだった。それで、あの女を支配する唯一無二の欲望さえかなえてやれば、つまり、賤民から中国の良家に身分を引き揚げてやれば、心もわがものにできるはずと思った。それには中央の高い官職がなくては叶わない。だからそうなってやろうと思った。躊躇なく実行にうつさなくては女を失う恐れがあった。他

碁を論ず

の男と思い思われる仲になるか、野心を叶えてやろうという他の男が出てくるか。マンスールもあの舞妓に執心だった。舞妓のほうにその気はなかったようだが、早晩大食《タージ》の血が呼びあうのではないかと恐れたおまえはマンスールを消してしまいたかった。都の知己のひとり、朝廷内に権勢をはる后派の懐刀《ふところがたな》にこう聞いたのはそのころだった。劉《リウ》御史大夫失脚の手だてを探している、目的遂行を助ける者には誰であれ、喜んでかなりの褒賞をはずもうと。奇貨居《お》くべしだ！　ただちにその立案に着手し、首尾よく后を手に入れるはずの策を周到に練り上げた。そして、言葉巧みにその懐刀《ふところがたな》に持ちかけた。それを……」

「細部をゆるがせにするのはよそうではないか！」いらいらと梁《リャン》がさえぎる。「その人物とは後宮をとりしまる宦官長たる内侍の王《ワン》だ。共通の知人を介した。宮中出入りのさる裕福な酒商だ」

狄《ディー》判事が青ざめた。帝のお命は明日をも知れぬ。后はよこしまな野望に憑かれている。男とも女ともつかぬ内侍の、まがまがしいあの姿……おぞましい全貌が一気に明らかになった。

「さてさて、どんな地位を申し出たと思う！　おまえの官職だよ！　そして、后の後ろ盾を得て、さらなる高みに上るつもりだ！　父は『南海の覇者』だった。私は『帝国の覇者』になってやる！」

「そういうわけか」狄《ディー》判事がものうく言う。「さて、おまえは宮中の与党を使って広州大食《タージ》に叛意ありと匿名情報を流させ、御史大夫をおびき寄せようと画策した。マンスールの愚かな陰謀をあおりたて、御史大夫が調べに来たら何ごとかあると信じこませ、その上で御史大夫を殺してマンスールに罪をなすりつけるつもりだった。手厳しい拷問で責め問いすれば、黒幕は御史大夫だったとマンスールに口を割らせられるはずだ。よく考えたものだ！　マンスールを排除し、御史大夫が死んで汚名をこうむったら、ズームルッドを連れて都へのぼるという手はずだった。

対局はかねてのもくろみ通りに運んだ。御史大夫が当地に微行し、大食《タージ》に流れる叛乱のうわさを確かめた。広州訪問をあえて都督や長官に知らせなかったのは、陰謀に朝廷の者の息がかかっているとほのめかされたので、その黒幕をつきとめたいとむろん思ったからだ。微行の理由は他にもあったのだが、そのときのおまえは知らなかった。はじめの広州訪問で御史大夫はズームルッドに会い、思い思われる仲になったのだ」

「あの寺の境内でふたりが出会うなど、あらかじめ見通せようか？」梁《リャン》がつぶやく。「あれは……」

「そこが碁と人生の違いだ、梁《リャン》さん」狄《ディー》判事がさえぎる。

「実人生では未知の要因も想定に入れねばならん。さて、蘇《スー》進士とともに当地の状況を調べ終えたあと、これは自分への罠ではないかと疑いを抱いた御史大夫はマンスールに近づき、その叛乱計画に同調するふりをした。おそらくはマンスールほか二名がこっそり城内に武器を持ちこむ手助けさえしたのではないか。マンスールからこのしらせを受け、予想外なほど策が奏功したとわかった。出るところに出たあかつきには、マンスールはありのまま真実だけを述べればいいのだからな！　だが、御史大夫がマンスールを欺いていると悟り、殺す時期を早めることにした。

その後にズームルッドが御史大夫に毒を盛った。しかたなく、女はあらいざらい打ち明け……」

「今、『しかたなく』と言ったか？」梁《リャン》がふいに大声を上げた。「彼女《あれ》があらいざらい話すといってきかなかったんだぞ、いつもいつもだ！　下品なゆきずりの誰かと寝るたび、すぐさま話しに来る！　筆舌に尽くしがたい浅ましい話をこまごまと話して私をいたぶり、そのあと面と向かって笑うんだ！」両手に顔をうずめてすすり泣く。「彼女《あれ》の腹いせだった。そして私は……私は、手も足も出なかった。彼女《あれ》のほうがずっと強かった。火のような血が体内をめぐり、血管で脈打っていた。私の血は二世代を経て薄まっていたのに」げっそりと面を上げた。何とか感情を抑え、かすれ声を出す。「そうとも、御史大夫の話はそれまで出なかった、あの男と逃げるつもりだったからな。さっさと先に進めよう！　時が尽きかけている」

「折しも」静かに狄《ディー》判事が続けた。「私と副官ふたりが到着した。おもてむきは異国交易調査というふれこみで。実は御史大夫失踪を調べに来たのではないか、そうおまえは疑った。副官ふたりの動きをつぶさに見張らせたところ、当地の大食《タージ》に興味を示したので疑いは確信に変わった。それで私たちを手駒として自分の対局にうまくはめてやろうと思った。マンスールの卑劣な陰謀を告発するのに、大理寺卿より適役がいるか？　問題は蘇《スー》進士だけだった。御史大夫の情事を蘇《スー》進士は知らないとズームルッドは言っていたが、万に一つも間違いがあってはならない。その晩、宿に戻ってこない御史大夫の身を蘇《スー》進士は当然心配しはじめた。そして翌朝、つまり一昨日だが、蘇《スー》進士は御史大夫を探して埠頭を歩き回り、おまえのほうはマンスール配下の大食《タージ》刺客と自分の蛋家《タンカ》刺客にそのあとをつけさせた。そのふたりが午後に報告にきた。それによると蘇《スー》進士はどうやら喬《チャオ》大佐と面識があり、酒場を出てからあとをつけていると。そこで、大食《タージ》の介添えをして蘇《スー》進士を殺せ、ただし喬《チャオ》泰《タイ》は殺させるな、その前に大食《タージ》刺客を絞殺してしまえと蛋家《タンカ》の者に命じた。喬《チャオ》大佐のほうは生かしておいて蘇《スー》進士殺しを追わせたかったのだ。そうすれば、放っておいてもマンスールに不利な証拠がさらに出てくる。

だが、そこで悪運にみまわれた。私の部下の陶侃《タオガン》がたまたまあの盲目の娘に出会ったのだ。あの娘は、前に事故で死んだと話したおまえの姉に違いない。陶侃《タオガン》が鮑《パオ》夫人と見間違えるほどそっくりだ。それに、姚《ヤオ》の持ち家におまえがさしむけた蛋家《タンカ》の刺客も取り違えた。どうもあの娘は、破滅の淵からおまえを救いたかったらしい……」

「殊勝ぶったけちな愚か者め！」梁《リャン》が憤然と口をはさむ。「私にとって、あの女はありとあらゆる災いの源だ。だから、私のかたわらで輝かしい未来が開けるものを、自分からわざと投げ捨てたのだ。姉と私は父上の才能を受け継いでいた。妹の方はただのばか女にほかならない。けちな情事などにうつつを抜かして、お笑いぐさだ！　だが、鸞麗《ランリー》のほうは！　うちに住み込みの老教師がいて四書五経の手ほどきを受けていたころ、難解きわまるくだりさえたちどころに理解したものだ！　それに、美しかった！　少年の日の夢、完全無欠な理想の女だった！　湯浴みする姿を、よくのぞき見たものだ……」ふっつりと黙りこみ、喉仏をなんども上下させた。「姉弟そろって成人し、両親が亡くなると、父祖に伝わる伝説を姉に話した。中原をひらいた聖人たちは、兄弟姉妹どうしで夫婦になったという。だが、姉は、姉は拒んで、身の毛のよだつようなことばを私に投げつけた。自分は出て行く、二度と戻らないと。それで、寝ている間に煮え立った油を両眼に注いでやった。私をあざけった女が他の男に目を向けるなど、どうして許しておけようか？　姉はののしるかわりに、私を憐れんだ。あの道学者ぶった小物め！　怒りに駆られ、姉の部屋に火を放った。私は……私は……」喉を詰まらせ、やりばのない怒りに顔をゆがめた。しばらくしてやや落ち着く。「二度と戻らないつもりだと言っていたが、最近になってこの邸をこそこそ嗅ぎ回っていた。あの小ずるいあまめ。寺に運ぶ前に御史大夫の死体をここに持ってきた部下ふたりが出くわし、あのいまいましいこおろぎを盗まれたと聞いた。私の陰謀を一切知らなかったが、二たす二で事実をつなぎ合わせるだけの頭はある。さいわい、おまえの副官があの女を送ったさいに部下たちが住みかをつきとめ、ふたりのやりとりを盗み聞いた。あの性悪女はおまえが私を追うように仕向けたのだ、こおろぎは御史大夫の死骸を置いたあの寺の近くで捕まえたと言ってな。だからあの女をこの邸に連れてきて閉じ込めておいた。だが、翌朝の朝飯がすむとすぐに逃げ出していた。どんな手を使って首尾よく逃げおおせたものやら、いまだに……」

「確かに、寺にたどりついたのはこおろぎの手がかりのおかげだ」と狄《ディー》判事。「御史大夫の死体が発見されたのは予期せぬ障害だったな、蛋家《タンカ》の毒であるとばれないように消してしまいたかったのだから。あとで、死体は海中に投じたとでもマンスールに言わせるつもりだったんだろう。だが、この障害をかえって逆手にとった。私がこの邸を訪問している間、おまえは巧みに話を持っていき、大食《ターシ》と蛋家《タンカ》の密接なつながりをそれとなく匂わせ、毒を入手する機会がマンスールには山ほどあったとほのめかした。それで万事うまくいくはずだった。そこでふたたび、人間ならではの要素がおまえのみごとな布石を乱した。喬《チャオ》大佐がズームルッドと出会い、ねんごろになったのだ。昨日の朝、あの女の船を訪れ、どうやら寝たらしいと手下が報告してきた。

自分を都に連れて行ってくれと女がかきくどいたら？　ふとしたはずみでおまえの身もとを明かす手がかりをうっかりもらしてしまったら？　喬泰《チャオタイ》を消さねばならん。だから倪《ネイ》の家で殺すはずだった」判事が主人役を思案の目でみてたずねた。「ところで、喬泰《チャオタイ》が二度目に訪ねたとき、あらかじめわかったのはどういうわけだ？」

梁福《リャンフー》が貧弱な肩をすくめた。

「おまえの部下の喬《チャオ》が倪《ネイ》家に行った直後から、裏手に見張り場を設け、部下ふたりをつねに張りつけていた。マンスールが隠れていたのもやはりあそこだ。おまえの副官が入っていくのを見て、屋根を乗り越えて大食《タージ》の部下ふたりをただちに侵入させ、船長の剣のどれかで殺させようとした。マンスールのその思いつきは実に名案だと思ったな。倪《ネイ》は人殺しとして首切り台で死ぬのがあたりまえだ。あの女たらしだ、妹を誘惑したのは」

「誘惑してはいない。だが、脇道にそれるのはよそう。象《しょう》棋《ぎ》の対局に戻る、これで終盤だ。おまえの手駒はすべて完全に手を離れた。御史大夫のにせ首をさらした私の策が奏功したのだ。今朝早くにズームルッドが喬《チャオ》大佐の宿に出向き、ほうびをもらいに名乗り出るから私のもとに連れて行けと頼んだ。そこで彼女は殺された。これで后が取られ、おまえは負けた」

「殺させるよりしかたなかった」梁《リャン》がつぶやく。「私を裏切り、離れていくつもりだった。知る限りでいちばんの槍手を手配したから、苦しまなかったはずだ」宙をみつめ、心ここにあらずといった手つきで長い口ひげをなでていた。ふと顔を上げる。「現に所有しているものなどで人の富を測るな、狄《ディー》、手に入れそこねたものでこそ測れ。あの女は私を毛嫌いした。真の姿を知っていたからだ。他人を、そして、自身を恐れる臆病者。だからこそ私から離れたがった。だが、これで防腐処理を施したからには、あの美貌は永遠に私とともにある。彼女《あれ》に話しかけ、夜ごと夜ごとに愛を語って聞かせよう。もはや何者にもじゃまだてさせん」背筋をのばし、敵意をこめて、「とくにおまえだ、狄《ディー》！　おまえには、たったいま死んでもらう！」

「まるで、私を殺せばそれで助かるとでも言わんばかりではないか！」判事が嘲る。「面と向かって罪状をつきつけてやろうかというのに、これまでにわかった証拠を都督や副官たちにも知らせず、のこのこやって来るほどばかだとでも思うか？」

「そうとも、まさしくそう思っている！」梁《リャン》がうそぶく。「相手になるのがどうやらおまえだとわかるが早いか、丹念に人となりを分析した。おまえはよく知られている、狄《ディー》。この二十年間に解決したかずかずの名裁きはあまねく知られ、国中の茶館や酒場でくりかえし語りつがれている。仕事ぶりについてはわかりすぎるほどわかっているぞ！　論理的な頭脳に加えて世にもまれなる勘ばたらき、さらに、一見関係なさそうな事実と事実を結びつける手ぎわときたら薄気味悪くなるほどだ。たいていは人間性全般に対する炯眼に照らして疑わしい点を拾い出し、自己の勘ばたらきを重んじる。そして目星がついたとなると、あらんかぎりの力をふりしぼってめざす相手をねじ伏せる——圧倒されるほどだ、それは認める。あざやかな一撃で自白に追い込み——説明は後日に回す。それがいつものおまえの手法だ。他の司直と違い、すきのない足固めに手間をかけたりしないのだ。気長にあちこちつついて動かぬ証拠を揃えたり、気づいた点を副官たちにも伝えておくといったような手間はな。そこを逆手にとれるはずだ。だから、都督にはひとことも話してないとすこぶる確信を持って言える。それに、副官たちに話したのもほんのわずかのはずだ。だから、大理寺卿どの、おまえはここで死ぬのだよ」尊大な視線を投げ、しゃあしゃあと、「わが姉上もここで死ぬはずだ。蛋《タン》家《カ》の絞殺人は二度も仕損じた。最初は姚《ヤオ》の家で、次は貢《こう》院《いん》で。だが、現にこの邸内にいるとわかったからには、ようやく捕まえてやれる。あれが死ねば、たったひとりの不利な目撃者も消える。金で雇われた間抜けな蛋《タン》家《カ》の手下どもは何も知らないし、追跡しようにも住む世界が違いすぎる。マンスールは疑っている、が、あの抜け目のない悪党は今ごろ沖合いはるかな大食《ター》船《ジ》で、故国をめざしているはずだ。御史大夫事件の大筋は正しく記録に残るはず。痴情による殺人、下手人は不届きな賤民の女で、ある大食《ター》情人《ジ》の嫉妬によりやはり殺されたうえに死体を盗まれたと。これにて一件落着だ！」ため息をつく。「大理寺卿どのは、事件解決に熱意を傾けるあまり身をかえりみず、相談のために私を訪れているさなかに心臓発作を起こして死ぬ。残念至極だな。多年にわたる激務ぶりはだれ知らぬものがないし、人間の体力にはおのずと限界がある。おまえに盛った毒は心臓発作と全く同じ症状を起こし、痕跡は残らない。実を言うと、ズームルッドから教わった処方だ。さてさて、拙宅でこんな名士が最後の息を引き取るとはな、身に余る誉れに思う！　おまえの部下の陶侃《タオガン》をあとで中に呼び入れよう。そうすれば私に手を貸して、おまえの亡骸を都督府へ運んでくれるだろう。あとの雑務いっさいは都督が引き受けてくれるはずだ。おまえの副官ふたりは手ごわいし、切れる――敵を見くびったことなど一度もない――だから、間違いなく疑いを抱くだろう。だが、都督を納得させて私の身辺をさらに調べさせるまでに、ここでの真相はあとかたもなく証拠隠滅されているはずだ。そして忘れてはいけないぞ、じきにおまえの後釜にすわるのはこの私だと！　ごていねいにもわが家の前院子《まえにわ》に部下、邸まわりを守衛で固めているが、そちらについては大食《ター ジ》の悪漢どもの襲撃を懸念してのことだと説明しておこう。邸内にいるごろつき大食《ター ジ》のひとりをおまえの手下どもにあげさせ、ただちに処刑させる。さて、話はそれだけだ」

「なるほど」と狄《ディー》判事。「そうか、茶とはな。白状してしまうと、もっと凝った手かと思った。隠し扉の落とし戸とか、天井から何か落ちてくるとか。さっき見ていたはずだ、用心して席をずらしたのを」

「だが、茶に毒を仕込むという古くさい手を失念していた」梁《リャン》がうぬぼれ笑いをする。「私が背を向けたすきにふたつの茶碗を入れかえたが、おまえならそうするだろうと思っていた。おまえのように犯罪捜査の場数を踏んだ人間なら、むろんあたりまえだ。毒は、私の茶碗の内側に塗ってあったのだよ。そっちの茶碗には無害な茶しか入ってなかった。だからおまえは毒を飲んだ。そろそろ効いてくるはずだ、薬の量は念入りに測っておいた。いや、動くな！　立てばすぐさま毒がまわるぞ。心臓のあたりに鈍痛がないか？」

「ない」狄《ディー》判事がさらりと言った。「これからもない。百も承知だとさっき言わなかったか、おまえの頭脳は碁打ちのそれだと？　打つ手打つ手を先回りして読もうとする。かりに毒を選ぶなら、私の茶碗に仕込むなどという下策に出るわけがない。おまえの茶碗にひびがあるのを見て確信した。本当に茶碗を入れかえたかどうか、確実を期したわけだ。そこで、二重に入れかえた。茶碗だけでなく、茶碗の中身も入れかえたのだ。この碁笥《ごけ》に毒入り茶をいったん移し、無毒な茶をひび入り茶碗に入れた。その上で毒を碁《ご》笥《け》から私の茶碗に移し、たったいまおまえが飲んだ。自分の目で確かめられるはずだ」碁笥《ごけ》を手にとり、濡れた碁石を梁《リャン》に見せた。

はじかれたように梁《リャン》が立った。供物壇に歩み寄ったが、途中で足が止まった。ぐらりと揺れ、両手で自分の胸もとをつかむ。

「お后さま！　ひと目でいい、お目にかかりたかった。わ、私は……」苦しい息の下からしぼりだす。

前へとよろめき、かろうじて供物壇の端につかまる。ついで呼吸が乱れ、やせた体を痙攣させた。錦の掛け布を引きずって倒れ、供物を盛った祭具一式が床に落ちてけたたましい音を立てた。

23

昔日の非にしのび泣き
意外な父が子に出会う

扉が勢いよく開いて陶侃《タオガン》が駆けこんできた。身を折り曲げて倒れた梁《リャン》氏と、その上にかがみこむ狄《ディー》判事を見て立ちすくむ。判事が梁《リャン》の心臓に手を当てた。死んでいる。死体の衣服を調べはじめると、陶侃《タオガン》が声をひそめて訊いた。

「死因はなんです?」

「私に飲ませるつもりだった毒入り茶を、自分で飲んだと言われて信じたのだ。そのせいで心臓発作を起こした。また、そうでなくてはな。表沙汰にできない国家の秘事を知ってしまったからには」茶碗の入れかえを手早く陶侃《タオガン》に説明する。「毒はあの碁笥《ごけ》に入れた。碁石の半分が浸かっている。梁《リャン》は濡れた内部を見ただけで、実はひび入り茶碗の中身が碁笥《ごけ》にそっくり入っているとまでは見抜けなかった。この碁笥《ごけ》を持っていってくれ」梁《リャン》の袖の中からかみそりのような長いあいくちを見つけ、革鞘から抜き放った。「これもだ、くれぐれも気をつけるように。端に何か茶色いものが塗ってある」

陶侃《タオガン》が袖から油紙を出した。碁笥《ごけ》とあいくちを一緒にくるみながら言う。

「あいつが調合した汚らわしい毒を、本当に飲ませておやりになればよかったのに! おっしゃることを真に受けなかったらとは思われませんでしたか? そうなれば、毒を塗ったそのあいくちを使ったでしょう。ちょいと引っかいただけで命取りだったはずです!」

狄《ディー》判事が肩をすくめた。

「茶を飲んだと思いこむまで、用心して手の届く範囲には寄らなかった」やがて、そう言った。「歳月を経るにつれ、自分が絶対に正しいとは思わなくなってくるものだな、陶《タオ》侃《ガン》。年を追うごとに、人の生死は天の裁きにゆだねようとの感は強まるばかりだ」背を向けて祖堂を出る。陶侃《タオガン》があとにつづいた。

踊り場に、こげ茶の衣を地味に着こなした華奢な娘が立っていた。見えない目をまっすぐ前に向けている。

「たったいま参ったばかりで」あわてて陶侃《タオガン》が説明する。「梁《リャン》に注意せよと言いに来てくれたのです」

「弟さんは死んだぞ、梁《リャン》さん」狄《ディー》判事が沈鬱に述べた。「心臓発作だ」

盲目の娘が深くうなずいた。

「この何年か、ずっと心臓を悪くしておりましたから」しばらく言葉が途切れたあと、ふとたずねた。「御史大夫を殺したのは、弟ですか？」

「いや、ズームルッドだ」

「あれは危険な女でした」考えながら言う。「いつも心配しておりました。あの女にのめりこむあまり、身の破滅を招くのではないかしらと。ズームルッドの情夫だった高官さまの死体を弟の部下がここに運んできたと聞き、下手人は弟に違いないと思いました。死体を置いた部屋を見つけ、ふたりの男が巡査の変装に手いっぱいだったすきに急いで死体の袖を探り、壊れた虫籠からあの金鈴を出しました、手触りで封筒らしきものも一緒に。亡くなった方が身につけていた書類といえばそれだけでした。ですから、重要な品に違いありません」

「たぶん妹さんの鮑《パオ》夫人だろうな。昨日、朝もまだ早いうちに、あれを喬《チャオ》大佐の袖に忍ばせたのは？」

「はい、さようです。倪《ネイ》船長とは古なじみでして、ちょうどあの日の午後、姚《ヤオ》さんの家で会えないかと伝言を届けに行った折でした。それまでは私から陶《タオ》さまにあてた包みを政庁に置いてくるつもりでしたが、たまたま陶《タオ》さまのお友だちを見かけたので、そちらにお渡しするほうが安全だと思ったのです」言葉を切り、なめらかな額にまつわる髪を払った。「妹とはとぎれずに行き来がありました、むろんひそかに。弟も私も、私が死んだことにしておきたかったので。ですが、あまりに妹が嘆くので、言わずにいられませんでした。それで一年たって会いに行き、まだ生きていると伝えました。別に不自由はしていないと話したのです

くれそうな方たちに残らず紹介するときまでは、きませんでした。こおろぎを買って

が、いつも私の身を案じてくれまして。こおろぎを買ってくれそうな方たちに残らず紹介するとききませんでした。昨日の午前中にここから逃げ出したあと、弟が困ったことになっていると妹に伝えました。妹の夫を連れてこちらへおいでになったとき、弟の寝室の机を探っていたのは私の指図です。地図を二枚持ち帰った妹が、うち片方に喬《チャオ》さまの宿を目印しているとあとで話してくれました。同じ日の午後に、姚《ヤオ》さんの持ち家でまた会えると思っておりましたが。下手人はだれでしょうか？　敵はおりませんでしたし、弟には見くだされていたものの、私のようには憎まれておりませんでした」

「人違いで殺されたのだ」狄《ディー》判事が答え、すかさず言い添えた。「ご助力に対し、まことに感謝する、梁《リャン》さん」

娘はほっそりした手をかかげて辞退した。

「御史大夫さまを殺した下手人を見つけてくださるようにと願ったまでです。弟が深みにはまって身動きが取れなくなる前に」

「どうやってこれだけうまく身を隠せたのか？」判事が知りたがる。

「勝手知ったる場所ばかり選びましたので」ほのかに笑みを浮かべた。「もちろん、この古邸はどこもかも知り尽くしております！　ひととおりの隠し部屋だけでなく、弟の知らない非常時用の抜け道もたくさんございます。それに、貢院《こういん》もすっかり勝手がわかっております、お気に入りの隠れ場所でしたから。陶《タオ》さまとお友だちに見つかったときは裏口からすべり出て、輿の収納庫に隠れておりました。あとから女の悲鳴が聞こえましたが、あれは何だったのでしょう？」

「うちの副官ふたりが、女を襲う暴漢に出くわしたのだ」狄《ディー》判事が答える。「さて、弟さんはズームルッドの死体をこちらの邸に運びこんでいた、梁《リャン》さん。それをただちに政庁のほうへ運ばせよう。ほかにも何かしてやれることはないか？　これで、この邸と弟さんの事業一切はあなたの手にゆだねられるわけだ」

「母方の老いた叔父を訪ねてみましょう。弟の葬儀はその叔父が手配してくれます。それに……」わびしげにかぶり

をふる。しばらくたって、ようやく聞き取れるほどのかぼそい声で、「何もかも私が悪いのです。弟を置いて邸を出たりするのではありませんでした。身をさいなむ恐ろしい考えが渦巻く中に、弟をひとり残して。あのころは、まだほんの子どもでしたのに。庭の隅でおもちゃの兵隊を相手に、来る日も来る日も遊んでいたものです。いつか大きくなったら数々の大戦を戦うのだと思い描きながら……ですが、そのころには軍務に耐えられないとわかっていました。そして、私が家を出て行ったあと、女を抱けない体だと悟ったのです。この第二の打撃から立ち直れず、自殺しようとしたのです。ですが、ズームルッドに会い……弟が抱けるのは、後にも先にもズームルッドだけだとわかったのです。ズームルッドだけが弟の命でした。なのに、女の方は目もくれませんでした。容赦なく胸をえぐる言い方で、面と向かってそう言ったのです。何もかも私のせいです——もっとやんわり、弟の気をくじけばよかった。その上で、だれかほかの優しいひとに興味をもつよう仕向けるべきでした……でも、私は若すぎて、それがわからなくて。わからなくて……」

両手に顔を伏せた。狄《ディー》判事が陶侃《タオガン》に合図し、連れだって階段を降りる。

大広間では、密偵四名と巡査十数名を率いて喬泰《チャオタイ》が待っていた。邸に潜伏していた賊がふいに出てきたせいで、梁《リャン》氏が心臓発作を起こして死んだと伝える。喬泰《チャオタイ》の指揮のもとで邸内くまなく捜索し、手当たりしだいお縄にした。その上で最年長の密偵を離れた場所に連れて行き、珠江入江に停泊していた大食《ダージ》船のどれかでマンスールが海外へ逃亡したと伝えた。その密偵はただちに港湾警察庁に出向き、快速の軍船を四隻したててマンスール捕縛にさしむけた。密偵が急ぎ足で出ていくと、狄《ディー》判事は老執事に命じ、陶侃《タオガン》ともども梁《リャン》氏の寝室へと案内させた。

陶侃《タオガン》が寝台裏の壁に隠し金庫をみつけた。錠を破ったが、契約書など事業関連のありきたりな重要書類しか入ってないとわかった。犯罪にまつわる文書が見つかるとはもともと思わなかった。梁《リャン》氏はそんなものをとっておくほどばかではなかったからだ。必要な証拠書類はすべて都で、内侍の邸を不意打ちしたさいに見つかるはずだとふんでいた。陶侃《タオガン》に命じ、所定の手続きをとってひそかにズームルッドの死体を政庁に移すようはからわせ、自分は輿で都督府に戻った。

都督の副官に、都督本人の書斎にまっすぐ案内させた。本棟の二階だ。

小さいが品のいい部屋だった。半円の窓から裏の園林とあの蓮池が見渡せる。茶卓には卵の殻のように薄い磁器の茶道具ひとそろい、それに白薔薇をこんもり活けた玉碗《ぎょくわん》が出ていた。右手の壁は上から下まで頑丈な黒檀むくの本棚がおさまっている。奥で、都督が高い執務机につき、椅子の脇に老いた下役人を立たせて何ごとか命じていた。

狄《ディー》判事を目にするやあわてて立ち上がり、机を回って迎えに出てきた。茶卓わきのゆったりしたひじかけに判事をいざない、自分は向かいにかけた。下役人が茶を給仕したあと、都督に言われて部屋を出た。そこでかしこまってひと膝すすめ、緊張してたずねる。

「いったい何が起きているのですか、閣下? お書きになったおふれを拝見しました。あの高官とは誰です?」

狄《ディー》判事はむさぼるように茶を飲んだ。ふいに疲れが身にしみる。茶碗を置くと喉もとをくつろげ、あくまで冷静に、

「なんともあいにくな、悲しい事態が起きた。知っての通り、劉《リウ》御史大夫は当地で殺されたのだ。華塔で私が見つけた死体は、実を言うと御史大夫だった。このたびの事件についての公式見解を伝えよう。御史大夫の広州再訪は、さる地元の妓女とわりない仲になったためだ。女には以前から間夫《まぶ》がいて、そやつが御史大夫に毒を盛った。あのおふれは下手人一味に密告させるためのおとりだ。下手人は捕えられ、今この時にも都へ護送され、そちらで密かに裁きを受ける。自明の理だが、この公式見解さえ公にしてはならぬと理解願いたい。高官がそんな軽挙妄動をしたと広まりでもしようものなら、中央政府はいい顔をせんからな」

「承知いたしました」都督の口調は重い。

「立場の難しさはよくわかっている」狄《ディー》判事がやさしく言った。「まだ県知事だったころ、都の高官が任県に来られた折のことは忘れようにも忘れられんよ。だが、そうは言

ってもなにぶん行政の制度上つきものだ、甘受するほかない」

都督が感謝の目で判事を見て、こうたずねた。

「よろしければお聞かせいただけますか、守衛の一隊をもって梁《リャン》邸を包囲されたわけを？」

「蛋家《タンカ》の賊が邸に押し入ったとのしらせを受けてな。注意をうながしに行ったのだが、すでに賊と出くわして心臓発作をおこし、亡くなっていた。賊のほうはもう、うちの副官たちが根こそぎ捕らえた。この件もできるだけ内々に。梁《リャン》さんは名士だ、蛋家《タンカ》のせいで死に至ったと広州の民に知れれば騒ぎになりかねん。この件はうちの副官両名に一任するように」お茶をすすった。「大食《タージ》問題については、すでに首魁マンスールの捕縛手配をした。つつがなく収監をすませたら、治安維持にまつわる緊急措置は破棄してよい。政事堂《せいじどう》には、昨日おおまかに説明した蛮夷隔離案を提議するつもりだ。だから、将来にわたる騒擾を懸念するには及ばん」

「承知いたしました」都督がまた言う。しばらくして、かなり遠慮がちにまた、「その……当地での不法すべてが、統治者による監督不行き届きというふうに報告されねばよろしいのですが。都のおえらがたが、私が、そのう……義務を怠っていたとの印象を……」心配そうにちらと客を見る。

だが、そんなほのめかしに乗るような狄《ディー》判事ではなかった。かわりに、静かに言った。

「あちらを捜索するうち、主要事件と深い関係はなく、さして重要でもないが、いくつか事実が判明した。まずは鮑《パオ》夫人が亡くなったさいの状況だ。取り調べの任に当たるのはどうせ長官だから、いっそ一任して、あの悲劇的な事件の区切りをつけさせてやるのも、上司としてのはからいではないかな。第二に、何年も前に当地で別の悲劇が起きていた。さる波斯《ペルシア》婦人がみずから命を絶った件だ」ちらりと見ると、都督がみるみる青ざめた。判事が続けて、「昨日の朝の亭《あずまや》では、ずいぶん熱心に私の手から波斯《ペルシア》居留民の調査を取り上げようとしたではないか。波斯《ペルシア》人について、どうやら特別に調べたことがあるらしい。ならば、この悲しい事件についてもっと詳しく教えてもらえるのではないか」

都督は顔をそむけ、窓ごしに都督府の緑屋根をみつめた。大きな白薔薇を玉碗から手にとった狄《ディー》判事が、あえかな匂いをめでる。はりつめた声で都督が話しだした。

「何年も前のことです。私は当地に遣わされ、政庁の下級助役の任についておりました。じつを申しますと、それが官途のはじめです。まだ若く多感な年ごろのことで、異国居留民の珍しい風俗にすこぶる興味をひかれました。さる波斯《ペルシア》商人の邸に足しげく出入りするようになり、その娘と出会い、相思の仲になったのです。すっきりと美しい娘でした。ただ、見落としていましたがすこぶる神経過敏で、不安定な感じやすい気質の持ち主でした」こちらを向いて、まともに判事の顔を見ながら続ける。「その娘を愛するあまり、官を辞して妻にしようと思いました。ある日、もう会えないと彼女に言われました。私のような愚かな若者のごたぶんにもれず、関係を終わりにしたかったのだと手もなく思いこみ、傷心のあまり中国人妓女のもとに通いだしました。それから何カ月かたって、彼女からの伝言を受け取りました。たそがれどきに華塔でお会いしますと。行ってみると、茶亭にひとりきりで座っていました」目を伏せ、かたく握りしめた両手を睨みつける。「長い鬱金《うこん》の衣、小さな頭に薄絹の肩掛けをゆったりとかぶっていました。話しかけようとしましたがさえぎられ、華塔に連れて上がってと言われました。あの急な階段を黙ってどんどん昇っていき、とうとういただきの九層めの狭い壇に出ました。彼女は欄干べりに立ち、沈む夕日がはるか下の屋根なみを赤く染めていました。私の方を見ず、ふしぎな一本調子でこう申します。ふたごの娘を産んだ、父親は私だと。ふたりとも溺れさせてしまった、私に棄てられたからだと。そして石のように立ちすくむ目の前で、いきなり欄干を越えて。私は……私は……」死にもの狂いの努力で声をおさえつけていたが、ここにきて力尽き、両手に顔を埋める。こんなつぶやきがかすかに聞こえた。「そんなつもりはなかった、天に誓って。それに彼女は……それだけだ……ふたりとも若すぎただけ、若すぎた……」

都督が落ちつくまで判事は待った。手のなかでゆるやかに薔薇を回し、黒光りする卓のおもてにはかなく散る花を眺める。ようやく都督の顔があがると、花を鉢に戻して判事が言った。

「きっと、ずいぶん深情《ふかなさけ》の娘だったのだろう。そうでなくては相手を傷つけるほどの情火にとらわれるはずがない。それで自殺し、娘ふたりを殺したと嘘をついた」都督が飛びあがりそうになり、狄《ディー》判事が片手を上げて制した。「そう、嘘だったのだ。そのふたごはある中国人知己のもとにやられた。その者の破産後、母方と面識のあった波斯《ペルシア》混血のさる中国人がひきとってじゅうぶんな面倒をみた。ふたりともきれいな娘に育っているそうだ」

「どこにいるんです、その者とはだれです？」都督の口からことばがほとばしり出る。

「その男の名は倪《ネイ》、前に話したあの船長だ。どこか風変わりな神秘主義者だが、根は高潔だと認めざるをえんな。その若い波斯《ペルシア》婦人は卑劣にもてあそばれたと聞かされていたのに、あえて沈黙を守った。今さらこんな古い情事をあばきたてても何の益もないだろうし、とりわけ娘ふたりのためを思ったからだ。いつか会いにたずねていくがいい、微行《おしのび》がよかろうな。聞いた話に間違いなければ、法的にいうと今ごろはあなたの義理の息子になっている」判事が立ち上がった。衣を直しながらさらに、「ここでのいまの話は、この場で忘れることにする」

感極まって口がきけなくなったらしい都督に戸口まで見送られるひまに述べた。

「波斯《ペルシア》人女性の話が出る前、都での評判が気になるとかいう話だったな。さて、言っておきたいのだが、当然のつとめとして政事堂《せいじどう》にはこう報告するつもりだ。手本とすべき熱意ある立派な行政官だと」とりとめない感謝のことばをさえぎり、こう締めくくった。「遅滞なく都へ戻れとの命令を受けた、この午後に広州をたつ。護衛の騎馬隊を手配しておいてもらえるとありがたい。滞在中のもてなしにはくれぐれも感謝する！　ではこれで！」

24

雨龍は永のお役を終え
果ての旅路に供をする

喬泰《チャオタイ》や陶侃《タオガン》と一緒に、狄《ディー》判事は宿所食堂で遅い昼飯《ひる》にした。副官ふたりは梁《リャン》邸で蛋家《タンカ》ふたりと中国人ごろつき三名、それに大食《タージ》の刺客をひとりつかまえた。六人とも政庁の牢にぶちこんである。

食べながら、事件の一部始終を残らず副官たちに説明した。都督との最後のやりとりだけは省いて。御史大夫事件の公式見解をやはりかいつまんで話し、こう続けた。

「だから、御史大夫が自身に課した任務は、そのせいで命を落としたわけだが、もはやまっとうされたわけだ。内侍は応分の報いを受けるだろうし、一味は総崩れになる。太子は今後も正統な皇嗣の位をたもち、后一派は後退を余儀なくされる、さしあたってはな」そこでふっつり黙りこむ。美貌と活力と稀有の才をあわせもつ后、しかしながら冷酷無比で、自身に連なる実家の栄達しか頭になく、憑かれたように迷走を続ける后の姿が脳裏に浮かぶ。間接とはいえ、初めてぶつかりあった今回は后をだしぬいた。だが、ふと予感が襲う。これからもいくたびか、正面きって后と対峙し、無辜の血が多く流れるのではないか。身近にたたずむ死神の気配を感じ、ぞっと背筋が凍りつく。

そんな疲労のいろを喬泰《チャオタイ》が気遣う。判事の両目の下には大きな黒いたるみができ、こけた頬に深いしわが刻まれていた。努力の末に気をとりなおし、ゆっくりと言う。「御史大夫殺しを最後に、犯罪事件を手がけるのはやめにするかもしれん。今後は、政治問題に一身を捧げることになるだろうな。そのなかで御史大夫事件のように犯罪要因のある問題が出れば、だれか他の者に解決を命じよう。捜査手法について梁福《リャンフー》には実に痛いところをつかれた。おかげで一線から退く潮時の見極めがついた。やり方が知られすぎている、目はしのきく犯罪者なら逆手にとるかもしれん。そういう手法は私の人格に根ざしたものだから、いまさら変えるには歳をとりすぎている。力のある若手があとを継いでくれるだろう。今日の午後遅く、猛暑の時間帯が過ぎたら、特別仕立ての護衛隊に送られて都に戻る。おまえたちふたりは御史大夫の事件のけりをつけしだい、後から追ってきてくれ。あくまで公式見解の一線を守るように。そして、この広州での真相についてはくれぐれも明るみに出ることがないよう、ぬかりなく手配してくれ。マンスールは心配いらん。大食《タージ》船へと逃げてしまったが、快速の軍船がすでに入江へと向かっている。処刑は内々ですませることになるだろうな。国家の秘事を知られてしまったわけだし、教主《カリフ》の耳にひとことでも漏れてはならん」立ち上がり、重ねて言う。「三人とも、一時間やそこらはぐっすり眠らねば！　あの下町の安宿に戻るには及ばんぞ、ふたりとも。寝室の控えの間で昼寝していくがいい、予備の長椅子がふたつあるからな。昼寝がすんだら見送ってくれ。それから仕事にかかるように。明日にはどちらも広州をたてるはずだ」

三人で戸口に向かいながら、陶侃《タオガン》が頼りない声を出した。

「たった二日、広州にいただけですが、もう一生ぶん堪能しましたよ！」

「おれだって！」喬泰《チャオタイ》がぼそりと言った。それからふだんの声になって、「都に戻って、これまでどおり任務につくのが今から楽しみですよ、閣下」

副官のやつれた青白い顔に狄《ディー》判事はちらと目を走らせた。生きていれば学ぶものだ――代償をともなうが。いちまつの悲哀に胸を染めながらも、心からの笑顔を副官ふたりに向けた。

「よく言ってくれた、喬泰《チャオタイ》」

大階段をのぼり、狄《ディー》判事が起居に使っていた部屋に出る。控えの間で、帳《とばり》を巡らした贅沢な寝台ふたつを喬泰《チャオタイ》がじろじろ見たあと、苦笑いして陶侃《タオガン》に言った。

「好きなほうを取りな、なんなら両方でもいいぜ！」そして判事に、「どっちかって言うと、ご寝室前のござにごろ寝したほうがいいですよ！　とくに、この暑さですからね！」

判事がうなずく。入口の帳《とばり》を開けて寝室に入った。うだるように暑い。大きな半円窓に近づき、竹簾を上げる。だが、あわててまた降ろした。中天にかかった陽がぎらぎらと睨《ね》めつけ、隣棟の屋根瓦からの反射がまともに目を射る。

奥に行き、長椅子わきの小卓に帽子を脱いでのせた。同じ卓上に短刀を置き、手前の茶びんがまだ温かいかどうか触れてみた拍子に、壁にかけた雨龍にふと目がいく。愛剣を見たとたん、梁《リャン》家祖堂の肖像画に描かれた「南海の覇者」の佩刀が思い出された。そう、提督は蛋《タンカ》家の血をひいていた。ひいてはいたが、荒削りな野性の血を高い品性で御し、生まれもった血のたぎりを常人離れした度胸と胆力の域にまで高めた。ため息をかみころし、重い錦衣を脱ぎ、白絹の肌着だけで長椅子に横になった。

高い天井をじっと見上げ、副官たちの身を思う。今回、喬泰《チャオタイ》に断腸の思いをさせた責任の一端は実をいうと自分にある。身を固めるよう、とうの昔にはからってやるべきだった——それこそが家中の者に対するつとめというもの。

馬栄《マーロン》のほうはあの傀儡《くぐつ》使いの娘たち、ふたごのりっぱな娘を嫁にした。喬泰《チャオタイ》にもしかるべき相手をだれか探してやらねば。都に戻ったら何かしてみよう、たやすくはあるまいか。喬泰《チャオタイ》は北西の地方に何百年も根をおろした武門の名家に生まれた。一族は質実剛健な勇者ぞろい、戦いと狩りと酒が生きがいだ。そして似たもの同士のしっかりした強い女を好む。この方面では、さいわい陶侃《タオガン》には何の心配もない。なにせ、根っからの女嫌いだ。

それから、都に戻ったらいやおうなく決断を迫られる重人なあれこれに思いを巡らす。死んだ御史大夫の政治活動を引き継いでくれと皇族派が頼みに来るのはわかっている。だが、そういう道に踏み出すのは崩御の後まで待ったほうがよくはないか？　すべての可能性の先まで熟考してと思ったものの、気づいてみれば浮かぶのはとりとめない雑念ばかりだ。声をひそめた喬泰《チャオタイ》と陶侃《タオガン》の話し声が、入口の帳《とばり》をへだてて漏れ聞こえてくる。その声で眠気がきざし、つぶやきがやんだころには眠りこんでいた。

都督府の他棟から隔たったこちらでは、物音ひとつなかったった。外門の守衛たちのほかは、だれもかれも昼寝していた。

かすかな音をたてて竹簾がめくれた。音もなく窓枠を越えてマンスールが入ってくる。身には白い腰布だけ、結び目に湾曲した短剣をたばさんでいる。いつもの大きな頭布《ターバン》のかわりに布をきつく巻いていた。筋肉の束のような黒い体が汗で光る。めざす目的地まで屋根をずっとつたってきたのだ。窓辺におりたち、しばらく息を整えた。何も知らずにぐっすり寝入る狄《ディー》判事を見て内心ほくそえむ。絹の肌着の前がはだけ、広い胸板が見えている。

獲物を追う豹のしなやかな身ごなしで、マンスールが長椅子に近づく。片手を短剣の柄にかけたところで、壁にかかった剣が片目のすみに入った。異教徒の犬畜生めをそやつの愛剣で殺してやりましたと教主《カリフ》に報告するのも一興だろう。壁から剣を取りおろし、ひと思いに抜き放つ。が、なにぶん中国の剣に不慣れだった。鍔《つば》がゆるみ、音をたてて甃《いしだたみ》に落ちた。

ぎこちなく眠りを乱された狄《ディー》判事が、両目を開けた。マンスールが悪態をつく。剣をふりかぶって判事の胸につきたてようとし、背後の大声に向きを変えた。ゆったりした騎兵ずぼんひとつの喬泰《チャオタイ》が突進してくる。マンスールに飛びかかったが、大食《タージ》が突きだした剣に胸をえぐられた。マンスールを引きずりながら後ろざまにたたらを踏む。寝ていた長椅子から判事が飛び上がりざま、茶卓の短刀をつかんだ。肩越しにそちらを一瞥したマンスールが剣を抜いて防ぐか、捨てておいて使いなれた偃月刀にするかで迷う。その一瞬が命取りになった。躍りかかった判事があらんかぎりの力でその首に短刀を刺し、血しぶきが高く噴いた。死んだ大食《タージ》を脇にほうりだし、喬泰《チャオタイ》のそばに膝をつく。

かみそりのような雨龍の刀身が喬泰《チャオタイ》の胸深く刺さっていた。顔はまっ白になり、目は閉じている。細い血のすじが口の端から垂れた。

陶侃《タオガン》が駆けこんできた。

「都督の医官を呼び、守衛に急を告げろ!」狄《ディー》判事がどなった。

片腕で喬泰《チャオタイ》の頭を支えた。剣はあえて抜かなかった。これまでのできごとが奔流のように次から次へと押し寄せる。はじめて森で出会って手合わせをしたのは、この同じ剣だった。肩を並べてあまたの危険をともにくぐりぬけてきた。命を救い、救われたときも数え切れないほどあった。ひざまずいてじっと動かない顔に見入り、どれほどそうしていたのか。ふと気づくと、周囲に人垣ができていた。都督づき医官が傷口を調べる。細心の注意を払って剣を抜き、血止めをするかたわらで、狄《ディー》判事がかすれた声でたずねた。

「長椅子に移してやってよいか？」

医官がうなずく。いたましげに判事を見てささやいた。

「生きているのが不思議なほどです。並みはずれた気力体力のお方で」

陶侃《タオガン》や守衛隊長の大尉ともども喬泰《チャオタイ》の体を抱え上げ、さっきまで判事が寝ていた長椅子にそっと横たえた。雨龍を取り上げた判事が大尉に命じる。

「この大食《タージ》の死体を片づけさせよ」

喬泰《チャオタイ》が目を開けた。狄《ディー》判事の手にある剣を見て、かすかに笑う。

「お別れ、です。この剣がご縁でしたな、初めも、終わりも」

急いで鞘におさめ、古傷だらけで日に焼けた喬泰《チャオタイ》の胸にその剣を置き、ひっそりと話しかけた。

「雨龍を持って行け、喬泰《チャオタイ》。朋友《とも》の血を吸った剣など、持つに忍びん。雨龍はおまえのものだ、この先いつまでも」

うれしそうに喬泰《チャオタイ》は大きな両手で剣をつかんだ。長いこと、じっと判事に目を当てる。そのあと、両目に薄膜がかかったようになった。

陶侃《タオガン》が赤児でも抱くように、左手で喬泰《チャオタイ》の頭を抱きかかえた。こけた頬を涙がつたう。

「挽歌を打ち始めよと鼓手どもに申しましょうか、閣下？」大尉が遠慮がちに声をひそめる。

狄《ディー》判事がかぶりを振った。

「いや、凱旋曲を打たせてくれ、ただちに！」

三人だけにしてくれと医官や守衛たちに身ぶりで伝えた。判事と陶侃《タオガン》は寝椅子にかがみこみ、いまや身じろぎもしな

戦友の最期

くなった友の顔を見守った。両目は閉じている。長いことそうして見ていると、その頬にふと赤みがさした。まもなく熱にほてりだし、汗が瀕死のひたいに流れる。浅く苦しげに息をつき、ゆがめた口から血がさらにあふれた。

「左列……前へ！」喬泰《チャオタイ》が声をふりしぼった。

ふいに外の静寂を破り、都督府の鼓楼から重厚な太鼓がとどろいた。ばちさばきが早まるにつれ、凱旋を告げる長らっぱが天高く冴えわたる。

喬泰《チャオタイ》が目を開けた。今度はわずかにうるんでいる。耳をすまし、血まみれの唇が晴ればれと笑った。

「勝ちいくさだ！」ふいに、はっきりと言う。

喉がごろごろ鳴り、大きな体を長い長い断末魔が揺さぶった。そして、笑顔は二度と動かなかった。

25

帰雁《きがん》の列は北をめざし

南の金鈴しずかに寿《ことほ》ぐ

陶侃《タオガン》は密偵四人とともに御史大夫の件の始末にかかり、日暮れには仕事を終えていた。無言でむだなく作業を進め、真相を示す証拠をひとつひとつ消していく。あの大食舞妓《ター ジ》の死体はひそかに政庁に移し、そこからおおっぴらに華塔へ運んで荼毘にふした。梁《リヤン》一味は尋問さえせずに軍警察に引き渡した。護送隊が上流の山中につきしだい、ひとり残らず始末されるはずだ。狄《ディー》判事の名で必要書類すべてによりやく署名捺印を終えるころには、もうくたくただった。判事のほうは、手ずから喬泰《チャオタイ》のなきがらを都に移送する手配をすませるが早いか広州をたっていった。道中警護役として騎馬隊を特に仕立て、露払いには軍警察の一個小隊が騎馬で出向いた。紅でふちどりした旌旗《せいき》を立て、道中の駅ごとに替え馬を徴発する。過酷な強行軍だが、都まではこれがいちばん早い。

政庁を出ると、陶侃《タオガン》は轎《かご》で梁邸《リヤン》へと向かった。大広間は燈明やたいまつで真昼のように明るい。梁《リヤン》氏の遺体は巨大な棺台に安置されていた。人波が切れめなく前を通り過ぎ、めいめい香をたいて死者に別れを告げる。叔父だろうと陶《タオ》侃《ガン》が見当をつけたいかめしい老体が、老執事の介添えで喪主をつとめていた。

荘厳な儀式をきつい目でにらんでいるうち、ふと気づくと、すぐ横に姚泰開《ヤオタイカイ》氏が立っていた。

「なんともかとも、広州にとりましては悲しい日で!」と言う。だが、声音とはうらはらに、小ずるい顔つきには悲しみのかけらもなかった。これで故人の利権を引き継げるというので、内心では早くもそろばんをはじいてえびす顔なのだ。「上役さまはおたちになられたとか」姚《ヤオ》が続ける。「何ですか、てまえをお疑いのごようすで。いちどこっぴどく問い詰められましたよ。ですが召喚されずじまいで都へ戻られたからには、この身の疑いは晴れたんでしょうて」

その顔に、陶侃《タオガン》が毒のこもった目を投げた。

「いやあ」ゆっくりと言う。「公務の話を部外者に漏らしちゃ本当はいけないんですがね、他ならぬあなたのことです。もしかのお役に立つかもしれませんから、うちうちの情報をちょっとだけ。ひとが拷問台につながれたらくれぐれも忘れずに、責め木を嚙ましてくれと首切り役人の助手に頼んでくださいよ。そういつもってわけじゃないんですが、痛みのあまり自分の舌を嚙み切ってしまう場合がありますのでね。ですが、私があなたなら、あんまり心配しませんな、姚《ヤオ》さん! そこまで行って助かったためしはひとりもないんでねえ。ま、せいぜいお気をつけて!」

くるりと背を向け、さっさと歩いていった。あとに姚《ヤオ》氏が突っ立ったまま、鈍重な目に心からおびえの色を浮かべている。

この一幕でいくらか元気が出て、陶侃《タオガン》は轎《かご》を帰すと市場まで歩いていった。背中は痛いし、両足はずきずきしたが、頭の中を整理する時間がどうしてもほしかった。にぎやかにこみあう市場から暗い路地に入ると、前よりよけいにさびれた感が強まる。

狭い階段をのぼり、あの戸口の前でしばし耳をすます。小さな虫の低く小さな声がかすかに聞こえる。思った通りだ。

戸をたたいて入った。軒先にさがった小さな虫籠の列が夜空にくっきり浮かび、薄暗い卓上に茶籠がおぼろげに見えた。

「わしだよ」竹屛風の奥から出てきた娘に言う。その袖をひいて壁ぎわの台に行き、並んで腰をおろした。

「ここに来れば会えるだろうと思った」と、また口を開く。「あすの朝早く都に戻る。それで、さよならも言わずに行きたくなかった。このたびは痛手だったな、あんたにもわしにも。あんたは弟さんと妹さんを亡くしたし、わしはいちばんの友を失った」喬泰《チャオタイ》の死をかいつまんで話した。そのあとで気づかう。「ひとりきりになって、これからどうするね？」

「そんなご不幸のさなかに、私のようなものにまで。お気づかい痛み入ります」と静かに言う。「ですが、どうぞご心配なく。あの邸を離れるにあたって叔父に書類を作ってもらい、弟の遺産はすべて権利放棄しました。私は何もいりません。こおろぎがいますし、大丈夫、やっていけます。あの子たちと一緒ですもの、さみしくなんかありません」

虫の音に、しばらく陶侃《タオガン》は聞き入っていた。

「あの二匹のこおろぎは大事に飼っておいたよ」やっと言った。「わしあてに送ってくれたやつと、貢院《こういん》の部屋にいたやつ。あの歌のよさがわしにもわかりかけてきた。心が安らぐねえ。それに、われながらもう歳だとつくづく思うよ、鸞麗《ランリー》さん。いまのわしには心の安らぎが何よりだ」

静かなその顔をちらりと見て、その腕に軽く手をかけ、遠慮がちに言った。

「もしも、もしもだよ。いつか都に来てわしと住んでくれれば、こんなうれしいことはないんだが。こおろぎたちも一緒においで」

その腕を娘は引っこめなかった。

「おたくさまの第一夫人さまさえおいやでなければ」ふだん通りの落ちついた声で言う。「そのお申し出、ありがたく考えさせていただきます」

「わしは天涯孤独だ、第一夫人はいない」それから小声で、「だけど、これからはできるよ、あんたがうんと言ってくれさえすれば」

盲目の顔をあげて娘がしんと耳をすます。こんどの声は他のこおろぎたちよりひときわ長く、しっかりと澄んだ音をまろばした。

「あれは、金鈴だわ!」言いながら、にっこりする。「よく耳をすませばわかるでしょう、あの歌は安らぎだけじゃないの。あれは、しあわせの音なのよ」

著者あとがき

西暦七世紀の世界には、屹立《きつりつ》する二大勢力があった。東のかた中華の大唐帝国、そして西は教主《カリフ》率いるイスラム帝国が中東・北アフリカ・南ヨーロッパを席捲した。だが、おもしろいことにこの両者は文化・軍事ともに超大国でありながら双方ともおおむね我関せずを貫き、勢力圏における接触も点在する交易地数カ所に限っていた。そんな地で、中国やアラブの恐れ知らずな船長たちが互いに顔を合わせたわけだが、それぞれ故国に戻って目をみはるようなみやげ話をして聞かせても、また船乗りの大風呂敷かと一蹴されるのがおちであった。今回の執筆にあたり、これまでとがらりと違う環境に判事を置いてみたかったので、中国とアラブ世界が交わる重要拠点のうち、貿易港を擁する広州に舞台を設けた次第である。

当時、かの端倪すべからざる則天武后は策を巡らしてまさに国権をうかがっていた。本篇のできごとはまったく架空の産物とはいえ、その史実にそこはかとなく絡めてある。事実、太后となったのちに彼女は念願の大権を手にした。そこへ狄《ディー》判事が敢然と立って唐朝正統の廃嫡を思いとどまらせ、それが生涯に冠たる功績となった。そのころの事績については林語堂の歴史小説『則天武后』(小沼丹訳　みすず書房　一九七九年)に言及がある。

第十九章にみる「偽布告の計」は、中国最古の犯罪小説《クライムノヴェル》のひとつから借用した。その計略なるものを用いたのは中国版マキャベリとして伝説化した蘇秦、前四世紀の人である。未遂とはいえわが身の暗殺をはかった政敵どもへの報復が目的であった。いまわのきわ、蘇秦は王に、自分が死んだら謀叛の罪状のもとに屍を四つ裂きの刑に処し、市にさらしてくれと言い残した。すると政敵一味が以前にくわだてた暗殺の件でほうびを願い出、ただちに断罪された（『棠陰比事　十三世紀の裁判・捜査手引書』参照。ロバート・ファン・ヒューリック著　一九五六年ライデン刊）。

ズームルッドが用いた毒については、中国の史書『南詔野史』において、中国南西部の山岳民地羊鬼《ディヤングイ》族に関するくだりが出典である（カミーユ・センソンによる仏語訳一七二ページ参照。一九〇四年パリ刊）。

繰り返すようだが以下の点に留意願いたい。狄《ディー》判事の時代に辮髪はなかった。あの習俗は中国を征服した満洲族が一六四四年から強制したものである。当時の男は長髪を頭頂でまとめ、家の内外を問わず帽子を着用した。喫煙の習慣もない。煙草や阿片が中国に入ったのは狄《ディー》判事よりはるか後代の話である。

ロバート・ファン・ヒューリック

訳者あとがき

さきの『柳園の壺』に続いて、シリーズ最終巻『南海の金鈴』*Murder in Canton* が上梓の運びとなった。

いきなりの刊行にはむろん理由がある。狄《ディー》判事シリーズを映画化するという前々からの話が、ここ数年でにわかに現実味を帯びてきた。原作に選ばれたのが本書だ。一昨年のカンヌ映画祭ではハリウッド製作と発表されたが、最近では香港の有名監督による中仏合作に変更との風説もある。

とまれ、本書をもってポケミスではひと区切りついた。今後はこれまでどおり未訳作品の訳出を粛々とすすめるかたわら、初期の作品もおいおい俎上にのぼせてゆきたい。

読者諸賢、山本節子氏はじめ原著者ご遺族、福原義春氏および小松原威氏、そして編集子川村均氏および早川書房の各位にはこれまでの暖かいご意見やご支援に深謝し、今後のご指導ご鞭撻をあらためて心より願い上げる次第である。

さて、ここらで本文の補足説明に入るのがいつものお約束だが、今回は中東の事物など、拾う落穂がなにぶん多すぎる。よって、巻末附録を別にたててご説明することにした。

ひとつ申し上げておくと、雨龍と喬泰《チャオタイ》の因縁は第一巻『中国黄金殺人事件』（大室幹雄訳　三省堂書店）までさかのぼる。二〇二ページ下段は、その伏線を踏まえたもの。

満つれば欠くる世のならいとは申せ、あれほど強い絆で結びついた副官たちも櫛の歯が欠けるように去りゆき、こうして南海のほとりでこれまでの旅路も尽きた。

眼前には、どこまでもひろがる海。あるときはにぶい鉛の板さながら、あるときは黒曜石の斧を無数にたてつらねる。さかまく波のしたに怪魚巨魚が口を開けて待ちかまえる。

変容する海は、判事がこれから単身乗り出す「政局」だったかもしれない。荒れすさぶ波の涯《はて》は見えない。そのただなかに小舟を出し、運と才覚を頼りにひたすら櫂をあやつる。沈めば、それまで。

みだりに史実をもちこむ無粋をあえてお許しいただくと、かれはみごとに海を渡りきった。

武后が政権を握るや讒言《ざんげん》のために投獄され、一時は命すら危うかったものの、女帝となった武后にその識見才幹のほどを見込まれ、やがて宰相に抜擢。以後はあいつぐ政変のなかで身を挺して国と民を守りぬいた。当時としては長寿だった齢七十の身で大軍を率い、西域に遠征して宿敵突厥《タタール》を完敗せしめ、翌年に没したときはしたたかな女帝さえ、「我が朝堂はこれで空しくなった」と嘆いたという。

著者あとがきにもあったように、武姓による新たな王朝をひらき、唐皇室をことごとく粛清しようとした女帝に対し、情理をつくして思いとどまらせたのもかれであった。ゆえに「唐朝の恩人」と呼ばれ、名は青史に残る。傑出した政治家というだけでなく、つねに民を思う清廉な人となりは、時を超えていまも慕われている。

かくれもない栄光と激動に包まれた判事の内奥は、うかがい知るよしもない。ファン・ヒューリックなら、語ってくれたかもしれない。狄《ディー》判事を地でゆく赫々たる人生を送ったあとで、かれならばその物語をふたたび語ってくれたかもしれない。みずからの外交や政治畑の経験をもふんだんに織りこみ、魅力あふれる等身大の狄仁傑《ディーレンチエ》を、歳へて引退したのちにあらためて描きだしてみせただろう。

だが、その機会はついになかった。駐日大使在任中に癌を発症。さしもの偉丈夫も病になすすべなく、任期なかばで帰国する。そして一九六七年九月、世界中の友人知己に惜しまれながら自宅療養中のハーグで息をひきとった。享年五十七。外交官として、学者として、そして小説家として円熟期を迎えた矢先の、あまりに早すぎる死だった。

二〇〇六年一月

〈特別附録〉

広州拾遺

都、広州、嶺南の位置関係図

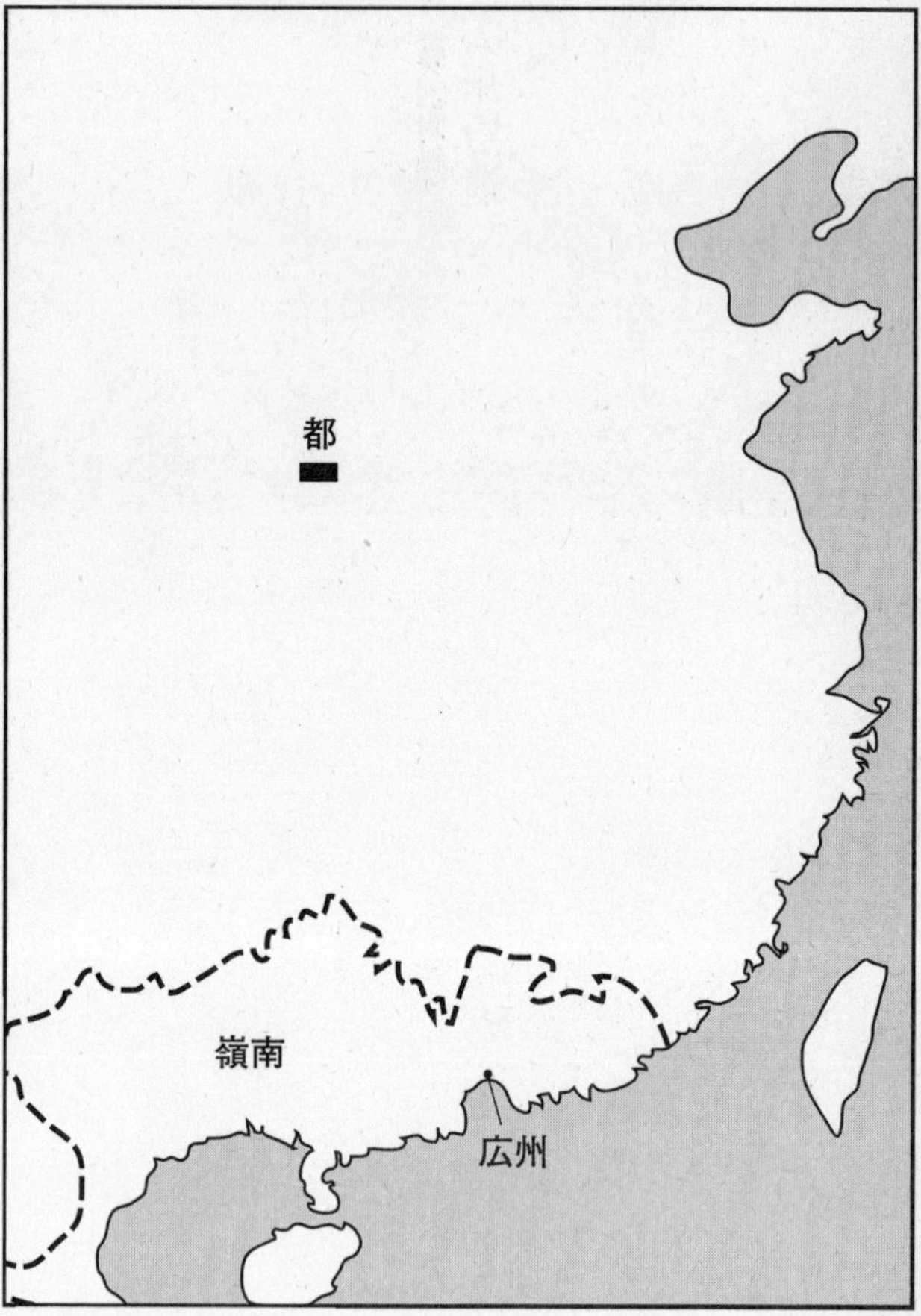

◆嶺南地方とは

唐は全土を十五地方に分割し、それぞれに長官をおいて治めさせた。

ただし広い版図のことで、当然ながら一律にはいかない。国境近くでは武力衝突の可能性が当然ながら多くなるし、少数民族の多い地域は内政もきわめてむずかしい。

本シリーズで何度か出てきたように、唐は原則として民事は文官、軍事は武官と分担させたが、こういった辺境で分担制にすると有事のさいに遅れをとりかねない。そこで、軍の指揮権も兼任させた長官を送りこんだ。これを「都督」という。

地図のとおり、嶺南地方は現代の広東省と広西チワン族自治区にまたがる。日本の総面積とほぼ同じかそれ以上に広大な領域である。領内に大小数十の少数民族を抱え、すぐ隣はやはり唐の影響下にあった安南都護府（現・ベトナムのハノイ）。ちなみにこの物語より少しあとになるが、唐で生涯を終えた日本からの留学生・阿倍仲麻呂は安南都護府の長として六年あまり赴任し、善政をしいたという。

亜熱帯に属するのでよく言えば気候温暖なのだが、厳しい夏に加えて毒蛇毒虫なども多く、湿潤な土地柄がマラリアなど熱病を呼びやすく、「瘴癘《しょうれい》の地」と怖れられもした。

その嶺南のかなめが、古くから港で栄えた広州であった。

◆仙羊の天降る花のまち

広州の歴史は古い。

著者の筆になる巻頭略図に使われた別称「五羊城」は、五仙人が黄金の稲穂をくわえた仙羊にまたがり、天から降りてきたという春秋戦国期の伝説にちなんだもの。四季を通じて花咲く気候をたたえて「花城」ともいう。

古来より南海貿易の良港として栄え、明代以降の呼び名「広東」は、やや北に位置する南京とともに紅茶や陶磁器にゆかり深い地名としてひろく西洋で親しまれた。

「華塔」「懐聖寺」はじめ、物語に出てくる名所旧蹟もちゃんと実在する。

「華塔」の建つ寺院名そのものは文中に出てこないが、ここは六世紀の創建以来、幾度も寺名を変え、宋代に詩人の蘇東坡によって六榕寺と命名されて現在に至る。境内に生えた六本の榕樹（ガジュマル）が命名の由来という。拳法で有名な「少林寺」と同じく禅の一派である曹洞宗に属する。

やはり広州の名刹「光孝禅寺」は嶺南仏教派の総本山として、前漢の南越王宮跡地に建立された。八世紀創建と歴史の古さではやや劣るが、達磨大師の正統をひく六祖《りくそ》慧能《えのう》が南禅を開いた由緒ある寺院である。この南禅がのちに日本に伝わり、こんにちの禅宗の礎となり、さらにＺＥＮとなって世界に広がった。

ついでながら申し上げておくと、原題 ***Murder in Canton*** でおわかりのように、原書では後代の地名「広東」をあえて採用している。

時代設定でいうと「広州」が当然であるが、巻頭略図の漢字表記で「広東」をはずしてわざと別称にしている点から察するに、おそらくは欧米読者限定の配慮と思われる。その意図を汲んで、邦訳では「広州」を使った。

◆広州とペルシア・イスラム

さきに述べたとおり、広州は昔から南海貿易の拠点であった。なかでも見落とせないのが、ペルシアおよびイスラムとのかかわりである。

もともと、ササン朝ペルシアと中国は海陸を通じてさかんに交易をおこなっていた。

いまも正倉院に残るカットグラスの名品をはじめ、ペルシア産の端正なガラス製品は「玻璃」と呼ばれて宝石より珍重された。ガラスだけではない。帝の侍医団にペルシア人医師がいたと記録にあるように中東の医薬術も伝わり、在来の漢方医学とあいまって独自の発展をとげた。ほんの一例をあげると、底野迦《テイヤカ》なる万能毒消し薬がペルシア経由で隋代に渡来した。これはギリシア語起源で、ローマ皇帝ネロのクレタ人侍医アンドロマコスが処方したテリアカ（*θεριακά*）と伝えられる。

ニハーヴァンドの戦いでアラブに国を滅ぼされ、からくも討手を逃れたペルシア太子は追われ追われて唐に亡命し、皇室から手厚い保護を受けて小規模ながら移民社会が栄え、景教や祆教をはじめ、ペルシア宮廷の多彩な風俗習慣が中国にもたらされた。李白の詩にみられるはなやかな西方エキゾチズムへの憧れや、「大秦景教流行碑」は、ペルシア文物の存在抜きには語れない。

さて、アラブに移ろう。

あらためて言うまでもないことだが、イスラム暦で元年とされるヒジュラ（聖遷）は唐の建国四年めにあたる。つまり、唐とイスラムはほぼ時を同じくして始まったと言ってもさしつかえあるまい。

教祖ムハンマドの死後、直接に教えを受けた「教友《サハーバ》」と呼ばれる者たちが預言者の言行録として聖典「クルアーン」をまとめ、また布教のために世界各地へと散っていった。

広州に定住したのはそうした教友《サハーバ》のひとり、ムハンマドの叔父に当たる。その死後、広州ムスリムの祖として城外に廟墓が営まれた。本文中に出てくる「郊外にある聖者の墓」（巻頭地図二十三）は、かれのことと思われる。

つまり、広州とイスラムは草創期からの実に古いつきあいであり、中国におけるイスラム発祥の地でもあるわけだ。

同時期に建立された懐聖寺は、その名からして聖人＝ムハンマドを懐《おも》う、の謂《いい》。中国最古のみならず、世界でも古いモスクのうちに数えられる。

ところで。

イスラムに「聖者」が存在するなどというと、違和感を覚える向きもおありだろうか。しかしながら徳高い信者＝聖者《ワリー》が現世利益の形で神の恩寵をとりつぐという考え方はれっきとしたイスラム信仰で、べつに異端でもなんでもない。それに、聖者《ワリー》は「積んだ徳の分だけ、常人よりほんのちょっと神に近い人」に過ぎず、神の代理人である預言者の領域を侵すことは決してない。この聖者《ワリー》信仰はスンニ派・シーア派を問わず現代まで根強く生き残り、預言者の血筋や、サウジアラビアはじめイスラム諸国の王はある種の聖者《ワリー》とみなされるらしい。
聖者《ワリー》については、手ごろな入門書に『イスラム聖者』(講談社現代新書)をあげておく。

◆**エメラルドとイスラム**

さて、舞妓の名「ズームルッド」は、アラビア語でエメラルドを意味する。

中国における翡翠や玉にまさるとも劣らぬ重みを持つ宝石というと、イスラムではなんといってもエメラルドだろう。なにしろ天なるアッラーの玉座も、天国に保管された「真のクルアーン」もエメラルドでできているというのだから推して知るべしである。

アラビア語にエメラルドを表す単語がいくつもあるのも、美と徳を兼ね備えた宝石の王として、それだけ深い関心と愛情があったせいだろう。ただし「癒しと再生の石」としてのエメラルドに対する愛着はなにもアラブに限ったことでなく、ユダヤ・ローマ・エジプト・ペルシアと、ほぼオリエントと地中海全域に及ぶ。おそらくはそのしたたる緑色が、緑少ない地域の人々の眼にはとりわけ慕わしく映ったのだろう。ムハンマドは天国の枕詞に必ず「緑の」とつけ、決起にはエメラルド色の旗を使用したといわれる。それもこれも、過酷な自然環境からくる緑への渇仰と無縁ではあるまい。そういえば中国で玉が珍重されたのも、元来は復活と再生を願う意味があった。まことに洋の東西を問わず、人の思いとは変わらないものだ。

そもそも、英語の*emerald*ということば自体、語源をたどればローマを経て古代ギリシアにたどりつくのだが、どうやら途中でアラビアとイベリア半島を経由しているようだ。マンスールの宴席でズームルッドが舞ったのは、原文では*smaragdine dance*であるが、中国史上に燦たる大航海者である鄭和の船団航海誌にも、エメラルドの呼び名としていくつかアラビア語をあげた中に「祖母刺《スモラ》」が入っている。この「祖母刺《スモラ》」も、語源をたどるとやはりギリシア語*σμάραγδος*に行きつく。

本篇の舞姫を、やはり女奴隷で、アラビア文学の古典

『千夜一夜物語』に登場する才気煥発のズームルッドと並べてみると好一対の宝玉だろう。ともに意志の強さと才芸のきらめき、それに妖艶な美貌に恵まれた。広州のほうは「癒しと再生」にはほど遠かったようだが。

◆「南海の覇者」鄭和

直接登場しないとはいえ、物語に重要な影を落とす「南海の覇者」。人物造形にあたり、モデルは複数いたと思われるが、なかでもひときわ存在感のある「南海の覇者」明代の鄭和について、ここで簡単に触れておきたい。

かれの本姓は馬、雲南ムスリムの家系である（鄭は宦官になってからの賜姓）。

父祖に「拝顔《バヤン》」という名があるので元代に陸路から移住した一族とおぼしいが、父は恰只《ハッジ》、つまりメッカへの巡礼を果たした敬虔なムスリムであった。少年の頃に去勢され、宦官として宮中に仕えた。宦官ながら武技にすぐれ、九尺（約二メートル）近い偉丈夫だったらしい。大食《タージ》の仲介を通さずに遠国と直接交易する手だてを模索していた永楽帝に、その外見と重厚賢明な資質を買われ、三十四歳のときに南海遠征船団の司令官を拝命。以後、一四〇五年から足かけ七度にわたる大遠征を行い、航跡は遠くアフリカにまでおよんだ。中国に初めてジラフ（キリン）をもたらし、さきに述べた航海誌に克明にしるされた各国の実情は、当時としてはまたとない貴重な見聞であった（鄭和とジラフの出会いについては『キリン伝来考』〔ハヤカワ文庫〕を併せてご参照ありたい）。

ヴァスコ・ダ・ガマのインド洋航路発見は一四九七年、鄭和の遠征はそれに先立つ九十余年も前であり、七度の大遠征という偉業は世界史上でも類がない。その功績をたたえ、一九九八年にはアメリカの《ライフ》誌による「この千年間に世界で活躍した百人の偉人」の十四位に選ばれた。

◆『千夜一夜』と女たち、そして……

本書では、アラビア語とペルシア語の名がいくつか登場する。

そのうちペルシア系の女性名は、倪《ネイ》船長の母ニザーミーを除いて、すべて『千夜一夜物語』にも登場する。ペルシアに限らず中東圏ではわりにポピュラーな名前である。

「喬泰《チャオタイ》の天敵」倪《ネイ》家のふたごのうち、ドゥニャザッドは物語の語り手をつとめるシャーラザッドの妹姫。ダナニールは第三百五夜に登場する音曲にたくみな女奴隷である。

じつはこのダナニール、映画にもなっている。本書執筆にさきだつ一九四〇年、アーメッド・バドラカーン監督の手になる「ダナニール」。日本公開はされなかったようだが、中東の伝説的歌姫だったウンム・カルトゥームがタイトルロールに扮し、現地ではヒットしたらしい。映画好き・演劇好きなファン・ヒューリックが観た可能性はおおいにある。

古来から多くの香料を産し、また交易により取り寄せていたペルシアやアラブの女性たちは、さまざまな香りを暮らしにとりいれ、使い分けもたくみだった。閨房で使用する香の調合なども発達しており、ズームルッドの香りとして本書でとりあげられた麝香のほかにも、竜涎香、バラやオレンジの花などが人気だったらしい。花の香りは料理や菓子にも好んで使われた。

余談だが、昔のアラブと中国には妙な共通点がひとつある。男女を問わず、外見・風采を極端なまでに重んじるのだ。

貴族政治が全盛だった六朝時代ほどではないとはいえ、科挙の科目に「官吏にふさわしい容姿容貌」などという面接項目がおおやけに設けられ、頭脳優秀でも小柄だったり風采のあがらない者はかなり損をした。それでもめげずに頭角をあらわした人物は、正史にわざわざ「容貌は劣るが、人物識見は立派であった」とかなんとか書かれてしまうのである。

そういう相手側のお国柄を考慮し、日本からの遣唐使随員には頭脳もさることながら「国威にかけて」体格すぐれた品位ある美男子をよりすぐったという。さしずめ、現代のミスコンを男性限定にして家系審査と高度な頭脳テストを加え、国家規模で大がかりに行っていたとでも思えばよいのだろうか。

本篇でも判事が「南海の覇者」を評して「容貌はいまひとつだった」と述べるくだりがある。かりにも人前で、子息を相手に故人の容貌を取りざたするなど現代ではおよそ考えられない非礼であるが、当時のそういう尺度からすれば自然なこと。まったく触れなければかえってわざとらしく偽善的だっただろう。そこで眼光うんぬんとすかさずフォローを入れるあたりに判事らしい気配りがうかがえる。

一方のアラブはどうか。『千夜一夜物語』をひもとけば一目瞭然である。文学的要素をさしひいても、容姿容貌のよしあしが相当に人生を左右したらしいことが察せられる。美男美女には惜しみなく賞賛・絶賛がふりそそぎ、世に出る機会も圧倒的に多く、禍《まが》つ神や魔神さえもが力を貸す。一方、容姿に恵まれない者はそれだけで不吉な存在。よくて無視、場合によってはほとんど「生ける呪い」扱いである。

「みめより心」などという建前がまったく通用しない、まあ万国共通の本音とでも言おうか。わかりやすいといえばしごくわかりやすい社会だが、ここまでわかりやすいとなかなか生きにくそうでもある。

ところで、『千夜一夜物語』の邦訳はいまのところ大場正史訳と前嶋信次訳の二種類が入手可能、いずれも甲乙つけがたい名訳である。前嶋訳のほうがアラビア語の発音に近い表記だが、人口に膾炙しているのは出版時期が早く奔放華麗な大場訳のほうだと思われるので、本書の女性名表記は大場訳に合わせた。

◆**飲食物について**

まずは、お国自慢の粤菜《えつさい》（広東料理）から。

粤《えつ》とは広州一帯の古称である。亜熱帯ならではの彩りゆたかな海山の幸に加え、異国の香辛料や国内外の物産・食情報がいちはやく入る。今も昔も、広州が食で名高いゆえんだ。

雲呑《ワンタン》は中華料理の中でも古い部類に属し、唐代にはいちおうの原型と言えるものができていた。餛飩《こんとん》と呼ぶこの原型は日本に渡来し、唐菓子《からくだもの》の一種として平安以降の文献に記載がある。広州名物の雲呑《ワンタン》というと、現代では雲呑麺《ワンタンメン》ということになるだろうか。安くて美味な庶民派の食べものであるが、新鮮な材料をうまくひきたてるあっさりめの味つけなら、やはり判事が言うように広州風がいちばんである。

広州名産といえば、魚ならまず鱔魚《シャンユィ》（タウナギ）。川魚の花形である。が、美味しく食べたければ、生きた実物を拝もうなどという気をゆめゆめ起こさないのが身のためというもの。その外見たるや尾ひれ、背びれがほとんどなく、全体的印象はウナギ一族よりヘビ一族、しかもかなりの近親者ではないかとの疑惑が圧倒的に濃い。はっきり言って「初めて食べた人は偉大だ」の範疇に入るグロテスクぶりだが、こういう食物のごたぶんにもれず、美味と滋味はひとしおだから困ったものである。

南條竹則氏の『中華満喫』（新潮選書）に「黄鱔病」と題するおかしくも哀切きわまる愛鱔家の弁があり、鱔魚にまつわる民話もあわせて紹介している。なんでも、好色と貪欲ゆえに観音菩薩のバチが当たり、あと少しで竜王にもなろうかという身が哀れ変わり果てたとか。なんとなく、どことなく、紹介者姚《ヤオ》氏の風貌性格と重なるふしがなきにしもあらず。「変身前」と「変身後」の共食いシーンなど、あまりぞっとしないが……

食後のお供に登場した福建茶は、武夷山が名産地。またの名を岩茶といい、断崖絶壁に生える茶樹から葉を採るために昔は猿を使ったそうだ。おしつけがましさのないふくよかな香味が口をさっぱりさせてくれる。代表的銘柄に「大紅袍」がある。昨今の中国茶ブームで日本でも入手しやすくなってうれしい限りだ。ついでながら、広州郊外の鳳凰山は名高い鳳凰単叢の産地である。

とはいえ、唐代には武夷茶も鳳凰単叢もまだ記録が見当たらない。当時からの銘柄というと、例えば淮南産の霍山之黄芽や、江南産の東陽東白などは少なくとも盛唐からあったことがわかっている。

茶を出しておいて、酒に触れないのでは片手落ちのそしりを免れまい。広州銘酒といえば、南方中国特有の紅麴を使う紅酒《ホンチユウ》にとどめをさす。新しいうちはあまりおいしくないが、酒がめに入れて何年も貯蔵し、紅色が淡くあせて蜂蜜のようになると飲み頃である。これを「陳年紅露酒」とか「老紅酒」と呼ぶ。

唐の酒はみりんのように甘いと以前に書いたことがある。保存や醸造技術のせいが大きい。その風味のためだろう、当時の酒はもっぱら食後に出された。いまは比較にならないほど技術が進み、「陳年紅露酒」も「老紅酒」も、ほのかな甘口か辛口。もっぱら食事とともに楽しむ酒に仕立てられている。

食事というより腹ふさぎのおやつに近い感覚だが、街なかの買い食いも楽しいものだ。中国の屋台はいまも種類豊富で思わず目移りするが、どうもはるか大昔からの伝統らしい。本書に出てきた胡餅《フービン》と焼餅《シヤオビン》は広州だけでなく、当時のちょっと大きなまちなら、中国のどこでもたいてい見かけたはずだ。両方とも小麦粉をこねた食品だが、微妙に違う。

焼餅《シヤオビン》は点心の本などによく作り方が出ているので、いまさら説明を要しないと思うが、ひと口で言えば信州名物「お焼き」の中国版である。生地にごま油や豚脂を塗り、葱などの具を巻き込んでから輪切りにして軽くのし、熱した鉄板に脂をひいてこんがり焼きめをつける。

胡餅《フービン》のほうははるか漢代末ごろ中国に入ってきた、「胡食」と呼ばれる西域食品。こねた生地をうすくのばし、小型炉の内側に貼りつけて焼く。早い話がインドのナンやイタリアのフォカッチャと同系統の食べものと思えばよい。焼きたての香ばしさが身上で、冷めれば味が半分以下になってしまう点も同じ。薄く頼りない見かけからは意外なほど腹もちがする（時代錯誤で恐縮だが、冷凍できるのでまとめて作り置きすると重宝）とはいえ、喬泰《チヤオタイ》のような運動量の多い大男にたったの二枚ぽっちでは、なるほどひとたまりもあるまい。「一刻も早くどーんと食わんと飢え死にしちまうわ」とのぼやきも、まことにごもっとも。同情の涙を禁じえない。

胡食といえば、ペルシア料理も胡食と呼ばれる。

ササン朝ペルシアといえば、シャーベットを発明した功績がまずあげられる。広大な版図の中には桃、ざくろ、洋梨、あんず、プラムなど多くの果物の原産地が含まれ、くるみやピスタチオやアーモンドなどのナッツもふんだんにとれる。ビールはもちろん、アレクサンドロスの東征以降はワイン醸造もさかんに行われた。

果樹園の実り、多種多様な狩猟の獲物や海川の魚を、いろいろなハーブやスパイスや花と組み合わせて上品かつ豪華な味を出すのが料理人の腕の見せどころであった。いまの中欧料理のように鳥獣肉や川魚をことこと煮たシチュー風のもの、花の香りをつけたフルーツサラダや果物のおつまみなどのレシピが残っているが、総じて洗練された軽めの味つけが喜ばれたらしい。

唐の時代に伝わったペルシア料理の代表はピラフである。紹介されるや流行のおしゃれな料理になり、専門店もあらわれた。抓飯とも、音をそのまま当てて饆饠《ビールオ》とも書く。具は羊肉や干し葡萄ばかりでなく、桜桃の実を混ぜた彩り美しいものもあったという。が、中国人には慣れない手づかみでのポロポロした飯は扱いづらかったらしい。そのうちに、こんにち北京ダックについてくる薄餅《バオビン》のようなものにのせ、くるんで食べる形に変化をとげる。やがて日本に伝わってきたころには原型の飯はすっかり忘れられ、饆饠《ひつら》といえば「平たく薄く作る」と「厨事類記」という和文献に残っている。

アラブ料理についてはひとまとめに胡食でくる場合もあるが、とくに清真料理という呼び方をする場合もある。時代がくだるにつれ、こちらの呼び名のほうがよく使われるようだ。

飲食に関するイスラムの禁忌について述べると、豚肉、爬虫類など特定の野生動物、うろこのない魚などが有名である。

酒については、地域差があって一概に禁忌と決めつけられない。現代でもサウジアラビアは全面禁酒だが、はるかにゆるやかな国もたくさんある。

酒のうちでもぶどうから作るワインに対しては、教祖ムハンマドがはっきり禁忌と定めている。が、そのほかにもなつめやしや大麦などで作るナビードという酒があって、こちらはムハンマド自身もたしなんでいたと言い伝えられている。

マンスールの家で出された酒はどうやらこのナビードらしいが、ムハンマドの時代からいくらもたたないうちにワインを飲むムスリムも結構いたらしい。禁断の喜びはまた格別というが、飲酒の楽しみをおおっぴらにうたった詩がいまだに残っている。邦訳は『アラブ飲酒詩選』（岩波文庫）。

では、積極的に好まれていた料理はどんなものか。

本文中に出てきた鶏の丸揚げはむろん問題ない。が、大《ター》食《ジ》本国に残っている記録では焼くほうがむしろ多い。いまふうに言うとグリルドチキンやローストチキンだ。バラ水とたまねぎで風味をつけ、酸味をきかせたジールバージャという鶏のスープ煮も喜ばれた。

米もよく登場したらしい。日本のような米ではなく、細長くねばりけのない外米である。ピラフも人気があったが、蜂蜜や、高価なサフランや砂糖で甘く味つけして炒った米が食後の一品としてとりわけ珍重され、豪華な宴に華を添えた。この甘い米料理は、『千夜一夜物語』のズームルッド物語にも出てくる。甘味といえば、やはり『千夜一夜物語』に登場する、バラ水で香りをつけたざくろの砂糖煮なども当時の特色ある菓子に入れてもよかろう。物語なのでいくぶんの誇張はあるにせよ、類似の品は作られていたはずである。

ほかに、チーズやヨーグルトなどの乳製品も欠かせない日常食材であった。果物の占める比重はペルシア料理に一歩も二歩も譲るが、軽く上品な味つけという点では一脈通じる。

ペルシア・アラブの味つけが軽かった理由として、まずは気候があげられよう。

酷暑のなかであまり食欲はわかないのが普通だから、味つけを軽く、香味を効かせて食欲をひきたてる必要がある。

次に考えられるのは、希少な砂糖や香辛料はきわめて高価だったこと。蜂蜜といえど決して安くはなく、むしろ贅沢品だった。まして砂糖や香辛料となると、ふんだんに使えるのは、ごく限られた一部だけだった。そうなると味つけの主体はハーブだから、風味は相対的に軽くなる。

第三に、食用油の生産量が現代ほど多量でなく、したがって高価についたこと。

油で揚げて旨味を閉じ込めるという調理技術は、当時としては贅沢で高度な最新テクノロジーだった。唐から日本に揚げものの技術が入ってきたのは奈良時代だが、油で揚げた唐菓子は皇族や大貴族といえど、おいそれと口に入らない貴重品だった。その状態は室町ごろまで続く。

現在も春日大社など各地の神社に神饌として供えられた往時そのままの唐菓子を見れば、人々が籠めた気持ちもおのずと伝わってくるというものだ。貴重な珍味だからこそ、神に供えて喜んでもらおうとしたわけである。

追記

貢院のくだりについては『科挙　中国の試験地獄』（中公文庫）を参考にした。

また、イスラムについても、この機会に『イスラーム文化』（岩波文庫）をぜひともご一読いただきたい。とくに、まえがきの内容は十数年を経ていささかも古びないどころか、いま読み返せば一語一語が万鈞の重みをもって心に染みる。この本を入門書としてイスラムに触れる方がもしもおありなら、まことに幸運な出会いと申し上げたい。

中華料理の歴史は『中華料理の文化史』（ちくま新書）、『中国飲食文化』（青土社）の二冊がわかりやすく親切と思う。

西暦	唐［ ］内は日本の事件	波斯（ペルシア）	大食（イスラム・アラブ）
五七〇年頃	［聖徳太子没］		ムハンマド生まれる
六一八年	唐建国		
六二二年			ヒジュラ（聖遷　イスラム暦元年）
六三〇年	狄仁傑　太原に生まれる		ムハンマド没
六三二年			
六四二年		ニハーヴァンドの戦い（本文五六ページ）イスラムがペルシアを併合	
六四五年	［大化の改新］		
六六一年		波斯王子卑路斯（ピールーズ）　唐に亡命	ウマイヤ朝創始
六六三年	狄仁傑　平来知事に		
六七二年	［壬申の乱］		
六七六年	狄仁傑　大理寺丞に抜擢		
六七七年	「柳園の壺」事件		
六七九年	狄仁傑　大理寺卿に		
六八一年	広州の事件（本書）		
六九〇年	武則天女帝　即位		
七〇〇年	狄仁傑　没		
七〇一年	［大宝律令］		
七〇五年	武則天　没		
七一一年			イベリア半島制圧　西ゴート王国併合
七五〇年			アッバース朝創始
七五一年		タラス河畔の戦い（唐×アッバース朝）　唐敗退　捕虜により紙の製法がイスラムに伝わる	

HAYAKAWA POCKET MYSTERY BOOKS No. 1781

和《わ》　爾《に》　桃《もも》　子《こ》

慶應義塾大学文学部中退，英米文学翻訳家
訳書
『真珠の首飾り』『柳園の壺』ロバート・ファン・ヒューリック
『ハリー・ポッターの魔法世界ガイド』アラン・ゾラ・クロンゼック＆エリザベス・クロンゼック
（以上早川書房刊）他多数

この本の型は，縦18.4センチ，横10.6センチのポケット・ブック判です．

検印
廃止

〔南海《なんかい》の金鈴《きんれい》〕

2006年1月10日印刷　2006年1月15日発行

著　者　ロバート・ファン・ヒューリック
訳　者　和爾桃子
発行者　早川浩
印刷所　星野精版印刷株式会社
表紙印刷　大平舎美術印刷
製本所　株式会社川島製本所

発行所　株式会社　**早川書房**
東京都千代田区神田多町2ノ2
電話　03-3252-3111（大代表）
振替　00160-3-47799
http://www.hayakawa-online.co.jp

〔乱丁・落丁本は小社制作部宛お送り下さい
送料小社負担にてお取りかえいたします〕

ISBN4-15-001781-6 C0297
Printed and bound in Japan

ハヤカワ・ミステリ〈話題作〉

1773 カーテンの陰の死 ポール・アルテ 平岡敦訳

〈ツイスト博士シリーズ〉いわくありげな人物ばかりが住む下宿屋で、七十五年前の迷宮入り事件とそっくり同じ状況の密室殺人が！

1774 柳園の壺 R・V・ヒューリック 和爾桃子訳

疫病の蔓延で死の街と化した都に、不気味な流行歌が流れ、その歌詞通りの殺人事件が起きる！　都の留守を守るディー判事の名推理

1775 フランス鍵の秘密 フランク・グルーバー 仁賀克雄訳

安ホテルの一室で貴重な金貨を握りしめた見知らぬ男が死んでいた。フレッチャーとクラッグの凸凹コンビが活躍するシリーズ第一作

1776 耳を傾けよ！ エド・マクベイン 山本　博訳

〈87分署シリーズ〉ちくしょう、奴が戻ってきた……宿敵デフ・マンが来襲。暗号めいたメッセージが告げる、大胆不敵な犯行とは？

1777 5枚のカード レイ・ゴールデン 横山啓明訳

〈ポケミス名画座〉連続殺人に震える田舎町に賭博師が帰ってくる。姿なき殺人鬼との対決の行方は？　本格サスペンス・ウェスタン